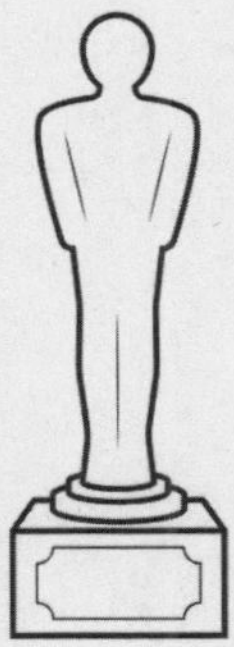

"E o Oscar vai para:"

ENTREVISTANDO VOCÊ

ROBERTA GURRITI

ENTREVISTANDO VOCÊ

1ª Edição

Santa Catarina - 2024

Qualis

Esta é uma obra de ficção. Nomes, personagens, lugares, datas e acontecimentos descritos são produto da imaginação da autora.
Qualquer semelhança com a realidade é mera coincidência.

Editora Responsável	Simone Fraga
Assistente Editorial	Lara Silva
Projeto Gráfico, Produção Editorial e Preparação de Texto	Qualis Editora
Revisão Ortográfica	Elaise Lima Simone Fraga
Ilustradora	Andresa Rios
Design de Capa	Renato Klisman
Diagramação	Marcos Jundurian
Imagens Internas	Shutterstock

DADOS INTERNACIONAIS PARA CATALOGAÇÃO NA PUBLICAÇÃO (CIP)

G981e

Gurriti, Roberta - 2002 -
Entrevistando Você/ Roberta Gurriti. — [1. ed.] —
Florianópolis, SC: Qualis Editora, 2024.
250 p. : il. ; 23 cm.

ISBN Impresso 978-85-7027-102-0
ISBN Digital 978-85-7027-106-8

1. Literatura Nacional 2. Comédia Romântica 3. Drama 4. Ficção I. Título

CDD – B869.3
CDU – 83.134.3(81)

1ª edição – 2024

Qualis Editora e Comércio de Livros Ltda
Caixa Postal 6540
Florianópolis - Santa Catarina - SC -
Cep.88036-972

www.qualiseditora.com
www.facebook.com/qualiseditora
@qualiseditora
@qualiseditora
contato@qualiseditora.com

Este livro é para você que só quer ler uma história clichê com um casal preto se amando.

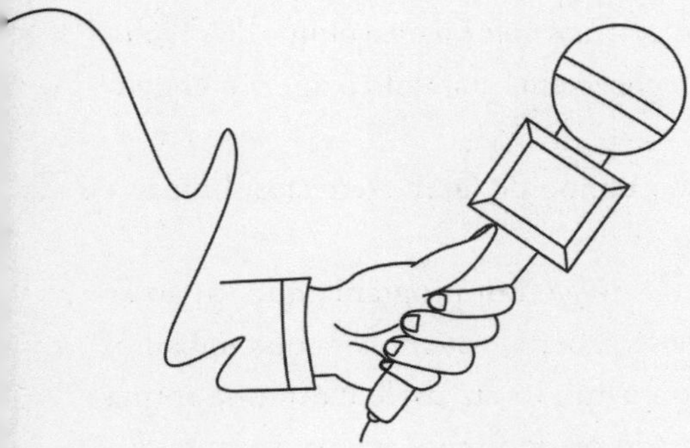

Prólogo

— É isso, pessoal. Vejo vocês amanhã — a diretora diz, em alto e bom som para que todo o estúdio escute.

Os operadores de câmera fazem o sinal de encerramento com as mãos e me permito respirar, finalmente. O teleprompter desliga e as luzes principais também. Devolvo a bolinha de número vinte à roleta.

Alisson, o figurinista do programa, vem até mim e levanto a perna para que ele coloque o propé no meu sapato. Essa toquinha é magnífica e ajuda a não trazer sujeiras da parte externa para o palco. As câmeras 4K daqui enxergam até o minúsculo grão de arroz do chão, então todo cuidado é pouco.

— Obrigada, Ali. — Sorrio.

— Você quer se juntar a nós no refeitório? — ele pergunta enquanto se apoia no joelho direito para levantar.

— Hoje não, eu só penso em ir pra casa e dormir. — Está tarde e eu quase bocejo.

— Certo. Cuidado ao tirar esse vestido no camarim, tá? Esse, em especial, é *superfrágil*.

— É, eu percebi quando vesti. — Viro-me de costas para ele e subo as sobrancelhas, deixando algo implícito. — Me ajuda?

— Deixa em um lugar visível, por favor. — Ele abre o zíper que vai do pescoço à bunda. — Uma das minhas assistentes deve vir à tarde buscá-lo — Alisson orienta.

Dou-lhe um abraço e me despeço dele e de todos no set como sempre faço.

Entro no camarim, retiro o vestido vermelho carmesim com todo o cuidado do mundo e coloco dentro da capa protetora transparente em cima do sofá. Pego minha bolsa e casaco em cima da penteadeira minúscula e checo se deixei o ar-condicionado ligado. Vendo que tudo está em ordem, caminho até o elevador e desço na garagem para funcionários no térreo da emissora.

São cinco da manhã e às quatorze horas devo estar perfeitamente apresentável da cintura para cima para exercer minha função de redatora e social media da *Veggie&Plants*[1].

1 Vegetais & Plantas.

Há sete anos escrevo e cuido das redes da empresa, mas hoje é o meu último dia. Tenho gravado seis horas de programa direto e, quando chego em casa, tudo o que mais quero é dormir.

A minha rotina é maluca, quase não tenho tempo de fazer exercícios, limpar a casa... mal consigo cuidar das minhas plantas.

Há quatro anos, estou à frente do *Hora do Bingo*, um programa que vai ao ar todas as noites às três e meia da manhã na televisão aberta, na emissora que trabalho, a EGB *(Entertainment Business Globe)*. Essa transmissão faz parte da minha rotina quase diariamente, com as únicas exceções sendo os domingos e as quintas-feiras, quando um leilão ao vivo ocupa os horários do *Hora do Bingo* e enfim ganho folga.

Pensei em recusar quando a produtora me explicou o que seria. Foi um grande balde de água fria na época, já que vim de uma cidade longe de Salvador só para fazer a entrevista e criei mil e uma expectativas.

O meu sonho sempre foi ser apresentadora, mais especificamente apresentadora na área do entretenimento. Já trabalhei como redatora de sites de cultura pop, já editei vídeos para grandes influenciadores e estudei jornalismo na faculdade para que um dia pudesse trabalhar com isso e viajar o mundo entrevistando celebridades, escrevendo críticas sobre cinema e tudo que possa abranger o setor. Esse sempre foi o meu objetivo.

Eu não sabia nada sobre bingo e aquele não era, nem de longe, o emprego dos sonhos. Só pessoas idosas, com insônia ou as que esquecem a TV ligada em casa assistem o nosso programa... E quem levantou esses dados foi a própria emissora.

Porém, essas pessoas pagam muito para participar do Bingo e são quem acabam sustentando o programa. Eu diria que o *Hora do Bingo* é bem parecido com o programa *Mega-Sena* em termos de funcionamento e até de estética. Todas as madrugadas estou sempre muito bem maquiada e trajada com vestidos de gala que, na maioria das vezes, fazem-me passar horas coçando a pele. Estou prometendo ir ao médico verificar uma possível alergia desde que comecei neste emprego.

Não era o que eu queria, mas começamos sempre de algum lugar, certo? Sempre aprendi isso. Ninguém começa no topo... quer dizer, ninguém *de onde venho*. Por isso, estar na frente das câmeras na emissora já é uma grande realização e me traz cada dia mais experiência. Tenho certeza de que, quando a oportunidade certa chegar, estarei mais do que preparada para agarrá-la com determinação.

E, já sendo uma pessoa contratada na EGB, as possibilidades de chegar onde quero são melhores do que quando eu nem estava perto disso.

— Meu Deus, que calor! — Eu me abano com uma das mãos.

O sinal fica vermelho quando já estou na Avenida Otávio Mangabeira e aproveito para checar as notificações do meu celular. A página do Twitter do Entretê – programa de entretenimento da EGB – acabou de postar que já vai começar e eu sorrio. Esse é um dos meus favoritos da vida!

Às vezes, quando o *Hora do Bingo* termina às 8h30 da manhã, como hoje, e não tenho nenhuma outra reunião durante o período matutino, sempre aproveito para ir ao estúdio do Entretê e assisto às meninas gravarem.

O Entretêé exatamente o que o nome já fala: *puro* entretenimento. Vivian Lopes e Bruna Aguiar são as anfitriãs e falam sobre as maiores fofocas do dia, cinema e celebridades. É incrível pra quem ama cultura pop e tudo o que o entretenimento pode trazer.

O cenário é bem simples, lindo, e um dos meus favoritos entre os programas da empresa. No estilo praiano, as apresentadoras se sentam em um balcão branco com um telão atrás, que imita uma janela que exibe uma linda praia com o céu alaranjado. O piso brilha e até reflete as luzes do teto azul-marinho. Há dois coqueiros falsos de uns dois metros de cada lado do telão e, na minha direita, uma tela que toma toda a parede e aparecem as fotos, vídeos e *tweets* comentados durante a exibição. E, para finalizar, ao lado esquerdo da tela interativa, há duas pranchas de surf decorativas, azul e rosa pastel.

As meninas estão sempre bem-vestidas e combinando com o cenário, mas Vivian é definitivamente a minha musa inspiradora. Ela é uma das maiores jornalistas do país. Já apresentou diversos programas do ramo do entretenimento na MTV[2] e até em canais da gringa. Hoje é a editora-chefe e apresentadora do *Entretê*.

Ela está sempre viajando para lugares incríveis para participar de premiações e eventos, Bruna também. Podem até dizer que jornalismo não dá muito dinheiro, mas, tudo o que esta profissão é capaz de nos proporcionar, é de outro mundo. São eventos exclusivos, entrevistas com pessoas que amamos, a possibilidade de escrever profissionalmente sobre coisas que temos como hobby... acompanho tudo nas redes sociais delas e sonho acordada em poder um dia ser assim.

O estilo de Vivian é o que me chama mais atenção, ela não é a minha favorita apenas por ser uma mulher preta com quem eu posso me identificar, mas eu adoro tudo que ela veste. Seu cabelo crespo vai até o meio das suas costas e está em um tom de ruivo bem avermelhado que *supercombinou* com sua pele retinta, um vermelho no estilo Rihanna na capa do álbum *LOUD*.

Ouço a buzina de algum carro atrás de mim que me tira do devaneio.

---

2 MTV – Music Television – Emissora musical.

Quando chego ao prédio, espero o portão automático abrir e cumprimento seu Ademir, o porteiro, antes de largar o carro na garagem e subir direto para o décimo andar, em direção ao apartamento mil e um, morrendo de fome.

Além disso, estou cansada, com sono e só poderei dormir mais duas horas antes de cumprir meu último expediente no site que me sustentou por anos, mas infelizmente, é hora de dar adeus.

Vou direto para a cozinha beber um pouco de água quando escuto Luísa – minha melhor amiga e colega de apartamento – gritar.

— Naomi. — Escuto ela chamar o meu nome.

— Na cozinha — respondo alto o suficiente para que ela escute.

— Me ajuda aqui? — O som de sua voz sai meio abafado.

Quando vou até seu quarto, vejo-a sentada na cadeira – que era para estar na sala – em frente ao espelho do guarda-roupa, destrançando o cabelo platinado que usou por pelo menos duas semanas.

— Já vai tirar? — pergunto quando entro no quarto.

— Meu cabelo tem crescido rápido, mas quero cortar de novo. — Ela arranca um gomo e joga na cama passando para a próxima trança.

Faz seis meses que Luísa cortou a juba bem curta, um pouco maior que o de um militar e pintou de loiro, o que combinou muito com sua pele negra retinta e eu fiquei com muita vontade de fazer igual na época, mas não tenho um décimo da elegância e estilo dela.

— Tenho uma coisa para te contar, mas isso não pode sair daqui, me ouviu? — Luísa me olha diretamente nos olhos. — Tive uma reunião hoje e todos assinamos um *termo de confidencialidade.*

— Pra que isso, gente? — Franzo a sobrancelha. — Um termo?

Ela balança a cabeça.

— Miguel moveu toda a equipe da diretoria e os assistentes para sala de reunião, aquela que fica no térreo — ela arranca uma das tranças que consegue e seu cabelo seco e castanho aparece —, pra nos contar, *simplesmente*, que há possibilidades do Oscar, *o Oscar* acontecer aqui no Brasil este ano.

Luísa trabalha na EGB há quase dez anos e é produtora de pelo menos três programas da emissora. Ela também faz alguns trabalhos esporádicos para o *Entretê*. Há três anos passou a fazer parte da diretoria e é uma das profissionais mais competentes e conhecidas do mercado.

— Ah! Claro, vai sim. — Debocho. — E a Beyoncé vem pra Salvador lançar o filme dela.

— É *sério*, Nai! O processo está hipersigiloso, mas isso realmente pode acontecer. — Ela joga mais uma fibra desfeita na cama. — Já imaginou se eles fizessem aqui na Bahia?

— Acorda, Luísa! Se tem uma coisa que estadunidense tem, é orgulho do Oscar ser de lá. Fora que eles são hiperxenofóbicos e racistas.

— É, mas as coisas estão começando a acontecer na Bahia! A produtora da Viola Davis virá pra cá, pô! — ela contesta firme. — Olha quantos eventos gringos estão sendo realizados aqui, eventos esses que nunca imaginamos que seriam cogitados. A Bahia está sendo vista, Naomi, e é apenas o começo!

— Tá. — Bufo. — Vamos supor que isso seja verdade, você acha mesmo que eles virão assim, sem mais nem menos?

— Bom, não! Mas a gente só tem a informação de que o plano deles é rodar a premiação por cidades culturais nos países. Salvador é a cidade mais preta do mundo fora da África e eles estão superempenhados a se mostrarem antirracistas, então...

Até parece. O Oscar? No Brasil? Há!

— Que piada, Luísa...

Ajudei Luísa a destrançar pelo menos metade do cabelo. Quando me dei conta, tinha sobrado apenas quarenta minutos para fazer o almoço, comer e me preparar para o último dia de trabalho na *Veggie&Plants*. Fiz um rápido macarrão e fritei o frango já temperado para poupar tempo.

— Lu, você vai almoçar agora? — grito da cozinha.

— Véi! — Luísa exclama de onde quer que ela esteja.

Levo um susto quando ela aparece ao meu lado na cozinha com o iPad no brilho máximo. Seus olhos estão esbugalhados, descendo e subindo freneticamente, e sua boca, aberta. A respiração está incerta.

— O que aconteceu? — pergunto largando o frango no fogo.

Luísa não responde à minha pergunta, mas me mostra o que estava olhando no aparelho.

A matéria de um site gringo tem a imagem de alguém segurando a estatueta do Oscar com um fundo vermelho e o título traduzido fica algo como:

> *"Oscar no Brasil? A maior premiação de cinema do mundo pode acontecer longe dos Estados Unidos este ano. Entenda!"*

— Eu não te disse? — Ela dá pulinhos. — Alguém vazou a informação, mas graças a Deus veio de lá e não daqui, o que esse povo tem na cabeça pra revelar uma coisa dessas assim?

— Cliques? *Buzz*? — Desligo o fogo. — Só de levantar um boato desse já devem estar com milhões de visitas no site.

— Eu sei, mas, *puta merda!* Nai, vai acontecer! Eu sei que vai! — Ela faz uma dancinha e eu me viro novamente para o tablet.

Desço a matéria e leio alguns trechos:

> *A 96ª edição do Oscar poderá acontecer, pela primeira vez em sua história, no Brasil. Já há algumas cidades, como São Paulo e Rio de Janeiro, que especialistas especulam que podem sediar a premiação, mas sem confirmações ainda.*
>
> *Nossa fonte nos revelou que a ideia da academia é rodar alguns países pelo mundo e tornar a premiação internacional. Tal projeto estaria em desenvolvimento há 5 anos e seria finalmente concretizado.*
>
> *Ainda não há mais informações de que tal notícia seja verdadeira, mas desejamos muito que se realize!*

— Luísa… — Suspiro, chocada e levanto meus olhos para encará-la.

— Amiga, imagina o *Michael B. Jordan*, o *Channing Tatum…* tudo na praia da Barra tomando banho, sem camisa e…

Seguro a risada. Isso já é sonhar alto demais.

— O Idris Elba no paredão... — ela sugere e engasga com sua própria risada.

— Se isso for mesmo verdade… — Penso alto.

— Se isso for verdade, meu amor — ela coloca as mãos na cintura —, vamos fazer com que essa seja a chance da sua vida!

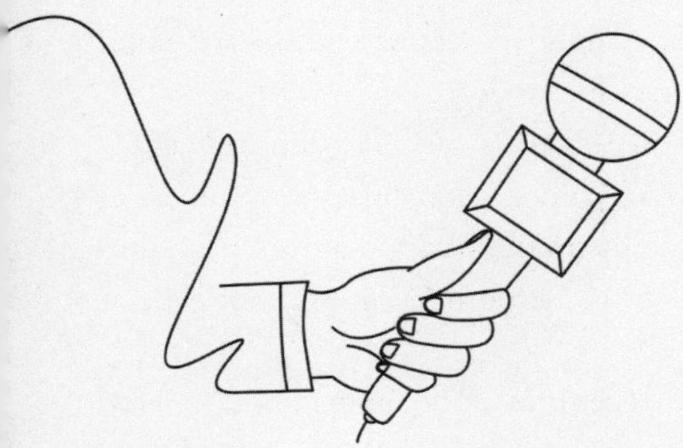

Capítulo 1

Falta pouco para as gravações finalmente acabarem. O vestido azul de gala já está pinicando, preciso tirá-lo o mais rápido possível.

Quando todas as milhares de luzes do cenário se apagam, o meu sorriso se abre de orelha a orelha, mais um dia concluído.

Desço do palco e entrego à Jamile – produtora do programa – a bolinha que sobrou em minha mão e agradeço por mais um dia. Alisson me entrega o roupão mais confortável do mundo e eu paro de tremer, o ar-condicionado está mais frio do que costuma ser e essa é a única maneira de me manter acordada.

Hoje estou particularmente cansada, não dormi quase nada na noite anterior imaginando como seria ter, na minha cidade, a maior premiação de cinema do mundo.

Mas isso seria sonhar alto demais até pra *mim*.

— Ali, o meu celular está com você? — pergunto quando termino de abotoar o roupão.

— Um… *segun*… aqui!

Ele mexe na bolsa preta que carrega sempre consigo, e tudo que podemos precisar em set, facilmente pode estar ali dentro. Quando mexe no pequeno bolso da frente, o meu celular se revela e ele me entrega.

— Obrigada. — Sorrio.

Abro o Twitter para saber se mais alguém está comentando sobre a notícia de que, supostamente, o Oscar será no Brasil e logo tenho minha resposta. Uma das hashtags mais comentadas da rede é *#OscarNoBrasil,* atingindo o primeiro lugar. Todos estão especulando sobre qual cidade receberia o Oscar e é insuportável que Salvador *nunca* esteja entre elas.

Os memes de alguns atores como Brad Pitt, tomando banho em Copacabana, me tiram risos sinceros. Meryl Streep na Avenida Paulista, Beyoncé no Jardim Botânico em Curitiba. A internet está surtando com a tal possibilidade e espero que não demore muito para confirmarem – ou desmentirem – essa informação.

Navego um pouco mais entre as postagens do pessoal e o que me chama a atenção é o fato dos norte-americanos estarem, em massa, comentando coisas xenofóbicas e racistas. Muitos brasileiros estão rebatendo os comentários quando abro o primeiro tweet, mas nada que os faça parar. Troco de rede social porque não sou obrigada a lidar com isso a essa hora da manhã.

Enquanto rolo o *feed*, vejo milhares de fotos da celebridade do momento, *Benjamin Ayo Kalu*. Ele é um dos maiores nomes de Hollywood na atualidade *Fúria em Jogo* – que para mim é só mais um filme genérico de ação –, teve uma nota alta dada pelos críticos de 88,1%. Merece? Particularmente, acho que não. Mas essa é a minha opinião.

O seu próximo filme é um suspense policial, *Quando a Cura Chegar*, cuja trama gira em torno de um cientista que, de forma intencional, cria uma arma mortal e desencadeia uma epidemia em toda a cidade. Benjamin interpreta Cameron Wilson, um detetive de uma cidade pequena que, junto com sua parceira, Nicole Strond, vão descobrir a identidade desse cientista e prendê-lo.

Aposto que o *plot* desse filme será o mais óbvio possível. Fora o romance no meio de uma trama que poderia focar apenas em pegar o maldito cientista.

Bom, não planejo assistir a esse filme. Pode-se dizer que tomei um ranço estratosférico desse ator. As notícias que saem sobre ele me deixam completamente irritada. Troca de mulher o tempo todo, é superarrogante e nunca aceita dar entrevistas. Sério! É literalmente a única coisa que sai na mídia sobre ele. Nada mais de relevante.

Rolo um pouco mais o *feed* e vejo muitas pessoas dizendo que, só pelo trailer, o filme já promete uma indicação ao Oscar. Espero que não! Há outros melhores. Mas, se acontecer, parabéns.

Argh, por que estou dando tanta importância para isso?

Guardo o celular no bolso do roupão e percebo que apenas dois operadores de câmera restam na sala. Despeço-me de ambos e corro até o camarim, é hora de me trocar e ir para casa.

Chego em casa às oito e quarenta da manhã e a primeira coisa que faço é correr para o banho. Na sequência, faço minha *skincare* do jeito mais simples e deito na cama. Enrolei um pouco para dormir enquanto mexia nas minhas redes sociais, mas quando, pela *oitava vez,* fotos de Benjamin com Vanessa Swan – seu par romântico no novo filme – aparecem para mim, desisto e fecho os olhos.

O som insistente do meu celular tocando foi o que me acordou, já às dez da manhã em ponto.

— Mainha, já falamos sobre isso! Tire o celular da orelha. — Ela o faz e eu rio. — Agora sim! Como a senhora está?

Nem sempre ela acerta fazer a chamada apenas por voz. Essa é mais uma das vezes em que ela se confunde e me liga por vídeo, mas atende como se fosse uma chamada normal. E todas as vezes é engraçado! Os mais velhos tendem a ter um pouco de dificuldade com tecnologia, mas os meus pais, em *específico*, não aprendem, não importa quantas vezes eu explique a diferença de cada rede, de cada aplicativo e das funcionalidades do WhatsApp para a comunicação. Pelo menos, me tiram um sorriso sincero toda vez que nos falamos.

— Eu que deveria estar te perguntando! Eu e o seu pai não conseguimos ficar acordados o suficiente pra te ver, mas quero que me conte como foi.

— Mainha, pela milésima vez, não há necessidade disso. O programa passa às três da manhã, é tarde para vocês, velhos — digo. Ela protesta —, estarem acordados! E foi exatamente como todas as vezes nos últimos quatro anos.

Apesar de termos essa mesma conversa todas as vezes, eu gosto quando ela pergunta.

— Cadê meu pai? — Esfrego os olhos.

— Inventando arte! Ele saiu pra comprar uma peça que faltava na luminária que resolveu consertar, *e nem estava quebrada, Naomi!* Saudades de quando esse velho tinha o que fazer. — Ela suspira e eu rio alto.

Já faz um tempo que o meu pai tem ido cada vez menos ao mercado que ele abriu na cidade com a minha mãe quando eram mais jovens. João Vitor, filho de dona Célia – nossa vizinha ao lado – completou 18 anos em janeiro do ano passado e desde então trabalha no mercadinho como caixa. Dona Célia infernizou o meu velho para dar um emprego a ele, e no fim das contas, até que foi bom. Logo depois, Júnior e Gleidson – também nossos vizinhos – começaram a trabalhar por lá.

Meu pai não gosta muito da ideia de deixar o mercado na mão de outras pessoas – e fez questão que eu, Marco e Mainha soubéssemos disso – porém, com o tempo, ele acabou adorando não precisar sair cedo de casa todos os dias para abrir o estabelecimento. E isso tem dado a ele mais tempo em casa, mais tempo para fazer coisas que gosta e, quando fica entediado, resolve consertar algo – que na maioria das vezes não precisava de conserto – e a minha mãe sempre manda foto no grupo da família das *artes* dele.

Eu tinha receio, quando saí de casa, de que eles não fossem conseguir manter a rotina sem mim. Eu tinha aquela impressão de que aconteceria algo com os meus pais caso eu fosse embora. Mas, quando completei o primeiro ano morando sozinha e tive a prova de que eles se viram muito bem sozinhos, o meu coração descansou um pouco.

Sempre que tenho alguma folga na sexta-feira e consigo emendar com o final de semana – e não tenho outros compromissos agendados – viajo para Chapada Diamantina, minha cidade natal. Não vejo a hora de poder ir visitá-los novamente, estou morrendo de saudade.

— Você viu a notícia do Oscar? Acabou de passar na televisão — ela pergunta se levantando do sofá e indo para a cozinha.

— Vi, sim, espero que realmente seja verdade, né? Ainda acho muito estranho. No Brasil assim? Do nada? — indago, ajeitando a minha cabeça no travesseiro.

— Também achei estranho, mas, se for verdade, você pode tentar algo, né? Apesar de ter conseguido entrar nessa empresa aí que você tá, já são quatro anos, minha filha, reage! Vai que *essa* é a sua oportunidade?

— *Habariako Binti.*[3] Concordo com a sua mãe! — Meu pai aparece na tela e eu sorrio. — Eu vi lá no bar do Israel que...

Ele está todo sorridente e com a cara suja de poeira. Segura algumas ferramentas na mão e a enorme barriga toma quase toda a tela do celular.

— Você não tinha ido comprar uma peça *praquele* troço que você resolveu consertar, Jorge? — Ela se vira para ele.

— Uma borboleta pousou na minha cabeça, bem quando eu estava passando perto do bar, então, eu tive que beber. — Ele ri com a própria piada.

E lá se foram cinco minutos insalubres em que ela reclama com ele sobre beber a essa hora do dia, até lembrarem que estou aqui e voltarem ao assunto original.

Mainha apoia o celular na prateleira do micro-ondas que fica em cima da pia para que eu tenha uma visão melhor e mais estável dos dois.

— Enfim, *binti.*[4] — Meu pai limpa o rosto com um pano que aparentemente estava em seu bolso. — Espero que essa notícia seja verdadeira e que você consiga entrar de vez nesse negócio aí de famoso que você gosta, sendo aqui no Brasil, fica mais fácil, né?

— Nem sempre, pai! Mas já facilita muito. — Deixo um riso escapar.

Ah, se eles soubessem...

— *Nakupenda sana, tuonane baadaye.*[5] — Meu pai se despede.

---

3 Olá, filha.

4 Filha.

5 Eu te amo muito, até logo.

Ele some da nossa visão, restando apenas a minha mãe na tela.

— Como Luísa está, Naomi? Ela e Marco... nada?

É... a Luísa era a minha cunhada, *antes* de ser minha melhor amiga *e* colega de apartamento.

— Ela tá bem, mas já faz quase um ano, mãe! Não acho que vão voltar. Eu achei que ele tinha te falado alguma coisa. — Ajeito-me na cama.

— A mim, nada. E ela também não te disse nada?

Balanço a cabeça negativamente e Mainha bufa de frustração.

— Isso está muito errado! Quando ele chegar aqui, eu...

— Já falamos sobre isso, Dona Janine! Não iremos nos meter nos assuntos deles. Se eles forem voltar um dia, irão! Caso contrário, ambos vão seguir suas vidas como estão fazendo.

— É...

Ela se conforma.

Sua feição é de tristeza. Mainha sempre amou Luísa e sempre a tratou como filha. No dia em que Marco chegou em casa anunciando a separação, foi a primeira vez que a vi levantar a voz para ele – assim contaram os vizinhos que ouviram toda a discussão. Eu estava em casa quando ela me ligou e me contou o que aconteceu, mal tive tempo de expressar qualquer reação porque a campainha tocou e era Luísa pedindo para passar uma noite no meu apartamento.

Ela estava um caco. Seus olhos se encontravam inchados de tanto chorar e sua feição tão murcha que me assustou. Eles ficaram juntos por seis anos e faz quase um que se separaram. Na época, a história era que eles conversaram e decidiram terminar, apenas. Sem mais detalhes, sem mais histórias. Eu já tentei perguntar algumas vezes, mas acabei desistindo de saber.

Ouço a porta da sala bater e passos se aproximarem.

— Mais tarde eu te ligo, mãe.

Mando-lhe um beijo e desligo quando também se despede.

— Acredita que ainda não revelaram nada sobre o Oscar? Miguel saiu de uma reunião agora há pouco com alguns executivos norte-americanos e está fazendo um suspense... — Ela coloca a bolsa em cima da cômoda, que fica atrás da porta. — Eu sei que pode se tratar de qualquer outro assunto, já que ele também administra a sede da EGB em Los Angeles, mas, *argh*, eu só queria alguma informação.

Luísa se joga na minha cama de barriga para cima e arfa, fitando o teto.

— Talvez *nem ele* tenha algo concreto e por isso não pode divulgar para a equipe — sugiro, especulando.

— É, pode ser! — Ela me olha com um sorriso. — Viu os memes que te mandei no TikTok? Eu amo ser brasileira, cara! Imagina se essa premiação acontecer de verdade aqui? O surto que vai ser?

— Ainda não, abri apenas o Twitter quando cheguei. — Ajeito meu travesseiro.

Luísa deita de lado e me encara com um sorriso estranho.

— Se ligue, o Benjamin Ka...

Reviro os olhos antes que ela termine de falar seu sobrenome.

— Deixe de migué, ele é um *gato*. Como pode odiá-lo? — pergunta incrédula.

— Olha, eu sei que você é superfã do cara e, assim, nada contra. — Jogo os braços para cima. — Nada *a favor* também! É só esse ar de superioridade que ele tem...

Ela me encara.

— Tá! Um ar de superioridade que ele *aparenta* ter — corrijo. — Mas é só olhar as fotos e vídeos. Ele está sempre sério, com o nariz empinado... sei lá... Não gosto dele.

— Ele é reservado, Naomi — Luísa o defende. — Nunca se mete em treta e as únicas coisas que saem na mídia sobre ele são sempre coisas não autorizadas, perceba.

— Se você está dizendo...

— Enfim, o que eu soube é que ele viajou para alguns países pra promover *Quando a Cura Chegar* e a próxima parada é aqui no Brasil. — Ela se ajeita na cama. — As entrevistas estão sob embargo, então não saiu nada de concreto ainda, mas... a EGB está tentando a todo custo uma entrevista com o negão mais badalado de Hollywood e adivinha...

— Fala, Luísa. — Encaro-a sem piscar.

— Parece que a *Junket* [6]será aqui em Salvador — conta simplesmente, como se não fosse nada.

Arregalo os olhos.

— O quê? — Quase engasguei. — Uma Junket acontecendo *aqui*?

— Pois é! Quase gritei na reunião hoje! As coisas estão começando a acontecer do lado de cá, amiga! — Ela ri com as mãos na boca. — E é óbvio que eu vou te indicar para essa entrevista, né?!

A encaro com tédio. Ela entendeu.

— Ah, me poupe, Naomi! Esse poderia ser um ótimo *começo*, pô. O filme será lançado na próxima semana, então, fique ligada.

— Ele está dando *entrevistas*? — pergunto. Agora *eu* que estou incrédula.

---

6 Junkets são sets de entrevistas em que a equipe de talentos e a direção de um filme ou série recebem os jornalistas e profissionais da comunicação para falarem sobre os seus lançamentos.

— Né? — ela grita. — Isso é um acontecimento histórico.

Até parece que dentre todos os profissionais que *o Entretê* e os outros canais de comunicação que a EGB tem, vão chamar logo a *mim*. Eu apresento um programa de bingo às três da manhã; eles têm milhares de repórteres experientes e famosos para esse *job*[7].

— Amanhã eu terei uma reunião sobre o assunto... — ela me encara — Vou tentar te apresentar para eles como uma opção.

— Eu te admiro demais por ter esperança que dentre todas as opções disponíveis, vão pensar: *Ah! Por que não damos a oportunidade de uma entrevista com esse besta que nunca aceita dar entrevistas, logo para a Naomi?* — Coloco minha comida no prato e vou até a mesa.

Ela me segue.

— Para com isso! Não custa tentar, e... — Seu celular toca e ela me pede um minuto, indo atender no quarto.

Independentemente de não conhecer muito bem o tal Benjamin Kalu, é de conhecimento geral que ele odeia dar entrevistas – sendo o protagonista do longa ou não – e quase nunca é visto junto aos seus colegas de elenco em lugares públicos ou acompanhando-os em eventos. Ele deve estar ganhando uma bolada de grana se aceitou participar dessa *Junket* que passará por diversos países. Achei que ele fosse intocável demais para sair dos Estados Unidos. Imagina as exigências que esse cara não deve fazer?

Sei que não serei escolhida para realizar uma das entrevistas mais cobiçadas da atualidade, mas, *mesmo sendo o Benjamin Kalu*, eu supertoparia fazer, claro, pelos meus sonhos que são muito maiores que ter que lidar com uma celebridade estrelinha.

Luísa está confiante de que me apresentar como opção na reunião de amanhã pode me deixar no radar da galera na empresa. Ela não precisa fazer isso, me colocar nesta empresa já foi o suficiente. Sou imensamente grata por ela não ter se distanciado de mim quando terminou com o Marco. Era algo que eu sempre tive medo, porque sabia que ela poderia desaparecer da minha vida.

Que bom que isso nunca aconteceu.

---

7 Trabalho.

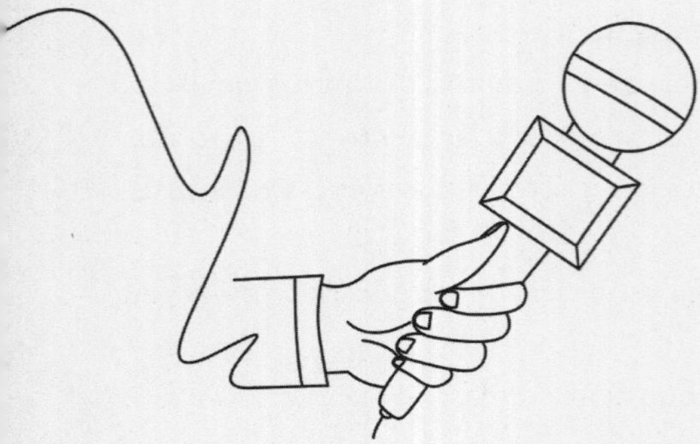

Capítulo 2

São duas da manhã e Sheila acabou de finalizar a minha maquiagem. Ela caprichou no dourado dos olhos e no batom nude. Apesar de achar que os tons de nude não combinavam com a minha pele negra, Sheila realmente sabe o que faz.

O vestido escolhido é preto, simples, estilo tubinho. Não gosto da ideia de usar um salto altíssimo, mas combina com as joias e a maquiagem dourada, então terei que sustentar este look até o final.

Os preparativos para a gravação do programa estão concluídos. A equipe ajusta as câmeras, a diretora fornece as instruções costumeiras, eu me preparo para entrar ao vivo. Quando finalmente vejo a luz vermelha da placa de *REC* acender, respiro fundo e exibo um enorme sorriso para a câmera dois.

— Olá, eu sou a Naomi Castro e você está assistindo ao *Hora do Bingo* — digo com entusiasmo, mantendo a efusividade necessária. — Antes de começarmos, um recado do nosso patrocinador.

A marca mais fajuta de leite condensado aparece na tela de retorno e tenho trinta segundos para descansar o sorriso antes da câmera voltar para mim novamente.

— Nai, na volta, fale na direção da câmera quatro.

A voz de Deus – literalmente – da diretora ressoa pelo estúdio.

— Vamos lá! A nossa roleta hoje está a todo vapor! Será você o vencedor desta noite? — Volto para a câmera que ela pediu e exibo um sorriso ainda mais chamativo.

Rodo a manivela da gigantesca roleta dourada e milhares de bolinhas brancas com números dourados se chacoalham lá dentro. Sempre digo à Luísa que essa roleta parece uma gaiola de pássaros.

— Opa! Temos o primeiro. Número cinquenta e dois, é o seu? — Eu me viro para a câmera principal, que fica à minha frente. — Não se esqueça de marcar na sua cartela digital os números que forem sendo sorteados. Se você ainda não tem uma cartela, o QR Code do nosso aplicativo está aqui embaixo. — Aponto para a lateral esquerda quando vejo pela minha tela de retorno a exata posição do código. — Basta ligar a câmera do seu celular e apontar para o QR Code, clicar no link que leva diretamente para a sua loja de aplicativos e baixar. — Respiro e coloco a bolinha na caixa de acrílico ao lado. — Cadastre-se e venha jogar com a gente! Ou, se preferir, você também pode adquirir a nossa cartela física nos maiores supermercados do país. Consulte em nosso site as lojas parceiras.

Saio do lado da roleta e ando para o lado esquerdo do palco. O lado onde o prêmio do dia é exibido.

— O primeiro lugar desta noite ganhará uma maleta com *cinco mil reais* — friso sorridente o valor do prêmio e passo para o próximo batente. — O segundo lugar ganhará um notebook de nosso patrocinador e o terceiro lugar levará para casa esta linda bicicleta para presentear seu filho, neto, ou alguma criança de que goste muito.

Desvio o olhar do teleprompter com a minha próxima fala e passo para a câmera dois novamente como manda Jamile.

— Vamos para o próximo número?

— E… corta! Maravilha, pessoal! Obrigada, Nai. — Jamile retira os enormes fones de ouvido e me entrega o roupão. — Alisson está de folga hoje.

— Tudo o que eu queria — confesso jogando o roupão sobre os ombros.

— Amanhã quem tá de folga é você. — Ela me lembra com uma piscadela. — Aproveita, hein?

— Ah, se vou — respondo e me despeço antes de sair.

Caminho até o camarim e rapidamente troco o vestido da vez pelas minhas roupas, que não são casuais, mas me deixam muito mais confortável. Respiro fundo e percorro os corredores do prédio, seguindo minha rotina habitual das quartas-feiras. Dias os quais a Luísa pega carona comigo, pois costuma ficar de home office depois do almoço.

O relógio se aproxima das nove da manhã, e o departamento de marketing já está a todo vapor. Há milhares de cubículos distribuídos pelo quarto andar, bem acima do meu e cada um deles é destinado aos trabalhadores deste departamento. É surpreendente vê-los tão dedicados e satisfeitos, mesmo em espaços tão minúsculos como esses.

— Nai! — Olho para trás e vejo Brenda, coordenadora de marketing da emissora, vindo em minha direção. — Você acha que conseguimos gravar alguns *takes* seus no estúdio com os produtos de uma das marcas da emissora para subirmos no Instagram do canal de esportes na sexta? São algumas camisas térmicas e preciso de uma carinha linda que nem a sua pra gravarmos — ela pede, ciente de que vou aceitar.

Apesar de não ser pago, eu sempre aceito.

— Claro, Brenda! — digo, com o sorriso de quem com certeza quer firmar laços com o pessoal do Marketing. — O programa tem acabado umas oito, oito e meia. Vou passar lá e gravamos.

— Você é a melhor, Nai, obrigada. Estaremos no estúdio sete do sexto andar, tá?

Eu confirmo e ela me agradece novamente antes de voltar para a sua sala.

Gosto de percorrer o prédio e observar as pessoas trabalhando. Acredito que essas caminhadas me ajudam a permanecer visível, a fazer com que as pessoas se lembrem de mim e considerem a possibilidade de me envolver em projetos interessantes. Caso não tenha ninguém escalado para uma tarefa, estou sempre pronta para assumir o desafio, como acabou de acontecer com a Brenda.

No ano passado, enquanto eu vagava pelo andar do *Entretê*, surgiu a oportunidade de atuar como assistente na gravação das *cabeças*, que são os *takes* gravados antes de uma entrevista ou programa, usados na edição final, para que o jornalista não faça a introdução e encerramento na sala com os artistas. Gravando depois, se poupa o tempo de entrevista que geralmente dura de cinco a dez minutos. Todo tempo é precioso.

Foi incrível presenciar a Bruna Aguiar em ação. Ela irradiava confiança e entusiasmo, o que era compreensível, afinal, ela tinha acabado de entrevistar o *The Rock*. Ele estava em Los Angeles para falar sobre o filme *Black Adam* e quando ela voltou para o Brasil, gravou as cenas de apresentação e chamadas aqui no estúdio para serem inseridas na entrevista final. Lembro de sentir uma felicidade genuína por ela. Fiquei tão encantada que esqueci por duas vezes de ajustar a iluminação portátil enquanto a observava gravar.

Tive meu momento tiete quando falei para ela o quanto a admirava e que ela é a minha maior inspiração. Bruna respondeu que já me viu na TV e que me achou incrível também. Às vezes duvido das minhas habilidades no trabalho, a típica crise da impostora. O reconhecimento da Bruna significou mais para mim do que eu poderia expressar.

Passear pelo andar do *Entretê* é sonhar acordada. Assisto as gravações nos estúdios que tem parede de vidro porque, como não posso entrar, pelo menos dá para ver de fora. Até já vi entrevistas sendo feitas. É incrível e...

Ouço um barulho de algo se chocando contra o vidro e olho para a sala de reuniões à minha frente. Luísa bate desesperada no vidro e eu, tão imersa em pensamentos, desperto três segundos depois e caminho até lá. À medida que vou me aproximando, reparo em todos que estão na sala. A diretora-executiva do *Entretê*, Marcela Brito, o produtor do *Entretê*, Miguel De Paula e Luísa. Entro dando "bom dia" educadamente e com um sorriso meio tímido.

A sala tem uma mesa com doze lugares que ocupa quase todo o compartimento, as prateleiras com livros falsos e decorações aleatórias e uma televisão preta de trinta e duas polegadas de frente para a entrada com o logo da empresa preenchem o resto do espaço.

— Senta, Naomi. — É *Naômi*. Sempre penso em corrigir as pessoas quando falam o meu nome errado, mas, geralmente, só as corrijo em pensamento.

Luísa me encara com ansiedade e franzo discretamente a sobrancelha.

— Queremos te fazer uma proposta. — Ele me encara.

Existem frases vindas de pessoas específicas que fazem o nosso coração parar. Perco o ritmo da respiração e preciso me acalmar para regularizar.

— Não sei se você está sabendo, mas o Benjamin Kalu e a Vanessa Swan vêm ao Brasil promover o filme *Quando a Cura Chegar* e queremos muito conseguir uma entrevista com eles para o *Entretê*, nosso canal de entretenimento, não sei se conhece. — Ele sorri com entusiasmo e eu troco olhares com Luísa que dizem tudo. — E temos um baita problema — alerta. — Eles precisam de alguém que fale... como é mesmo a...

— *Suaíli* — Luísa sai na frente com a resposta e eu congelo.

— Estávamos checando com as milhares de pessoas que a EGB quer mandar para essa entrevista — Miguel continua — e nenhuma delas tem o único requisito que a produção exigiu, só você! É incrível! Né?

— Deixa eu ver se entendi... Você quer que eu traduza a entrevista?

— Não, querida — Marcela, a diretora-executiva do canal, fala pela primeira vez. — Queremos que você *faça* a entrevista!

De repente a minha mente fica silenciosa e eu não consigo pensar em nada. A boca dela continua a mexer, mas não ouço uma palavra. Um chute debaixo da mesa me faz acordar e Luísa arregala os olhos como um sinal de *"Presta atenção, pô!"*, e aí eu volto para a Terra.

— O quê? É... sério? Mas eu...

— Você é a pessoa perfeita para nos representar — Marcela continua. — Segundo Luísa, você fala perfeitamente a língua. Não temos mais ninguém na empresa, ou que consigamos em pouco tempo para isso.

— Sim, eu falo a língua, mas... — tento pensar. — Eu sou apresentadora de Bingo, eu...

— Você é *jornalista.* — Marcela segura rapidamente a minha mão por cima da mesa. — Sabemos que você consegue. Já se sai muito bem no seu trabalho, isso é fichinha para você.

— E então, Naomi — Miguel erra o meu nome novamente —, acha que consegue entrevistá-los hoje às dezenove horas?

Hoje?

Agora sou eu que arregalo os olhos. Tento falar três vezes, mas as palavras fogem da minha boca. Ela se mexe, mas não emite nenhum som.

Sim; óbvio; com certeza; só vamos; vamos nessa; quando eu começo?

— Ela aceita, sim — Luísa declara por mim, pois continuo imóvel.

— Eu… sim, sim! — respondo mais alto do que eu gostaria.

— Maravilha, então. — Miguel se levanta. — Vou pedir para a minha equipe te explicar tudo por e-mail. Até logo, Naomi! — Miguel é o primeiro a deixar a sala após se despedir.

— Até logo, querida. — Marcela me entrega um sorriso antes de sair.

Eu me viro em câmera lenta para Luísa, ainda com os olhos arregalados e abro a boca sem emitir nenhum som, deixando apenas que o meu rosto reverbere todo o choque que estou sentindo em razão da proposta que acabei de receber.

— Eu não agradeci. — Novamente uma voz estridente sai da minha garganta.

Levanto-me da mesa e abro a porta de vidro o mais rápido que consigo. Marcela e Miguel conversam em frente à porta do elevador e eu grito:

— Muito obrigada mesmo!

Miguel, a única pessoa que se vira para trás, diz: *Não nos decepcione, boa sorte!* E sorrio antes de vê-los entrar no elevador.

— Luísa… — Volto para a sala e me sento em câmera lenta. — O que acabou de acontecer?

Coloco a mão na boca e deixo que o riso que estava preso na minha garganta se liberte.

— Já adianto que você tem que me amar muito, tá?! A nossa sorte é que aquele gostoso do Benjamin só aceita fazer a tal entrevista na primeira língua dele, o que eu acho *genial*. — Ela se endireita na cadeira giratória. — A gente sabe que o Benjamin odeia falar com imprensa e como o estúdio dele o obrigou, essa foi a condição que o próprio Benjamin colocou pra fazer a entrevista. — Ela joga a cabeça para trás, gargalhando. — Agora todos os branquelos de repente descobriram que existem jornalistas pretos e pasme, a África e *pasme ainda mais:* outras línguas além do inglês. Agora estão correndo para contratar pessoas que falem suaíli pra entrevistar o bofe. — Luísa balança a cabeça rindo.

— Nunca critiquei o Benjamin! Minha nossa!

Ela me olha com os olhos cerrados e eu rio.

— Pois é, gata. Sorte da EGB que temos uma jornalista fluente bem aqui. Fiz toda uma propaganda de você. Chegou o seu momento, meu amor. — Ela pisca e eu me levanto e corro até ela.

Eu lhe dou o abraço mais apertado que consigo.

— Obrigada, obrigada, obrigada. — Beijo sua bochecha inúmeras vezes. — Eu te amo. *Nakupenda*[8]!

— Tá, tá, tá. — Ela se desvencilha do meu abraço. — Precisamos ir pra casa, temos muito trabalho a fazer. A *junket* será no Hotel Fasano.

Arregalo os olhos.

— No *Fasano*?

O Hotel mais caro de Salvador.

— Pois é, fecharam três andares pro evento. — Ela pega a bolsa de cima da mesa.

— Uau. — Olho para o além e suspiro.

— Vamos? Temos muito trabalho a fazer. — Ela chama.

Luísa sai da sala e eu a acompanho, pronta para me jogar de cabeça e estudar para dar o meu melhor na minha primeira entrevista com um famoso.

---

8 Obrigada.

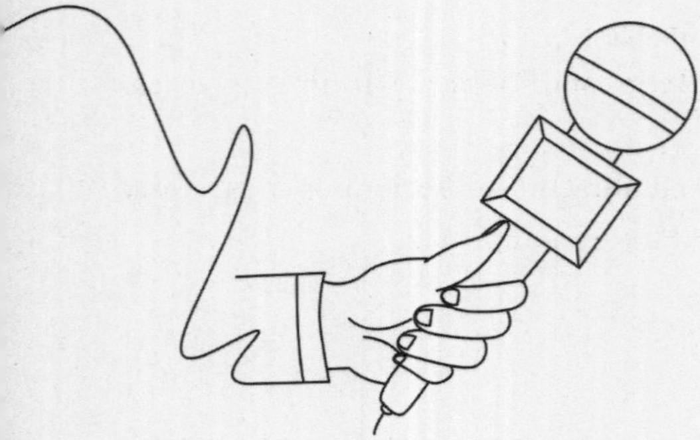

Capítulo 3

Quando Luísa falou sobre termos muito trabalho a fazer, ela não estava brincando. A EGB me enviou o *screener*[9] do longa, que é basicamente o arquivo do filme com uma marca d'água com o nome de quem recebe, enviados por e-mail para a imprensa antecipadamente.

O filme tem pouco mais de duas horas e eu *admito* que é muito bom e que *talvez* o fulaninho metido a besta mereça um Oscar. Vanessa brilhou em sua personagem e o mais chato de tudo – juro – foi ouvir os gritos de Luísa toda vez – toda vez – que o Benjamin aparecia sem camisa.

Eu nunca assistiria a esse filme no cinema.

A química entre Benjamin e Vanessa foi bastante evidente, e o romance não atrapalhou a trama – como eu achei que aconteceria – pelo contrário, acrescentou. No fim, o cientista era o *pai* do personagem interpretado pelo Benjamin. Eu não desconfiei nem por um segundo que o cara que ele não via há anos e o abandonou ainda criança seria o vilão no fim das contas. Achei uma reviravolta interessante, considerando a maneira como o filme foi construído e sempre apontava que a capitã de polícia, Alex Smith, seria o cientista.

Também recebi uma lista com todos os DO NOT, que basicamente é um documento com tudo que não podemos falar sobre o filme antes da estreia. Seja uma cena específica, um *plot twist*, algo que um personagem faz… spoilers que sob hipótese nenhuma eu poderei revelar até o lançamento.

Mas, o que me surpreendeu foi a lista de perguntas que eu *não* posso fazer a Benjamin na entrevista e já adianto que acho um *absurdo*.

9 Na indústria do cinema, 'screener' refere-se a uma cópia de um filme que é distribuída para avaliação antes do seu lançamento oficial.

1. **Não falar sobre comida;**
2. **Não falar sobre família;**
3. **Não falar sobre relacionamento (seja de qual espécie for);**
4. **Não falar sobre próximos projetos.**
5. **Não falar sobre sua rotina de exercícios;**
6. **Não falar sobre sua beleza;**

É brincadeira?

7. **Não elogiar o talento;**
8. **Não mencionar o último incidente midiático;**
9. **Não falar sobre o motivo de preferir fazer a entrevista em sua língua materna.**

— Luísa, esse cara é patético — esbravejo. — *Não pode falar sobre nada?* Me poupe! Só falta não poder perguntar sobre o *filme*.

Sim, essa lista é ridícula, assim como ele. A oitava proibição eu até entendo, ele se envolveu com uma mulher no ano passado que fez fotos dos momentos íntimos que tiveram e as fofocas começaram a aparecer em sites. A equipe conseguiu retirar tudo do ar antes que vazasse no Twitter e ela vai receber um belo de um processo, mas, ainda assim, essa lista é bizarra.

Quem ele pensa que é?

— Ossos do ofício, baby! E acredite, ele nem é o pior, já vai se acostumando. — Luísa pisca para mim.

Passamos horas pesquisando sobre o filme, sobre o próprio Benjamin e sobre a Vanessa. Apesar de ser especulação, acredito veemente que eles têm alguma coisa. Os sites de fofocas concordam, então não estou errada em pensar assim.

A cada pesquisa sobre a vida desse homem, tenho mais certeza de que ele é insuportável. Quem esconde tanto assim? Mal sabemos o seu nome, quem dirá qualquer coisa da sua vida.

"Ah, Naomi, mas ele pode só ser reservado".

O Wikipédia dele tem apenas um parágrafo.

"Benjamin Ayo Kalu (Moçambique, 10 de fevereiro de 1992) é um ator nascido na África Central que se mudou para os Estados Unidos com 22 anos e conquistou repercussão ao participar do filme Sunlight Day."

— Tá, o que você acha dessas perguntas? — Entrego o meu rascunho para Luísa e me ajeito no sofá.

— Tira essa sobre como foi a experiência de atuar ao lado da Vanessa, não pode. — Ela me entrega o caderno de volta.

Vou gritar a qualquer momento.

Tenho que me dedicar com ainda mais afinco para surgirem ao menos cinco perguntas.

— Desse jeito chegarei lá, perguntarei o nome do filme e sairei da sala. — Bufo irritada.

— Não pode. — Luísa brinca e gargalha colocando as mãos na boca.

Quando finalizo, envio para aprovação do *Entretê* de dedos cruzados. Estou torcendo muito para que as perguntas sejam aceitas e eu não precise gastar mais dois séculos da minha vida para criar outras.

Enquanto separo mecha por mecha do cabelo e passo o creme fitando cada camada, repito mentalmente cada pergunta que farei para Benjamin em suaíli me encarando no espelho do banheiro.

Meu estômago se remexe cada vez que lembro onde estarei em algumas horas.

Tenho medo de fazer algo errado, tenho medo de não ser boa o suficiente, tenho medo de estragar tudo. Mas, Mainha sempre me ensinou que temos que ir com medo mesmo, senão, nunca teremos coragem de realizar nada.

— Você tem uma hora pra se arrumar, tá preparada? — Luísa entra no quarto e a vejo, através do espelho, depositar algumas peças de roupa em cima da cama.

— Um pouco… ansiosa? Tô com dor de barriga. — Faço cara de choro.

— Relaxa! Vai dar tudo certo. Trouxe algumas peças para você usar. — Ela aponta para as roupas em cima da cama.

— Luísa, eu não vou usar isso. — Caminho para o banheiro. — A fashionista aqui é você, esqueceu? Eu já separei o meu conjunto. — Aponto para a cadeira em frente à minha escrivaninha com a minha calça jeans, o meu tênis Vans preto e uma *t-shirt* branca e básica.

— Você não vai entrevistar o cara mais gato do planeta vestindo isso, vai?

— E qual é o problema?

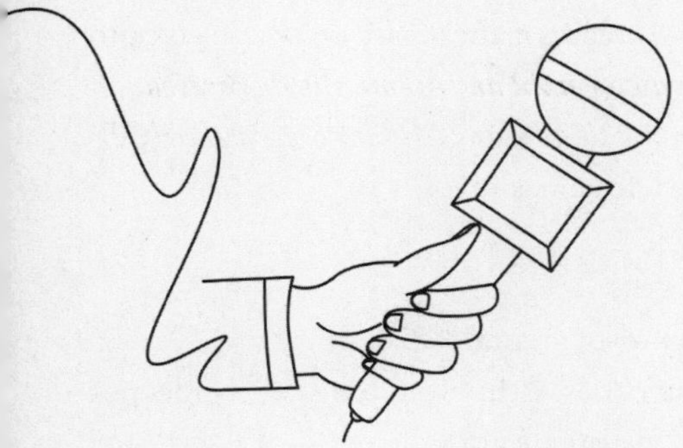

Capítulo 4

— Luísa — grito do quarto e ela corre até mim, quase arrancando a porta da parede. — Você viu o meu broche?

— Pelo amor de Deus, Naomi! — Coloca a mão direita no coração. — Achei que tinha acontecido alguma coisa! — comenta ofegante. — Eu sei lá onde você deixou isso, não fica sempre nessa sua estante aí?

— É, mas não está aqui... *Ah!* Achei. — Sorrio para ela, que revira os olhos. — Brigada.

Pego o tordo – o mesmo da Katniss Everdeen – e abotoo na minha camisa, depois o escondo com o meu casaco. Eu tenho esse broche desde que o primeiro filme foi lançado. Jogos Vorazes é a minha saga de filmes favorita. Não sou muito de ler, mas a Suzanne Collins me fez devorar todos os seus livros.

Marco – o meu irmão – sempre soube que eu era fã e, em uma de suas viagens, me trouxe o broche que ele afirma ser o original usado nas gravações e eu finjo que acredito. Assim como o tordo é usado para dar sorte nos filmes, eu imagino que o meu também me dê. Um placebo, talvez? Mas para mim sempre funciona. Como um amuleto.

— Vai mesmo com esse tênis? — Luísa me olha com desgosto.

Eu me analiso no espelho com as roupas que ela me convenceu a usar.

— Pelo menos isso, né? — Volto a encará-la. — Estou me sentindo estranha pra...

— Você está linda! E não tem *nada demais* aí, Naomi. — Revira os olhos. — Uma calça jeans clara *e* vintage, acompanhada de uma camisa branca social com um colete preto de listrinhas por cima e esse casaco de couro? Não poderia ser melhor. Só falta...

Luísa desaparece da minha vista e eu volto a me encarar no espelho.

É, realmente, nada mal.

Sinto-me linda e confortável. As roupas tiveram um caimento perfeito no meu corpo e, apesar de serem peças em tons básicos, parece que saí do Pinterest.

— Aqui, ouro. Você precisa de ouro!

Ela me entrega uma caixinha com brincos, colares e anéis para colocar e eu opto pelo colar mais fino de todos, o menor dos brincos e apenas dois anéis dourados.

O toque do meu celular me chama a atenção e vejo *"Miguel De Paula EGB"* aparecer na tela. Atendo assim que seguro o telefone nas mãos.

— Oi, Naomi! Sou eu, Miguel.

Relevo a pronúncia errada do meu nome.

— Oi, Miguel! Boa tarde. — Cumprimento-o, atenta.

— Só passando para te dar algumas instruções. Primeiramente, obrigado por ter topado! Estamos muito felizes e confiantes de que ficará incrível. — Ele faz uma pausa. — Bom, assim que você chegar ao hotel, a Camila Barros, *videomaker* da nossa equipe, estará por lá e vocês irão gravar a cabeça da entrevista. Em seguida, ela te dará o cartão de memória que deve ser entregue à assessora responsável pela gravação e, por favor, antes de sair da sala, *pegue ele de volta* e guarde-o como se sua vida dependesse disso. — Ele soa sério. — Não o esqueça, por favor! Só teremos esse *backup* da filmagem e se acontecer alguma coisa…

— Vou dar o meu melhor — prometo, consciente da confiança que estão depositando em mim.

— Assim que se fala, contamos com você. Até mais tarde!

Olho-me no espelho mais uma vez e abro um sorriso. Deixei meu *black* solto para jogo e a maquiagem básica está dando um *tcham* no visual. Estou me sentindo muito gata.

— Vai com esse tênis *mesmo*? — Luísa pergunta com repulsa quando paro em frente à porta conferindo se peguei meus documentos.

— O que você tem contra esse tênis? Meu Deus — respondo enquanto procuro minhas chaves dentro da bolsa.

— Você deveria usar um…

— Você precisa entender que a *Afropaty* da casa é só você, Luísa — interrompo-a, para não dar mais espaço para ela tentar me convencer.

— É, sei… — Ela corre para me abraçar. — Aja como se você fizesse isso todos os dias e arrase. As perguntas para a Vanessa e Benjamin estão em um documento. Camila provavelmente vai te orientar nessa parte. É só ler, esperar eles responderem, passar para a próxima pergunta e sucesso.

Ao sair do carro, deparo-me com o hotel mais caro de Salvador, o *Fasano*. É simplesmente deslumbrante, luxuoso e minimalista. Sua arquitetura lembra um castelo vitoriano, todo imponente e pintado de branco. Com vinte e três janelas de cada lado e um imenso letreiro iluminado em amarelo com o nome do hotel.

A escadaria que leva à porta principal evoca a imagem da Cinderela descendo os degraus do palácio do príncipe, uma sensação de conto de fadas que se desdobra ao meu redor. A grandiosidade e a elegância me fazem quase esperar por um sapatinho de cristal perdido ao longo do caminho.

Soube que o primeiro andar do hotel foi fechado apenas para as sessões. Estou animada para saber como ficou. Quando assisti às entrevistas do filme da Barbie com a Margot Robbie, cada espaço estava decorado com a estética do filme e eu babei na decoração. Desde as paredes até ao piso do local. Com vários pôsteres, cadeiras e mesas de plástico que lembram os móveis da boneca que brincávamos na infância.

Quando entro e me identifico no balcão, Pedro – leio seu nome no crachá de metal – confere meu registro no computador e libera a minha entrada. Ele me informa o andar e me orienta a esperar, junto com os outros jornalistas, quando eu chegar lá.

Agradeço pela informação e me dirijo ao elevador, subindo até o andar indicado.

Uma voz eletrônica me avisa que cheguei ao segundo andar e a porta se abre, deixando-me boquiaberta.

Todo o andar está de fato reservado. Cada porta tem uma placa personalizada com o nome do artista, maquiagem, marketing, produção executiva e tudo que é preciso para fazer a *junket* acontecer. O chão está coberto por um carpete preto e para todo lado há banners do filme. Pôster do Benjamin, do Benjamin com a Vanessa, apenas da Vanessa e por aí vai. Há muita gente aqui, ouço conversas tanto em inglês quanto em espanhol e uma outra língua que não identifico. Francês, talvez?

Eu me sento na única cadeira vazia do corredor, ao lado de uma mulher que me lembra muito a Zendaya. Ela está com uma maquiagem superpesada, mas belíssima, salto alto, um terninho que ressalta a cor negra de sua pele e eu automaticamente me sinto a pessoa mais desarrumada no local.

Vejo tantas pessoas pretas que fico com o coração aquecido. Como eu queria que a realidade do mercado jornalístico fosse assim, com tanta gente preta envolvida e não só um ou dois para *"dizer que tem"*.

— De qual veículo você é? — ela me pergunta em suaíli.

Talvez ela queira saber se de fato conheço a língua?

— Entretê, você conhece? — esclareço na mesma língua.

— *Sijui*[10] — ela responde e volta a mexer no celular.

Ouço os jornalistas sendo chamados um por um para entrar nas salas de entrevista e isso chama a minha atenção. Um repórter sai da última porta à direita com uma cara meio emburrada, deve ser a sala do Benjamin, *certeza*.

---

10 Não conheço.

Acredito que há, pelo menos, dez pessoas na minha frente. Conforme os jornalistas vão saindo da sala, uma mulher com cabelos ruivos e bem alta aparece na porta, chamando o nome do próximo entrevistador.

— Naomi? — Uma mulher com dreads verdes e óculos transparentes redondos sorri. — Prazer, sou a Camila. — Ela me estende a mão. — A produção te avisou que gravaremos as cabeças antes da entrevista?

— Oi. — Levanto e cumprimento-a animada. — Avisou, sim.

— Me acompanha, por favor?

Faço que sim e a sigo pelo corredor. Entramos na primeira porta à esquerda, que fica próxima ao elevador, e me deparo com o estúdio que montaram no quarto de hotel. Tem uma tela verde do chão ao teto no fundo da sala e é a primeira coisa que vejo quando entro.

Pelo quarto, câmeras, iluminações e uma mesa de controle se espalham, mas é um caos organizado. Bem simples e funcional. Está gelado, mas nada comparado com os estúdios da EGB.

— Naomi, você pode ficar em cima do X, onde está o *chroma key*, posicionada de frente para a primeira câmera, por favor?

Ela aponta me indicando. Além dessa, há uma do meu lado direito que pega a lateral do meu rosto.

— Claro!

Permaneço em cima do X como ela pediu e sorrio para a câmera. Minha barriga está estranha, parece que o pouco do cuscuz que comi antes de sair está fazendo uma corrida com o café com leite. Tiro o ar dos pulmões e expiro.

— No teleprompter consta o roteiro completo com as falas da abertura e da finalização — Camila explica, agora apontando para o aparelho. — Sempre que errar, dá um respiro de três segundos e refaz a frase ou a palavra, certo? Temos dez minutos para fazer os dois *takes*, mas acredito que você faça rápido. Se precisar respirar, só me avisar — ela ajeita o fone de ouvido em sua cabeça — que paramos, voltamos e refazemos.

— Tá bem, vamos lá.

Encho os meus pulmões de ar e os solto mais uma vez. Leio rapidamente o primeiro quadro antes de, de fato, começar a gravar. Minhas emoções querem interromper meus pensamentos, mas as afasto. Finjo que estou em mais um dia normal no estúdio como em todos os dias dos últimos quatro anos, mas falando sobre algo um pouco diferente. Minhas mãos tremem e conforme vou discorrendo, balanço-as para evitar que o meu nervosismo se reproduza na câmera.

— Olá, pessoal! Eu sou a Naomi Castro e você está no Entretê. — Espero dois segundos como pede o roteiro na tela e continuo: — Entrevistamos os maiores astros de Hollywood, Benjamin Kalu e Vanessa Swan, protagonistas de *"Quando a Cura Chegar"* que chega aos cinemas nesta sexta-feira. Confira um trechinho do trailer. — Mais dois segundos. — Bora lá conversar com eles?

— Ótimo, Naomi! Sabia que conseguiria de primeira. Bora lá gravar o final agora?

Camila tira os olhos de mim e volta para a tela da câmera.

Leio novamente o teleprompter para tentar memorizar melhor as próximas frases.

Quando finalizo as gravações, Camila me orienta a esperar mais cinco minutos, pois a próxima a entrar na sala de entrevistas sou eu. Ela me entrega o tablet com a logo da EGB cobrindo a maçã e me orienta a dar mais uma lida nas perguntas antes de ser chamada.

Acho que essa primeira experiência de filmar a introdução e finalização de uma entrevista que ainda nem gravei me traz diferentes sentimentos. Sinto-me nas nuvens, como se algo incrível tivesse acabado de acontecer, mas ainda há outra parte para concluir para só então conseguir surtar de fato. Meu coração não para de pulsar, chega a doer.

Antes de sair, paro um segundo para respirar profundamente.

Será que de fato estarei à altura para que a entrevista seja realmente *boa o suficiente* para ir ao ar? Espero que as pessoas que irão assistir gostem.

Camila me elogiou por ter feito tudo em um só *take* assim que disse "corta". Uma emoção que não sei descrever tomou conta de mim. Claro que tenho familiaridade com a câmera e os textos rápidos, gravei nos últimos quatro anos um programa que não necessariamente tem um roteiro, mas que me exige atenção para passar todas as informações corretas, então eu meio que já domino essa prática de ler rápido e consigo memorizar as coisas por tempo suficiente.

O que não para de martelar em minha cabeça é: *será que realmente serei boa o suficiente para isso?* Se eu fizer qualquer coisa de errado pode me custar muito, entretanto, por outro lado, talvez portas inimagináveis poderão se abrir se essa entrevista der certo.

— Naomi Castro? — A mulher ruiva e pálida, com o batom vermelho mais bonito que já vi, sai da porta intitulada *Main Cast*[11] com uma prancheta e me observa.

— Sim? — Eu me levanto.

— Pode entrar, estamos prontos para você. — Sorrio mais uma vez e a acompanho.

Quando entro no quarto, observo a drástica mudança. Não se parece em nada com um quarto de hotel, se bem que o corredor também não está parecendo um.

Há duas poltronas brancas impecáveis uma ao lado da outra, separadas apenas por uma mesa redonda na altura dos assentos com dois copos grandes de vidro com água.

11 Elenco principal.

A iluminação está mais pesada que na outra sala e os dois pôsters – um de cada ator – situam-se atrás de cada assento. O chão também está com o mesmo carpete preto e uma iluminação azul nas laterais da sala saem do chão atingindo o teto. Lindo, lindo.

— Por favor, quando eu sinalizar, diga o seu nome, veículo e país para a câmera. — A ruiva me tira do devaneio e me encaminha para o assento de frente para os atores. — Você terá apenas dez minutos para realizar a entrevista. Quando faltar cinco minutos para terminar, eu sinalizarei. — Ela risca algo na prancheta. — É importante que, assim que eu fizer o gesto para encerrar, realmente se encerre, fui clara? — pergunta séria, meio cansada, e eu assinto positivamente com a cabeça.

Observo as três câmeras posicionadas para onde os atores se sentarão. Cada uma enquadrando o rosto de um e outra de frente para eles, enquadrando ambos. A câmera posicionada na minha direção fica um pouco mais afastada, mas, pelo que vejo nas entrevistas, sempre pega um bom ângulo do jornalista. Acredito que não será diferente comigo.

Eu me viro para a câmera que me filmará durante toda essa jornada, mas não consigo produzir frases. Meu corpo se arrepia e não pelo frio da sala. Perco a fala quando o vejo entrar. É quase impossível se manter plena na presença de alguém assim. O profissionalismo precisa esperar alguns segundos até que eu engula em seco e respire fundo para fazer o que a assistente, que descobri ter o nome de Hanna pelo seu crachá pendurado na camisa, pediu.

Ele e Vanessa se sentam nos lugares em que seus respectivos pôsters estão e um cara da produção que não percebi que estava na sala ajeita o seu microfone. O de Vanessa é conferido por uma jovem que parece querer agilizar o processo. Ambos estão sérios, eles parecem cansados.

Limpo a garganta e reparo no sinal de Hanna.

— Naomi Castro, *Entretê*, Brasil.

— Ok, querida, pode começar. — Hanna indica e um dos meninos do microfone bate a claquete na frente da câmera principal, que capta os dois. — Dez minutos, contando, *agora*.

— *Hello Vanessa! Hello Benjamin, it is...* [12] — dou uma leve tossida para limpar a garganta — *It´s an honor to be able to talk with you both* [13]. — Dou um sorriso nervoso e tento controlar minhas mãos que tremem.

A próxima vez que alguma palavra sair da minha boca, tentarei não parecer uma cantora de ópera.

---

12 Olá, Vanessa! Olá, Benjamin, é...

13 É uma honra poder conversar com vocês dois.

— Hi [14] — Vanessa responde com entusiasmo, Benjamin assente, impaciente.

Respiro fundo.

Pense neles como pessoas normais, Naomi. Faz como você treinou no espelho! Trate-os como seus amigos, não fique tão nervosa.

— *Swali langu la kwanza ni kwa Benjamin* — digo que a minha primeira pergunta é para Benjamin e vejo sua sobrancelha se mover. — *Ni nini kilikufanya uanze kuigiza?*[15] — pergunto com um pouco de insegurança e o vejo se mover na cadeira, parecendo um pouco desconfortável.

Essa foi uma das perguntas aprovadas pela equipe dele, qual o problema?

Merda.

— Não acredito que precisarei responder mais perguntas inúteis — Benjamin resmunga enquanto se ajeita na poltrona. Seu *suaíli* é um pouco arrastado e limpo demais, como um bom nativo.

Não acredito que ele disse isso.

Grosso! Se eu não fosse a profissional que sou, diria uma coisa bem *baiana* pra ele agora.

— Podemos continuar? — pergunto em suaíli.

Benjamin revira os olhos e me encara. Babaca!

— Talvez… — Limpo a garganta, tentando polir a língua para falar sem tanto sotaque, como ele faz. — Se você não cortasse tanta coisa que poderia servir para perguntas interessantes, eu conseguiria elaborar algo à sua altura. — Meu suaíli nunca foi tão bem falado na *vida*.

Eu sei, isso não foi profissional, não foi *nada* legal. Eu preciso me controlar. A minha carreira nem começou, e já pode acabar.

Vamos, Naomi! Deixe o seu ranço de lado, você *consegue*.

Benjamin, dessa vez, levanta as duas sobrancelhas e, após alguns segundos, Vanessa arregala os olhos. Acredito que o fone que ela usa lhe enviou a tradução completa agora.

Se ele não fosse tão insuportável, poderíamos todos estar falando em uma língua comum.

— *Kamili, Basi!* [16].

Perfeito então? *Perfeito então? Tá de brincadeira comigo!*

— O que você realmente quer perguntar, Naomi Castro? — Benjamin questiona rápido demais e eu quase não consigo entender algumas palavras.

---

14 Oi.

15 Qual foi a sua inspiração para virar ator?

16 Perfeito, então.

Certo... eu... não esperava por essa. Uma onda quente passeia pelo meu corpo. Não sei se pela voz rouca e decidida que me deu a resposta ou pela *resposta* em si. Mas ele acha mesmo que pode vetar tanta coisa e ainda ser surpreendido com perguntas hiperinteligentes? Quem esse cara pensa que é?

Abaixo o iPad e respiro o mais fundo que consigo. Essa pode ser a minha última entrevista, mas eu quero saber.

— Tudo bem, há... Eu gostaria de saber o porquê de tanto mistério. Por que tantos vetos? Eu tentei trazer perguntas melhores, mas você não facilitou — falo mais devagar do que costumo para reproduzir cada palavra de forma correta.

— Não preciso que os outros saibam da minha vida, apenas do meu trabalho e isso é o suficiente. — Ele dá de ombros.

— Você parece um fantasma — solto, impulsivamente.

— *Hapana*[17], Naomi, eu apenas acho que não preciso expor a minha vida mais do que o necessário.

— Se é o que diz... — finalizo.

Sua sobrancelha se arqueia novamente.

Vejo sua boca abrir e percebo que ele está prestes a rebater. Eu me adianto e viro a cabeça na direção de Vanessa, que nos observa inquieta.

Espero alguns segundos para que o tradutor possa repassar nossa conversa. Seus olhos se arregalam por um momento, mas logo ela se recompõe e eu aproveito para mudar de assunto.

— Vanessa, em quais aspectos você mais se identifica com a sua personagem? — Embolo um pouco a língua, mas acredito que falei com um inglês entendível.

— Nicole é uma policial determinada que não descansa até atingir o seu maior objetivo. Ela sempre... *"não entendi essa parte, o sotaque dela embolou"*... com todos e acredito que foi uma personagem que se tornou essencial para a descoberta no fim. — Vanessa olha rapidamente para Benjamin, que cerra a mandíbula e, então, volta o olhar para mim.

— Nossa, obrigada! Obrigada. — Sorrio aliviada pela ótima resposta e ela retribui.

Pelo menos alguém aqui está colaborando.

Dou um *check* na pergunta e pulo para a próxima.

— Benjamin, o qu...

— Acredito que Cameron seja parecido comigo também — ele responde à pergunta que fiz à Vanessa, em inglês.

Agora quem arqueia as sobrancelhas sou eu.

---

17 Não.

Vanessa dá um sobressalto quase que imperceptível. Olho rapidamente para ela e vejo sua leve expressão de choque e animação ao ver o seu parceiro de cena responder algo diferente do que provavelmente tem respondido. E em *inglês*.

— Ele é, sem dúvidas, o personagem mais corajoso que já interpretei. — Benjamin finaliza.

— Ah... — engulo em seco. — Obrigada... Benjamin. — Faço uma pausa.

O iPad está com a tela bloqueada e eu estou tentando colocar a senha na sequência de 1 a 6, mas minhas mãos estão tremendo num nível absurdo e o *touchscreen* também resolveu me odiar.

— Desculpa, só um... só um segundo, eu... — Tento colocar a senha, mas apertei no sete, ao invés do seis.

— Pode perguntar qualquer coisa. — A voz rouca de Benjamin soa pela sala em um suaíli perfeito.

Sinto arrepios pelo corpo e respiro fundo, concentrando-me no aqui e agora. Ele fala o meu nome com um sotaque louvável e... se concentra, Naomi!

— É... — tento pensar em algo. — Hum... Qual é a sua maior... inspiração? — pergunto em inglês.

— Essa pergunta não foi *aprovada*. — Hanna surge ao lado da câmera que me filma com a respiração incerta.

— Tudo bem, Hanna. — Benjamin levanta a mão e pisca rapidamente para ela.

A expressão de Vanessa e Hanna foi de choque à surpresa. O que me leva a pensar o quão chatas e monótonas foram as outras entrevistas. Sei que também não estou fazendo perguntas muito diferentes, mas pelo menos estou arriscando.

— Eu irei responder — declara, deixando todos perplexos.

Ele me encara e eu tento não me encolher. Seu olhar é intimidador e talvez seja porque *ele* é assim. Meu corpo formiga com seus olhos olhando diretamente nos meus, mas tento voltar ao meu ritmo natural sem que percebam.

— Bom, a minha maior fonte de inspiração são os meus pais — ele responde, um pouco mais leve. — Quando falei pela primeira vez que gostaria de fazer algo no meio da arte, ainda adolescente, eles me apoiaram. — Benjamin se ajeita no assento. — Eu devo tudo a eles. Devo, *inclusive*, todo esse sucesso e essa beleza, claro. — Ele sorri e eu sinto meu corpo se derreter.

Puta merda.

Tinha que ser *tão* gato?

Com outras duas perguntas aprovadas, Vanessa parece ter ficado satisfeita com suas respostas. Quando perguntei a Benjamin o porquê da entrevista ser em *suaíli*, Hanna quase infartou, entretanto, a resposta dele mexeu comigo.

"Por que não fazer toda essa indústria branca se mexer um pouco para falar a língua que tanto quiseram apagar? Estudamos tanto para aprender a língua deles, então, eles também podem se mexer um pouco para aprender a nossa, ou, fazer como fazem, e fizeram, trazer pessoas que genuinamente falam a língua nativa do meu país e lhes dê, mesmo que temporariamente, um pouco de oportunidade. A ideia seria permanecer assim, mas, sabemos que nos usam apenas quando é oportuno."

Uau.

— Mais alguma pergunta, Naomi? — Benjamin inquiri, cerrando a mandíbula.

Balanço a cabeça.

Permanecemos alguns segundos nos encarando – eu tenho total ciência disso –, mas ainda me pareceu séculos.

Saí da sala um pouco balançada. Balançada por ter conseguido manter a serenidade e o profissionalismo em uma entrevista em duas línguas.

No fim, Vanessa pareceu muito satisfeita, ela prestou atenção em cada palavra, vi seu cansaço se transformar em expectativa ao responder às perguntas que eu fazia.

Talvez eu não seja tão ruim nisso.

Benjamin se despediu com um *tutaonana baadaye* [18] e mesmo esperando nunca mais vê-lo na vida, valeu a pena.

---

18 Até logo.

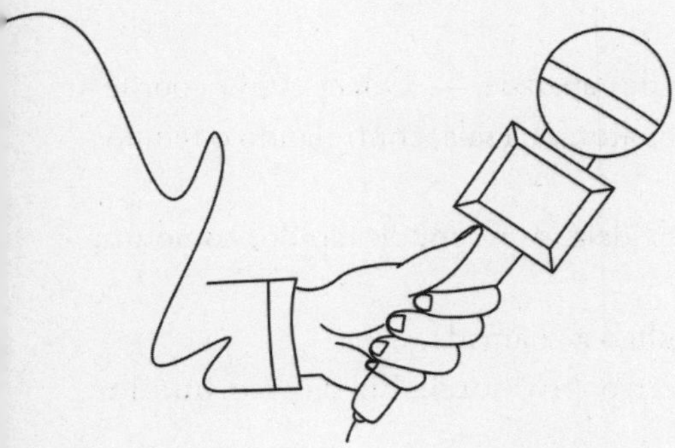

Capítulo 5

— Você fez *o quê?* — Quase fico surda quando termino de contar sobre a minha primeira entrevista para Luísa, precisando afastar o celular do ouvido.

— Eu estava com um pouco de ranço dele, sabe?! Espera aí… — Entro no carro que acabei de chamar. — Boa tarde, moço! Naomi!

— Boa tarde — seu Cleber responde e dá partida no carro quando eu fecho a porta.

— Naomi… — Luísa chama do telefone.

— Não estou acreditando, juro! — Gargalho. — Foi errado? *Foi.* Pouco profissional? Até demais. Posso ser demitida? *Sim!* Mas, graças a Deus deu certo e… Onde você tá? Que barulho é esse? — pergunto, colocando o cinto de segurança com a mão livre.

— Tô no salão de Rose, vim fazer as unhas e a sobrancelha, mas, Naomi! *Graças a Deus deu certo?* — Ela suspira e um barulho de secador um pouco longe invade a chamada. — E se isso tivesse dado errado, véi?! Que bom que ele entrou na sua! Eu teria um treco se você fosse *expulsa* da sala de entrevista.

— Eu sei, eu sei, me desculpa. — Suspiro. — Só… à direita, moço — interrompo a conversa para instruir o motorista que estava entrando na rua errada. — Enfim, acho que ficou bem legal, pelo menos consegui fazer perguntas que seriam "proibidas" e ele respondeu algumas das que fiz pra Vanessa também.

— Cho-ca-da… — Ela ri. — Eu não vejo a hora de assistir isso, sério! Assim que eu chegar ao escritório amanhã, vou direto para a sala de edição e…

Congelo.

Sinto um calafrio percorrendo minha espinha. Uma sensação de choro pesa sobre meus olhos e a minha respiração começa a falhar. Não sinto o balanço do carro e mal escuto o que Luísa está falando. Encaro o banco do carona e em seguida abro a minha bolsa, buscando por algo que eu tenho plena consciência de que não está ali.

— O cartão… — é apenas o que consigo dizer.

— Oi? — Luísa indaga do outro lado da linha.

— O cartão de memória! — Urro. — Luísa, eu *esqueci* o cartão de memória no hotel.

Digo mais para mim mesma, sem acreditar.

— Naomi, volta pra lá agora! — Sua voz fica abafada. — Quem estava coordenando as entrevistas? A pessoa responsável pelos atores na sala, controlando o tempo? — pergunta ofegante.

— Uma ruiva... Hanna! Hanna é o nome dela — respondo rápido, como um questionário de reality show.

— Vai atrás dela agora — ordena e eu desligo a chamada.

— Moço, *por favor*, volta com esse carro pro hotel. Eu pago o que for — imploro ao motorista.

Há certos momentos na vida em que tudo parece estar diferente da nossa realidade habitual. Parece que viajei para uma era glacial de biquíni e meu corpo é feito de gelo. Não acredito que esqueci a coisa mais importante da minha vida nesse momento. O bendito cartão de memória com a entrevista única, inédita, que tem o *chato Kalu sorrindo e tudo.*

O motorista faz cosplay de Dominic Toretto e me deixa rapidamente em frente ao hotel que eu estava há poucos minutos.

Para a minha surpresa, apenas parte da produção está presente. O andar voltou a ser um andar de hotel normal e quase não há mais vestígios de uma *junket* super produzida que habitava no local uns minutos atrás.

Quando encontro a única pessoa para a qual eu poderia pedir informações, ela me informa que todos já saíram e não saberia dizer para onde.

— Você estava no evento que aconteceu aqui?

Um ser humano surgiu do nada, aparentando ter menos de vinte anos, cheio de piercings e vestindo preto, como se fosse o rockeiro dos anos setenta.

— Como você...

Ele aponta para a minha credencial que eu esqueci absolutamente que ainda estava no meu pescoço.

— Sim! Eu estava! Você sabe para onde todos foram? — pergunto desesperada.

Meu peito sobe e desce, tenho quase certeza de que meus cabelos estão totalmente desalinhados. Espero não o estar assustando com a minha expressão, mas isso é um caso de vida e morte e eu preciso de ajuda.

— Olha, não exatamente... — Ele parece pensativo.

Jogo minha cabeça para trás, prestes a chorar.

— Mas eu estacionei uma das vans que estão transportando os artistas e um dos motoristas estava falando sobre um *after* chique com atores de Hollywood que vai rolar no Hotel Fiesta.

Arregalo os olhos e leio o nome *"Márcio Silva – Manobrista"* em seu crachá e pego em sua mão.

— Márcio, você acaba de salvar a minha vida! Eu não sei como agradecer, obrigada mesmo.

Não consigo ouvir a sua resposta porque saio correndo para a rua e, por sorte, há um táxi estacionado em frente ao hotel que estou.

— Boa tarde, você está livre?

Ele apenas assente e eu entro no carro.

— Qual o destino? — ele pergunta, tranquilo.

— Hotel Fiesta, no Itaigara.

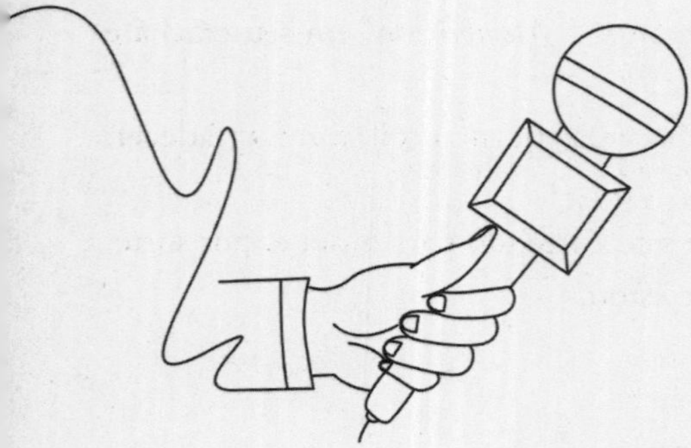

Capítulo 6

Tenho plena consciência de que minha ansiedade e preocupação para chegar o mais rápido possível ao local que preciso estar neste *exato* momento torna o tempo mais demorado na minha perspectiva. Mas, o motorista poderia ter ganhado uns dois ou três minutos a menos na rota se ele fosse pelo caminho que o *GPS está indicando.*

Segundo o meu Google Maps – que é praticamente igual ao aplicativo que ele está usando – se ele tivesse escolhido o trajeto pela Avenida Mário Leal Ferreira/Avenida Antônio Carlos Magalhães, estaríamos lá em catorze minutos, no máximo.

Juro que tentei avisá-lo. Deixei até o som da moça do GPS indicando as entradas que ele deveria fazer, mas é *óbvio* que ele preferiu ir por onde queria, não é mesmo? Sendo assim, chegaremos em dezoito minutos. Minutos de diferença que podem custar uma carreira que nem começou direito.

O carro toca uma música baixinha que não consigo identificar e meus ouvidos estão em um zumbido infernal. Faço a técnica de inspirar e expirar e ignoro as milhões de mensagens que o meu celular está recebendo. Eu não tenho tempo para isso agora. Preciso me concentrar em como vou recuperar o cartão de memória.

E se não estiver por lá? E se eu nunca mais o ver? E se ninguém o levou para festa? O que eu estou fazendo é um tiro no escuro, mas, atualmente, essa é a melhor opção que tenho.

Como vou explicar para Miguel que a entrevista que ele rebolou para conseguir foi de arrasta pra cima? Pelo amor de Deus!

— Dinheiro ou pix? — O moço de cabelos grisalhos me tira dos pensamentos.

— É… — Arregalo os olhos quando vejo que a corrida ficou em trinta e oito reais. — Pix!

Demoro um pouco para estabilizar minhas mãos e conseguir digitar corretamente a senha do meu banco e pagar o taxista.

De fora o hotel parece estar mais do que normal, vejo pessoas com roupas de praia entrando e saindo e carros estacionando em frente ao portão principal.

Quando entro no lobby do hotel, paro dois segundos para visualizar o ambiente e pensar no próximo passo.

Através da porta de vidro, vejo uma Van estacionando e algumas pessoas saindo dela. Duas mulheres e um homem estão incrivelmente estilosos. Eles conversam animadamente entre si e eu... apenas os sigo.

Andamos até um corredor ao lado do balcão da recepção e eu tiro o meu casaco. Tento parecer relaxada o máximo possível, mas tenho um pequeno sobressalto quando os vejo parar em frente a uma mesa onde uma menina está conferindo nomes na lista e lhes entregando uma pulseirinha rosa neon.

— Enrico Salles — o menino de cabelos longos e loiros diz com uma voz um pouco antipática. — @enrisalles, com dois *éles*.

As meninas também se identificam e eu respiro fundo quando chega a minha vez e Amanda, como mostra em sua credencial, me olha com desdém.

— Nome?

— Oi, boa noite. — Entrego-lhe o meu maior sorriso. — Eu sou a Naomi, eu... eu... — limpo a garganta. — Vim trazer o casaco de Hanna, minha chefe, eu sou assistente dela.

— A sua credencial diz *jornalista* — Amanda diz, ríspida. — Querida, essa é uma festa privada. Sem nome, sem pulseira. Dá licença?

— Eu sei, eu não vou ficar — disparo. — Eu só preciso muito entregar o casaco dela, não quero ser demitida... por favor! Eu entro e saio, por favor. Prometo que será rápido.

Olho para a minha frente e através das portas de vidro, consigo ver Hanna em pé em uma conversa com um homem que está de costas para mim.

— Ali está ela. — Eu aponto para Hanna e tento chamar sua atenção balançando os meus braços. — Eu vou apenas entregar esse casaco a ela e saio, por favor!

Amanda me analisa de cima a baixo, não sei se o pânico no meu rosto é o que a comove, mas se trata de algo que não estou na posição de questionar nesse momento.

Ela revira os olhos e me dá cinco minutos para entregar o casaco. Caso eu demore mais que isso, ela chamará os seguranças.

Entro no *after* e percebo que estamos na área da piscina. Piscina essa com luzes coloridas pintando suas águas e até alguns balões festivos jogados por lá. À medida que caminho até Hanna, percebo que todos estão vestidos no estilo esportivo fino. Agradeço pela segunda vez por ter uma amiga fashionista em casa que não me deixou sair com a roupa que eu havia escolhido.

— Oi, Hanna, desculpa incomodar. — Chego de mansinho ao lado dela, que me olha com curiosidade. — Podemos nos falar rapidinho?

Eu me viro para cumprimentar seu acompanhante e meus olhos se encontram com outros olhos castanho-escuros. Olhos que eu achei que não precisaria ver outra vez, mas aqui estão, encarando-me com curiosidade.

Cheguei tão focada em quem eu precisava falar que mal o notei aqui. Eu não esperava vê-lo – mesmo sabendo que ele estaria –, na minha cabeça, eu apenas entraria, falaria com Hanna e sairia.

— Sim? — Ela me encara.

— Desculpa mesmo te incomodar, mas... — Minha voz falha um pouco e já não consigo controlar tanto a minha respiração. — eu imaginei que você, como coordenadora das sessões de entrevista, poderia me ajudar. Eu esqueci o...

— Querida, aqui está. — Ela tira da *clutch* preta brilhante o bendito cartão de memória. — Não repita novamente, se fosse em outra *junket* você nunca mais veria este cartão. Sorte que o...

— Pega leve, Hanna — Benjamin a interrompe, sério.

Olho para o dono da voz, na mesma hora, incrédula.

— Ela só esqueceu o cartão, acontece muito — ele conclui em inglês, balançando os ombros. — É algum tipo de perseguição? Você é uma fã? — ele dirige a pergunta diretamente para mim, em suaíli.

— Nem se você sonhasse com isso — respondo na mesma língua, sem pensar, e me arrependo imediatamente.

Ele sorri enquanto leva o copo à boca tomando mais um gole do que quer que seja que ele esteja bebendo.

Hanna não nos entende, é bem óbvio, pela confusão em seu rosto.

— Não precisava ter vindo até aqui *assim*, eles enviam um link de backup para quem esquece esses cartões — Hanna explica com indiferença.

— Eu não sabia...

Por que ninguém me disse? Que ódio!

— Claro que não. — Ela dá de ombros e revira os olhos.

Em um impulso, beijo o cartão de memória e o guardo em minha bolsa.

— Muito, muito obrigada — agradeço a ela novamente.

Despeço-me dos dois e caminho em direção à saída.

Sinto vontade de olhar para trás à medida em que vou andando, porque percebo olhares em minha direção, mas apenas sigo o meu caminho.

Esse provavelmente é o dia mais *insano* da minha vida. Mesmo acreditando que tudo o que aconteceu estava escrito para acontecer, ainda parece surreal ter realizado um dos maiores sonhos da minha vida, apesar de todos os obstáculos. É uma sensação que mistura gratidão, estranheza e um toque de medo, mas perceber que somos capazes de alcançar o que tanto desejamos é, sem dúvida, incrivelmente recompensador.

— Naomi, eu preciso que você se sente neste sofá e me conte exatamente tudo que aconteceu. — Luísa me espera na sala com um balde de pipoca e algo que parece com argila no rosto. — Com *detalhes!*

— *Você platinou o cabelo?* — exclamo quando percebo seus fios curtos e completamente brancos.

— Sim, mas isso não vem ao caso agora. — Ela bate a mão livre no sofá. — Senta aqui, eu preciso saber de *absolutamente* tudo!

Assim que entreguei o cartão de memória na empresa e coloquei para fora todo o ar que eu vinha carregando, fui direto para a barraca de açaí de Dona Linete, a única que poderia me salvar. Atravessei a rua e pedi o meu favorito de sempre: Açaí, Nutella e frutas vermelhas. Sentei na mesa que me permitia ter visão de toda a rua e sorri. Ri como se tivesse ouvido a piada mais engraçada da minha vida.

Depois, respirei fundo e fui para casa, sabendo que serei obrigada a compartilhar todos os detalhes com a minha melhor amiga.

— Luísa, eu estou exausta, preciso dormir.

— *E quico?* — Ela larga a pipoca na mesinha de centro e se levanta. — Miguel acionou a equipe de edição e a diretora do Entretê para um plantão, estão todos numa sala de reunião agora *mesmo* e ele falou que essa entrevista vai dar o que falar! O que você fez? — Seu riso invade cada palavra.

— Você é *definitivamente* a maior fofoqueira dessa casa — digo e caminho até ela.

Eu me sento ao seu lado no sofá e compartilho como foi a minha noite. *Em detalhes.*

Luísa gargalha tão alto à medida que vou lhe relatando as coisas que fico com medo de receber uma multa do prédio por barulho.

— Eu preciso ir pro trabalho mais cedo para assistir isso antes de sair. — Ela joga a cabeça para trás. — Não vou aguentar esperar, é isso — dá seu veredito.

— Por que você é assim? — Balanço a cabeça, rindo.

— Tô tão feliz por você, Nai. — Ela me abraça. — Nem acredito que a primeira entrevista da sua carreira é com o cara que você mais detesta dessa indústria. — Sinto sua risada sair de dentro da garganta.

— Ele não é tão ruim assim... — Fico pensativa. — Pelo menos não como achei. — Limpo a garganta.

Luísa me encara, um tanto desconfiada, com um riso estampado no rosto.

— Que foi? — pergunto, com a testa franzida.

— Eu sabia que *nem você* resistiria ao charme daquele homem — fala e coloca um punhado de pipoca na boca. — E esse seu look… aposto que nem ele — diz enquanto mastiga.

Dou um pulo do sofá e passo a mão por toda a roupa, verifico nos bolsos e nada. Onde está o meu broche?

— O que foi? — ela pergunta, confusa.

— O meu broche, ele… não tá aqui.

Corro até minha bolsa e vasculho todos os lugares que ele poderia caber, mas não o encontro. *Merda!* Com toda a confusão que foi a minha noite, ele deve ter caído. E pode ter sido em *qualquer lugar!* Merda, merda, merda.

— Eu sinto muito, Nai… — Ela vem até mim e aperta meus ombros. — Não chora. — Luísa percebe meus olhos lacrimejando antes de mim.

Meu estômago se revira. Era o meu broche da sorte, *insubstituível.*

Eu me jogo no sofá, fixando os olhos no chão e tentando reorganizar os pensamentos de onde eu poderia tê-lo perdido, mas não consigo. Luísa me abraça por alguns minutos e em seguida pega o meu celular para tentar entrar em contato com o Uber que fez as corridas comigo.

Ela até consegue. Como paguei a corrida no pix, o contato dele apareceu. Liguei, expliquei, chorei, mas ele garantiu que não estava em seu carro.

É, ele se foi.

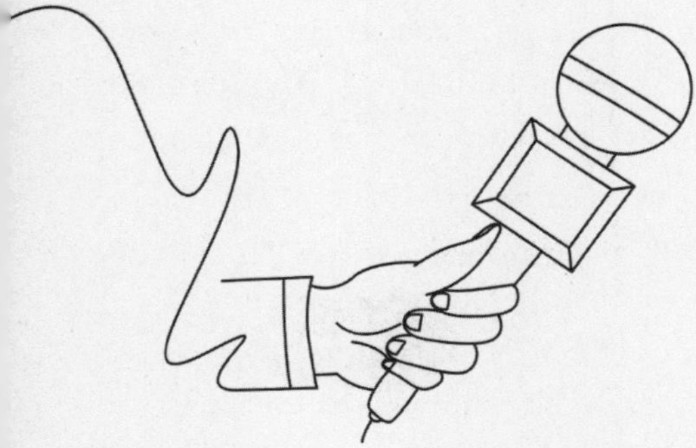

Capítulo 7

Folga! Era isso que eu estava precisando.

Depois do dia insano que tive ontem, acordar perto do meio-dia foi a recompensa perfeita. Eu poderia ter dormido um pouco mais, meu corpo estava pesado, dolorido e sair da cama parecia uma tortura. Mas fiz o favor de esquecer a cortina do quarto aberta, dando espaço para o sol me atingir com sua máxima iluminação e me acordar quase que instantaneamente.

Aproveitei o dia ensolarado para lavar roupa e arrumar a casa. Luísa foi trabalhar mais cedo porque, segundo ela, *"precisava assistir a entrevista antes do mundo inteiro"*. Eu prefiro deixar para lá, por hora. Provavelmente estão achando um saco o tanto que eu tive que aturar aquele chato.

Deixei a *playlist* de Luísa rolar e logo após a última música do álbum *Taurus, Vol. 2* de Duquesa acabar, BaianaSystem toca no volume máximo. Canto partes da música enquanto varro a sala e arrumo todos os enfeites da prateleira de madeira que fica ao lado da TV.

Meu telefone vibra exibindo a foto de uma Bratz e "Lulu" – o apelido que ela odeia – na tela.

— Você já olhou o Twitter? — pergunta eufórica assim que atendo o telefone.

— Não, por quê?

— Olhe — ordena e desliga o telefone.

O que de tão importante está acontecendo no *Twitter* uma hora dessa?

Abro o aplicativo que a logo mais parece um site pornô e pisco algumas vezes para entender o porquê do meu nome estar *em alta*.

Puta merda.

@netts029

Nossa!!!!! Olha a química deles!!!!

Tweet

@only1Dlover

Naomi você foi gigantee iskskdndksdh
ELE SORRIU!

Tweet

@ThaliArmy1990

Se um cara não me olhar assim, eu nem quero
print da tela entre Naomi e Ben

Tweet

@carolcarol2

não sei que química é essa que vocês tanto veem!

Tweet

@amandalima10

como a repórter conseguiu tantas infos do Ben? ele só fez coisa genérica pra outros canais, parabéns!

@techtop20

Quem essa aí acha que é? ela é péssima! que entrevista ruim! desiste da carreira enquanto pode, mona

@mariahelenachagas

EU NÃO ACREDITO QUE PERDI O BEN!!!!!!
MAS ELES SÃO LINDOSSSS e esse CABELO DELA?

@opadorameira

Acho um desrespeito com outros repórteres. Por que só esse canal conseguiu tantas informações? Devem ter pago muito caro porque ele nunca fala nada. Ridículo!

@amiga_beca2002

só eu que achei essa menina super sem graça?

Tweet

@jungkooklovers235

Sério??? A química entre a repórter e o Ben??? A maneira como ele está olhando para ela???
um vídeo com vários recortes da entrevista

Tweet

Que química, gente? Pelo amor de Deus!

Estou a mais de uma hora sentada no sofá lendo coisas absurdas. Tem de tudo, mas a maioria está dividida entre nos achar o casal mais incrível do mundo e o choque por descobrir informações do Benjamin que nunca souberam em anos de carreira. Também há aqueles que estão entre me odiar pela química que elas acham que eu tenho com o amor da vida delas e outros que apenas me xingam e me ofendem *gratuitamente* seja pela minha aparência ou pela forma como falo inglês. Entretanto, o pior de tudo foi abrir o meu Instagram e descobrir que milhares de pessoas estão me mandando solicitação para seguir.

Minha nossa!

— Você tá famosa — um grito histérico vem da entrada quando escuto a porta bater.

— Luísa, que merda é essa? Por que estão falando isso? — Eu me levanto do sofá e vou em sua direção.

— Ai, Naomi, eu *a-m-e-i* a entrevista! Vocês têm uma química do caral…

— Oxe? Claro que não! Tá maluca? — interrompo-a. — Não tem nenhuma química entre mim e aquele tapado, Luísa. — Respiro fundo.

— Amiga, você já assistiu a entrevista? — pergunta enquanto caminha até a cozinha. — Foi ao ar de manhã no canal e já está no YouTube.

Assim que Luísa menciona, corro para o YouTube e quase engasgo ao me deparar com as visualizações que beiram meio milhão na primeira hora. Não posso negar que, pelos ângulos, os olhares de Benjamin pareciam ter algum tipo de faísca, mas é claro que eles *não* foram para mim. Quer dizer, tecnicamente *foram*, porém não dessa forma.

Eu teria percebido, eu teria *no mínimo* me incomodado, tenho certeza.

A edição pode ter manipulado tudo justamente para dar essa falação toda. Porém, concordo com todos os comentários sobre termos vencido em relação à entrevista. Fomos os melhores. Várias informações diferentes e detalhes que não estavam previstos. Os outros veículos devem estar nos odiando.

Luísa comentou que Miguel teve um minissurto quando me ouviu fazer a primeira pergunta fora do roteiro e teve um maior ao ouvir Benjamin responder. Luísa insiste que a forma que Benjamin me encarou por segundos até decidir responder foi intrigante e apenas eu *"não estou vendo"*.

Agora a nossa entrevista no YouTube está com quase um milhão de visualizações e a minha cara está por toda a internet. Por sorte, o meu cabelo estava bonito e sem amassados, eu provavelmente surtaria se ele estivesse feio.

Todos estão nos shippando e eu só quero que tudo isso *pare*. Quero que a próxima polêmica chegue e todos por fim me esqueçam.

Liguei para os meus pais logo após assistir a entrevista e passamos uma hora e meia falando sobre isso. Meu velho também não gostou de Benjamin, mas Marco e minha mãe o amam. Marco nem é fã de Benjamin desde que ele fez *Doctor Who*. Minha mãe o acha o negão mais lindo do mundo – depois do meu pai, ela garantiu – e o pior? Agora minha cidade natal não tem outro assunto a não ser fofocar sobre a minha vida e falar o quanto um ator famoso de Hollywood parece estar apaixonado por mim.

Que pesadelo.

— Estão falando coisas terríveis ao meu respeito, Luísa, eles...

Sinto um bolo se formando na minha garganta.

Luísa se aproxima e me dá um copo de água. Eu lhe entrego meu celular com as mensagens e *tweets* maldosos, racistas e xenofóbicos que *printei* para denunciar.

Coloco as mãos na cabeça e apoio os cotovelos na perna, fixando meus olhos no chão e respirando o mais fundo que consigo.

— Eu sinto muito, Nai. — Ouço Luísa dizer baixo.

Ela me puxa para si e eu afogo meu rosto em seu colo.

— Você sabe que nada do que falaram é verdade, certo? — Ela alisa meus cabelos. — Você é talentosíssima, merecedora de tudo de bom que lhe acontece e uma profissional mais que competente. Nunca se deixe abalar por pessoas que se escondem atrás de um arroba para destilar ódio.

— Eu sei, mas ainda assim é…

Não consigo terminar.

E ela apenas me sustenta ali, impedindo-me de desabar.

Não demorou muito para a noite cair.

Desabar é a melhor opção para nos reerguer. Acabei pedindo um yakisoba, que é a minha comida da solidão. Apelidei dessa forma porque compro sempre que estou triste e acabo ficando feliz depois de devorá-lo.

Hoje é noite de Golden Globe e estamos preparadas para assistir à premiação. Vinho, pipoca, yakisoba e queijo coalho nos acompanharão pelas próximas horas.

Eu sou fascinada por todo tipo de premiação e tive a sorte de Luísa ser também. Por mais que o Oscar seja o *bam bam bam* das premiações, o Golden, VMA e o Framboesa de Ouro são os meus favoritos.

Tenho um quadro muito antigo que contém todas as premiações existentes e as épocas que elas costumam passar. Ele é decorativo e eu o fiz na faculdade para alguma matéria que não lembro, mas fica uma graça na sala, em cima do carrinho de bebidas que Luísa insistiu para termos.

— Como Viola Davis pode ser tão linda, talentosa, carismática, rica… sobra o que pra nós? — digo enquanto gesticulo para a televisão que mostra a diva passando.

— Admirá-la — Luísa responde pegando mais um pouco de pipoca do meu balde. — Ih, olha lá seu namorado. — Ela aponta para a TV.

— Deixe de ser besta. — Dou um muxoxo e reviro os olhos.

Benjamin aparece na tela sentado à mesa com *Will Smith, Denzel Washington e Kerry Washington*, que *potência*. Ele dá um sorriso para a câmera e a minha pele formiga. O cara é muito bonito, eu nunca neguei. Está vestindo um terno branco com uma camisa branca por dentro, sem gravata, que realça ainda mais a sua pele retinta. Sua barba está aparada e a roupa deve ter sido feita sob medida, os músculos estão desenhados e ele parece três vezes maior na tela do que é pessoalmente.

— Nai, olha a sua cara, na moral. — Ela gargalha jogando a cabeça para trás com um monte de pipoca dentro da boca.

— Luísa, não é porque eu acho alguém gato e gostoso que eu vou gostar da pessoa, ué — respondo irritada e ela me olha risonha, balança a cabeça e volta a assistir. — Eu apenas tenho olhos.

— Sei bem, Naomi Castro. — Ela sorri olhando na direção da TV.

A premiação parece estar passando em velocidade máxima. Não me toquei que já estávamos nas categorias principais da noite. Percebi, na verdade, quando Mara

Wenderson chama Benjamin para receber o prêmio de melhor ator em filme dramático. O filme estreia no Brasil, nessa sexta, contudo é um grande sucesso lá fora.

Luísa grita como se fosse um gol do Brasil na copa e a pipoca quase é derrubada. Ele sorri para a câmera sem perder a pose de homem posturado, levanta e ajeita o terno de um milhão de dólares. Benjamin caminha com confiança até o palco e recebe o prêmio da mão da maravilhosa Mara com simplicidade. Ele sorri, agradece fazendo uma reverência e, quando os aplausos cessam, começa o discurso. Em inglês, claro.

— Uau, que noite! — Todos aplaudem mais uma vez e ele espera o silêncio voltar para falar. — Não sei como agradecer, este filme é muito especial para mim e para todos os meus colegas. Obrigado por admirarem o meu trabalho.

O teatro volta a cair em palmas e ele sorri agradecendo enquanto sai do palco.

— Gente! — Luísa berra. — Valei-me meu pai. Que homem gostos…

— Vou fazer mais pipoca, você quer? — interrompo-a e levanto.

— Quero cuscuz, tem? — Ela não tira os olhos da televisão.

— Não, Luísa.

Eu gosto de cuscuz, se for a minha única opção, mas desde que Luísa veio morar comigo temos três coisas principais que somente ela consome em quantidades preocupantes: pipoca, café e cuscuz.

Faz um ano que estamos morando juntas. Eu tentei descobrir o porquê ela e Marco se separaram, juro que tentei, porém ela sempre fala que *"não estava dando certo"* e não entra em detalhes. Sempre que tentamos conversar sobre, Luísa diz que quando estiver pronta, desabafaria comigo. Esse momento nunca chegou e eu parei de pressioná-la.

Desconfiei por muito tempo que Marco poderia tê-la traído, mas ela garante que não foi isso. Parei de tentar decifrar o que quer que pode ter acontecido para eles terminarem um relacionamento de mais de seis anos.

Luísa virou minha melhor amiga, irmã de alma, muito rápido quando entrou em nossas vidas e morar juntas foi uma decisão que tomamos no dia em que eles terminaram. Super fazia sentido. Ela me acolheu nos primeiros meses que morei em Salvador e eu tinha um quarto sobrando. Não demorou uma hora para convencê-la e cá estamos há um ano.

Desde então temos nos apoiados como família e meus velhos continuam a amando igualmente. Ela perdeu os pais muito nova e nunca teve uma família muito próxima. A sua avó a criou até os dezoito anos antes de falecer e ela precisou se virar para estudar e trabalhar. Luísa me contou que passou cinco anos morando com sua prima e os filhos e foram os piores anos de sua vida, ela foi muito humilhada e vivia a ponto de surtar. Ela me contou coisas de embrulhar o estômago e eu sou tão grata a Deus por ter dado uma inteligência surreal para ela, que a permitiu – mesmo que com muita dificuldade – passar no ENEM de primeira, fazer faculdade na UFBA e conseguir um emprego que lhe desse a possibilidade de sair do inferno que vivia.

Ela começou trabalhando na EGB como auxiliar de câmera e iluminação, depois, tentou uma vaga de roteirista e se saiu muito bem. Luísa foi criando suas oportunidades, candidatando-se a vagas, sendo vista, fazendo o seu melhor e hoje é produtora de três programas na EGB, é sempre chamada para auxiliar no Entretê porque adoram o seu trabalho.

Ela é a irmã que eu nunca tive.

Mesmo assim, falar sobre Benjamin me deixa um tanto desconfortável. Eu quero muito que toda essa história acabe e eu possa, enfim, fingir que nada aconteceu.

Quando chego na cozinha, abro o armário e pego o último pacote de pipoca que temos. Em contraste, o lado do cuscuz está lotado. Preparo a panela com o óleo e os milhos e minha cabeça vai e volta na entrevista com Benjamin.

Tampo a panela e encaro o fogão, estática. Minha mente vagueia por diversas partes da noite de ontem. Tento buscar na memória as imagens da entrevista que assisti, mas eu estava tão nervosa, tanto que praticamente não enxerguei nada, não prestei atenção em nada. Estive concentrada em acertar a língua, em não gaguejar tanto, em dar o meu melhor, que mal tenho memórias concretas ou lembranças de momentos específicos.

As lembranças que tenho agora refletem o que assisti na televisão, mas vou guardar comigo. O lado ruim de tudo isso, é não tirar os olhares dele da minha cabeça. É me perguntar o tempo inteiro que *raios* Benjamin estava pensando ao me encarava intensamente, mesmo quando a pergunta era dirigida a sua colega.

Por quê?

O que me conforta é saber que amanhã isso será notícia velha. As pessoas que destilaram ódio serão denunciadas e eu enfim poderei esquecer esse episódio em específico. O lado positivo? Saberei exatamente como me blindar psicologicamente nas próximas oportunidades que aparecerem na minha vida, como essa.

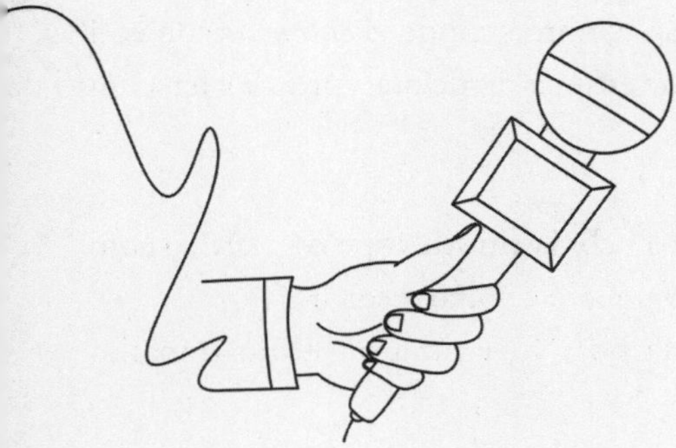

Capítulo 8

Faz duas semanas e meia que o meu nome finalmente parou de circular por sites de fofoca. Precisei silenciar todas as minhas notificações e até fui impedida de fazer um tweet explicando que tudo não passava de especulações e mentiras porque a emissora *adorou* esse hype *ridículo* às minhas custas. Ridículo, ridículo.

Mas *finalmente* acabou.

Chego à sala de maquiagem e Sheila está pronta para fazer sua obra de arte no meu rosto. Tenho dormido mais nos últimos tempos e acordado bem disposta. Eu me forcei a não abrir muito as redes sociais nos últimos dias, pois me recuso a ver montagens minhas com o *dito cujo*. Juro que se eu vir mais um *fancam,*[19] eu me jogo desse prédio. Já deu.

Na semana passada, tive a oportunidade de conversar com Miguel sobre meus objetivos e sonhos profissionais. Na segunda-feira, cheguei por volta das vinte e três horas no estúdio, faço isso de vez em quando. Fico por aqui acompanhando uma gravação ou outra, durmo um pouco no sofá do camarim – que é absurdamente confortável –, perambulo pelo prédio e janto no refeitório para não ter que cozinhar em casa.

Para a minha sorte, Miguel estava no refeitório jantando sozinho e eu me sentei à sua frente.

— Você arrasou na entrevista. — Ele quebrou o silêncio assim que me sentei à mesa. — Nunca imaginei que fosse ouvir Benjamin Kalu revelar tantas coisas sobre si mesmo. — Gargalhou.

— Obrigada! — Também ri. — Tentei fazer o meu melhor. Falar em uma língua que eu tenho um pouco mais de segurança, também ajudou.

— É, pois é… — Ele se ajeitou no banco e cruzou as mãos colocando o queixo em cima. — Parece ser tão difícil! Como você aprendeu?

19 São basicamente vídeos romantizados com música bonitinha e vários *takes* de vídeos de um famoso.

— É a língua materna do meu pai. Eu não lembro quando *exatamente* comecei a falar, porque ele me contou que costumava me ensinar desde que aprendi a ler, com uns quatro anos de idade? É, algo assim.

— Uau.

Miguel abriu uma lata de coca e despejou a bebida em seu copo de plástico com gelo. Ele deu um gole antes de me encarar novamente e voltar a sorrir.

— Eu não tinha dúvidas que você seria boa, você faz um ótimo trabalho no Hora do Bingo.

Ele assiste ao programa! Minha nossa! Isso é ainda melhor do que imaginei.

— O seu tom de voz, a leveza com que você conduziu a entrevista — ele bebe mais um pouco de refrigerante —, o seu inglês também é muito bom! Parabéns!

Falar a língua exigida por Benjamin foi um *plus* que é como estar no lugar certo, na hora certa.

— Obrigada, Miguel! Seu elogio significa muito. — Sorri. — É o meu sonho trabalhar com cinema, um dos maiores objetivos da minha carreira! Sempre que precisar, sempre que tiver um espacinho pra mim, remunerado ou não, eu topo! Pode me chamar!

— É bom saber, Naomi, que bom! Vou lembrar disso.

Meu coração acelerou, por mais que eu estivesse tentando manter ao máximo a conversa casual, o meu corpo misturava elementos que eu tinha certeza que me fariam explodir. Contive-me o bastante para que ele não percebesse e voltei a comer minha refeição enquanto ele atendia uma ligação importante.

Ainda fico ansiosa com o que pode vir algum dia. Estou feliz em ter causado uma boa impressão, mesmo que de cara tenha sido uma entrevista nebulosa e completamente inédita. No fundo, agradeço a Benjamin por ter sido tão cuzão, isso me ajudou a lidar com a situação como uma profissional e mostrar o quão boa eu posso ser.

— Eu sei que você não quer falar mais sobre o assunto, mas — Sheila me tira do meu devaneio enquanto passa blush nas minhas bochechas — como você pode não o achar tudo *isso*?

— Não acho — digo pela milésima vez. — Acho o Michael B. Jordan mais gato.

Claro que eu acho o Benjamin *tudo isso*, não sou cega. Mas uma coisa não tem nada a ver com a outra.

— Eu sou muito mais bonito que o Michael.

Um silêncio instantâneo se instala na sala.

A voz grave que passeia por nossos ouvidos não foi emitida por mim, ou por Sheila. Ela está tão congelada quanto eu.

A cadeira giratória antes direcionada para o espelho, vira-se em direção à voz e eu o vejo. Parece uma miragem, não deve ser real. Como pode? Benjamin está parado na minha frente como uma assombração. Sua barba cresceu mais? Ele cortou o cabelo?

Argh! O que eu estou pensando?

O que esse cara está fazendo aqui no meu local de trabalho?

— Benjamin? — Levanto-me, meio desajeitada, limpando a garganta. — O que você está fazendo aqui?

— Desculpe minha intromissão — ele diz em *português*, entrando aos poucos na sala. — Estou aqui para uma sessão de fotos.

Meu Deus, ele está falando português *mesmo*.

— Não sabia que você falava português. — É a única coisa que vem à minha cabeça.

Seu português é cheio de sotaque, mas bom o suficiente para ser compreensível.

— Bom, eu falo muitas línguas — diz com um sorriso fingido.

Meus pelos se arrepiam, um suspiro audível vem de Sheila e eu tento me concentrar. Sua voz é bastante grave, mas suave ao mesmo tempo. Sheila está babando. *Literalmente* babando. Eu lhe dou uma cotovelada de leve e ela parece retornar ao planeta Terra. Não sei porque todas as mulheres do mundo ficam assim na presença dele.

— É, estou vendo — respondo, por fim.

— Bom, passei aqui para lhe entregar isso.

Ele se aproxima o suficiente para o seu perfume se misturar ao aroma da sala com apenas um movimento e olho para a minha mão quando ele me entrega o objeto. É o meu broche perdido do Tordo.

Perco o ritmo da respiração por um tempo e o observo confusa, feliz e surpresa.

— Você deixou cair quando apareceu lá no *after*, fico feliz que deu tudo certo com o seu...

— *Minha nossa.* — Sobreponho minha voz à sua, interrompendo-o antes que ele fale sobre a situação do cartão de memória.

Benjamin parece notar, pois se cala.

— Muito obrigada mesmo! — continuo e sorrio, incrédula por ele ter achado o meu broche. — Você não tem ideia do quão importante esse broche é para mim, minha nossa... obrigada!

Ele assente.

— Imaginei, você o tocou muito durante a entrevista — revela. Ele percebeu... — Inclusive — ele continua —, parabéns pelo trabalho, soube que repercutiu bastante.

— Pois é, viralizou… Você ajudou bastante também, então, obrigada. — Sorrio e tento controlar minha respiração. — Nada mal para uma primeira vez — concluo, feliz.

— Era a sua primeira vez? — ele pergunta com expectativa. Mas logo muda de postura. — Bom, parabéns novamente, você se saiu muito bem.

— Obrigada, Benjamin. — Entrego-lhe um sorriso sincero.

— Bom, vou indo! Até a próxima entrevista, Naomi.

Ele *pisca* e sai da sala.

Benjamin Kalu *piscou* pra mim?

Até a próxima entrevista, Naomi.

Puta merda!

Sheila começa a se abanar com um livreto velho que estava em cima da penteadeira e fixo o olhar no meu broche desaparecido. Ele guardou o Tordo e perdeu tempo vindo me entregar?

Por quê?

— Sejam muito bem-vindos ao *Hora do Bingo.* — Dou o meu melhor sorriso e viro para a segunda câmera. — Posicionem suas fichas e vamos começar.

Senti que o tempo passou muito rápido. Quando finalizamos, despeço-me da equipe e caminho até o refeitório para tomar café da manhã. Já são quase nove horas e eu preciso comer alguma coisa.

Mas, para a minha surpresa, não está disponível hoje. Apenas o almoço, que será daqui há três horas e meia. *Droga.*

Naomi: Vamos tomar café?
Tô morrendo de fome e Joselita falou que não vai ter café da manhã hoje!
Que absurdo, como vou passar o dia sem o pão na chapa dela?

Luísa: Onde você está????? Vem pro estúdio 14 agora

Luísa: NaOmi!!!!!!!!!!!! Onde você está???????????????

Luísa: Naoooooooooooooomi

Naomi: O que houve?
Luísa eu tô morrendo de fome

Luísa: VENHA, É SÉRIO!

Assim que adentro o estúdio quatorze, percebo as luzes principais da entrada desligadas e a sensação de estar no Polo Norte me atinge sem avisar. Fecho um pouco mais o roupão, tentando deixar a temperatura um pouco mais humana.

Observo duas luzes enormes ligadas mais à frente e flashes saindo por todos os lados. Há um fotógrafo em frente a uma tela branca fazendo diversos cliques de algo. Quando ele muda a posição, vejo Benjamin sentado em uma poltrona alva como a neve, vestindo um conjunto da *Clair&Clair*, marca nigeriana da estilista Clair que eu reconheceria a quilômetros de distância. Uma das marcas mais caras e famosas do mundo e eu sonho com o par de saltos brancos estilo noiva da coleção primaveril de 2018 há *séculos*.

Benjamin veste uma calça rasgada e camiseta jeans de botão em tons claros. Eu não posso acreditar que ele está abrindo todos os botões para foto, não é possível alguém ter tantos gominhos assim e... ok! Não é o que eu queria comentar.

Benjamin sorri conforme o fotógrafo pede e de repente o fundo branco muda de cor, tornando-se preto. Eu nunca tinha visto na prática as novas tecnologias do estúdio fotográfico da empresa, mas amei.

Nossos olhos se cruzam por um momento e, como sempre, seu rosto fica ilegível. Desvio rapidamente, não gosto da sensação de perda de ar que sinto toda vez que nos olhamos.

Ao desviar, Luísa entra em meu campo de visão, caminhando em passos largos até mim.

— Finalmente! — Ela joga os braços pra cima.

— Por que me chamou aqui? — pergunto indo com ela até um canto.

— A *Clair* está aqui! — Luísa diz, simplesmente, e eu fico imóvel. — Estamos quase acabando, acho que não tem problema se você for falar com ela rapidinho. Essa é uma sessão de fotos *dela*, Naomi. — Minha amiga bate palminhas e balança a cabeça inúmeras vezes olhando na direção da maior fashionista da nossa geração.

— Lu, é a... — Não consigo completar. Estou imóvel olhando para ela.

Luísa acompanha o mundo da moda mais do que eu. Ela é o tipo de *afropaty* que não sai para comprar *pão* sem estar arrumada. Eu sou o oposto. Gosto de estar bem vestida, mas não me importo de ir a lugares simples, de *maneira* casual. Às vezes, sem nenhuma maquiagem, e isso deixa Luísa – sempre – atordoada. Adotei a prática de me arrumar um pouco mais do que costumava fazer ao comparecer em certos lugares. E fazer *skincare* todos os dias.

Tem dias que fico com preguiça e não faço, mas Luísa nunca deixa de cuidar da pele, das unhas, sobrancelhas e principalmente do cabelo.

Eu conheci a Clair através dela e adorei completamente a proposta da estilista. Clair também é criadora de conteúdo e eu consumo muito das suas postagens. Vê-la aqui, em carne e osso, deixa as minhas pernas bambas. Como ela é linda!

Quando estou prestes a ir em sua direção, Luísa me lembra que ainda estou de roupão e eu o retiro. O vestido vermelho simples, porém colado fica à mostra. Ele tem um decote não muito chamativo, mas adoro a forma como emoldura o meu corpo. Passo as mãos por ele para tentar tirar um pouco dos amassos.

— Como estou? — pergunto à Luísa.

— Linda e gostosa, amiga! Sua bunda fica enorme nesse vestido, parabéns. — Ela ri e me mostra seus polegares em sinal de "positivo".

Eu sorrio e vou caminhando até Clair.

Ela está *elegantérrima*. Sua pele retinta e brilhante contrasta perfeitamente com a calça branca e a blusa social da mesma cor. Por cima da blusa, ela usa um suéter azul-marinho de malha da coleção *Frenchy* de 2014. Enquanto me aproximo, percebo os grampos brilhantes em seu cabelo crespo rosa em um coque perfeitamente preso. Com presilhas que imitam diamantes, duas de cada lado. Faço uma anotação mental para fazer um penteado como esse amanhã.

— Oi, Clair. — Cumprimento com calma e delicadeza. — Me perdoe o incômodo, eu só queria dizer que sou muito fã do seu trabalho, e de você — digo e ela ri, aproximando-se e fazendo menção de me abraçar.

— Muito obrigada, minha querida — ela responde após finalizar nosso breve abraço.

O seu sotaque britânico é tão gostoso de ouvir!

— A sua coleção de sapatos da primavera de 2018 é a minha favorita! O meu preferido é o branco e ele acaba… — tento lembrar a palavra em inglês — contrastando com todos os outros. Você é genial!

— Não tenho palavras para agradecer! O seu nome é?

Levo bons segundos para me lembrar do meu nome.

— Clair, essa é a Naomi! — Luísa me segura e eu paro de tremer, respondendo por mim que não consegui. — Sabia que ela também é modelo?

Oxe?

— Não, eu n…

— Luísa, isso é perfeito! — Clair bate palminhas. — Naomi, que sorte a nossa! Acho que temos mais 40 minutos de estúdio ainda. — Ela olha para o fotógrafo bastante sorridente. — Pietro! Venha aqui, um segundo.

Olho momentaneamente para Benjamin, que levanta as sobrancelhas, eu também, quando viro na direção deles e vejo Pietro se aproximando. Desvio o olhar em pânico para Luísa e depois para Clair, que parece ter ouvido a melhor notícia do mundo.

— Ben, querido — Clair se dirige a ele. — Você ainda tem tempo? Hanna, acha que conseguimos só mais uns minutinhos?

Viro para a área escura da sala e percebo Hanna sentada no sofá.

— Acredito que 40 minutos não sejam um problema, Clair — Hanna diz, e embora curiosa, contenho o ímpeto de observar Benjamin, a fim de ver se está tão confuso com isso quanto eu.

— Podemos fazer essa referência aqui. — Clair se volta para a mesa e procura entre as revistas. — São só mais quatro fotos! Seria incrível se pudéssemos encaixar no editorial a coleção de sapatos que são pares para casais — ela diz, como se eu não estivesse descobrindo isso agora. — Naomi, meu amor — ela se vira para mim —, não costumamos fazer as coisas assim, mas achei que não teria tempo de fotografar os sapatos da nova coleção, então priorizei as roupas. Você caiu do céu! A nossa modelo ficou doente e a agência nos avisou dez minutos antes da sessão começar. — Ela revira os olhos. — Bom, tudo tem um porquê, né? E agora você está aqui. — Ela bate palminhas.

— Não acho que eu… — tento argumentar, olhando para cada um na sala.

— Ah, por favor! Você é uma maravilhosa surpresa para mim. Era para ser, Naomi! Você comentou sobre a coleção de 2018 e a nova é exatamente baseada nela. Eu fiz uma versão deles, adicionando esse laço cintilante na parte de trás. — Ela tira da caixa os sapatos de cetim branco mais lindos do mundo. — Seria incrível se pudéssemos fazer as fotos ainda hoje, você me salvaria. — Clair coloca as mãos no coração. — Estamos com esse editorial atrasado, sabe? Você toparia? Quanto calça?

— É… eu, eu calço 37. — Engulo em seco.

— Perfeito! Vamos então? Ben?

— Por mim, tudo bem — ele responde olhando diretamente para os meus olhos.

Minha respiração parece pesar.

— Não tenho certeza se serei uma boa opção, Clair… — tento argumentar mais uma vez, chegando próximo a ela. — Eu nunca fiz nada assim antes.

— Ah, minha querida — ela segura meus ombros —, você será perfeita e nós poderemos te dar todo o suporte que precisar, eu prometo que dará certo.

Pensar em contracenar com Benjamin, do nada, me deixa nervosa. Eu não quero aparecer com ele na mídia novamente, eu não quero dar munição para que as pessoas comentem coisas absurdas sobre mim novamente. Eu não quero mais ler o ódio gratuito das pessoas que fazem a internet ser uma terra sem lei.

Mas, quando Clair me garantiu que as fotos seriam do meu joelho para baixo, fiquei mais tranquila em aceitar. Afinal, eu não estou apenas realizando o sonho de conhecer alguém que admiro, eu também estarei eternizada em imagens para a sua coleção – a minha perna e pés estarão – e isso é mais do que qualquer coisa que eu poderia sonhar.

Luísa garantiu que falaríamos de remunerações depois, enquanto estou com meus pés sendo alisados por uma mulher que passa sabe-se lá que produto neles para deixá-los brilhantes.

Quando a moça, que descobri ser Analu, me libera, vou para onde Benjamin estava. No cenário principal da sala, de frente para enormes luzes e equipamentos de fotografia.

Benjamin agora se senta ao lado de Clair, eles parecem estar conversando sobre algo empolgante e eu estou aqui, suando frio.

— Naomi — chama Pietro. — Vai ser super-rápido, tudo bem? Você tem pés lindos! Não de uma forma pervertida, mas, vamos lá. — Ele gargalha e eu também, isso faz a minha tremedeira se suavizar um pouco. Isso, claro, e olhar para Luísa fazendo palhaçada atrás de todos sem que vejam.

— Por favor, suba até o degrau dois — ele pede.

A produção colocou um suporte de três degraus, uma espécie de miniescada preta e brilhante. Quando faço o que pede, em seguida coloco o pé direito no degrau acima do que estou, Pietro começa a fazer sua mágica. Ele me dá instruções de como deve ser as poses e morro de vergonha a cada posição constrangedora que faço.

As coisas se tornam mais desconfortáveis quando Benjamin se junta a mim. Ficamos perto o suficiente para nossas pernas se tocarem em cima do último degrau. Pietro fotografa os sapatos dos sonhos, agora reformulado, fazendo parte da nova coleção *Him&Her*[20] , uma coleção que combina o modelo feminino ao masculino. Ambos têm a mesma cor, porém, o dele tem o pingente da marca em vez do laço. É lindo.

Já fizemos três poses diferentes e eu tento ao máximo não encostar muito nele, mesmo com os protestos de Pietro e as observações de Clair.

Outra coisa que evito também é olhá-lo. Fixo os meus olhos em qualquer pessoa que não seja Benjamin e respiro fundo toda vez que precisamos chegar mais próximos.

— Benjamin, vamos fazer uma última foto — declara Pietro. — Naomi. — Ele vem até mim, me estende a mão e sorri. Suas covinhas pulando do rosto. — Você arrasou! Belíssima.

Ele me ajuda a sair do pódio e me encara.

20 Coleção Ele&Ela.

Pietro é um homem bonito. Ele não tem a mesma estrutura corporal de Benjamin, é um pouco mais magro e sua pele tem um tom negro mais claro, como a minha pele. Ele faz menção de beijar minha mão quando Benjamin tosse atrás de nós.

— Qual será o próximo passo, Pietro? Tenho outros compromissos. — Benjamin soa rígido, um chato!

— Claro, vamos fazer uma foto que pega da barriga até o chão. Não se preocupem com esse fundo verde. — Só percebo o *chroma key* quando ele fala. — É para auxiliar a equipe de edição.

Pietro ajusta algo em sua câmera, aponta para nós, ajusta mais alguma coisa e volta novamente a lente da câmera em nossa direção.

— Bom, preciso que vocês simulem uma caminhada e deem as mãos — ele pede enquanto nos olha através do visor na câmera.

Acho que meu rosto entregou o meu pânico.

Eu não quero dar as mãos a Benjamin e não é como se eu pudesse escolher ir embora agora, pois Clair se aproxima do fotógrafo para observar a última foto e nos encara com expectativa. Como posso decepcioná-la agora? Eu me posiciono ao lado de Benjamin e evito encará-lo.

Quando nossas mãos se tocam, quase recuo na mesma hora pelo choque que sinto. Acho que ele também teve essa sensação, pois apertou os dedos e afrouxou em um segundo.

Ainda estou evitando encará-lo. Olho apenas para Pietro e tento fazer o que pede. Subimos e descemos a escada de mãos dadas. Quando estávamos no chão, fizemos movimentos de caminhada como instruído e, depois de muitos cliques, Pietro faz uma pausa para olhar as fotos e compartilha o visor da câmera com Clair. Ambos sorriem satisfeitos e demoramos uns segundos para finalmente soltarmos as mãos. O êxtase se desprende do meu corpo e eu respiro fundo.

— Muito obrigada, Naomi. — O sotaque de Clair é tão lindo que nem ligo de ter falado o meu nome errado. — A minha assistente, a Vic, vai entrar em contato com você em breve para acertar todos os detalhes e para assinar um contrato e uma carta acordo sobre a sessão de hoje. — Ela me abraça.

— Eu que agradeço! Tudo isso ainda é completamente surreal para mim. — Sorrio e ela leva as mãos ao coração para demonstrar gratidão.

— Luísa — Clair se vira —, obrigada por trazer a Naomi aqui. Ela é realmente linda, assim como você falou. — Ela se vira na minha direção. — Nai, nos vemos por aí e obrigada pelo carinho.

Clair se afasta para falar com Benjamin e Pietro que estão ao lado de Hanna na ilha de edição vendo as fotos.

— Uau, mermã, você arrasou. — Luísa me balança.

— Luísa, eu ainda estou processando que as minhas pernas estarão num editorial da *Clair*! Você tem noção disso? — Rio baixinho, colocando as mãos na boca, ainda com os olhos arregalados.

— E que momento, hein?! Você e o Benjamin… — Ela me lança um sorriso travesso. — Achei que todos teríamos que sair da sala pra deixar vocês dois sozinhos, parecia que eu estava atrapalhando alguma cois…

Reviro os olhos.

— Luísa! Me poupa, né!? Pelo amor de Deus — interrompo-a e a puxo para a saída.

Mas, antes de cruzar a porta, ouço Clair me chamar.

— Naomi, querida. — Clair se junta a nós e me entrega uma sacola branca com o logo da sua marca. — É para você! Esse é o primeiro modelo, o que usamos na sessão. Eu gostaria que fosse seu.

— Clair, eu não sei como… — Engasgo momentaneamente. — Eu nem sei como agradecer, de verdade. Muito obrigada, isso é, isso é um *sonho*!

Ela me entrega um sorriso meigo e me abraça novamente, despedindo-se.

Hanna – que cumprimento rápido – é um poço de simpatia para não falar o contrário. Ela está na saída do estúdio esperando Benjamin que não demora para encontrá-la.

— Bom, parece que o motorista chegou, estou indo! — Clair anuncia. — Hanna, querida, obrigada mais uma vez por trazer esse cara. — Ela olha para Benjamin, sorri e o abraça em seguida. — Vamos ter que deixar o café para Los Angeles, meu querido! Me avise quando voltar.

— Aviso, sim, Clair! Boa viagem — Benjamin se despede.

— Benjamin, me espere aqui. — Hanna chega próximo dele. — Estou indo buscar suas coisas para voltarmos para a hospedagem.

Eu me viro para ele, de forma natural, pela primeira vez desde que saímos do estúdio.

— Obrigada de novo pelo broche, é importante pra mim. — Dou um sorriso tímido.

— Sem problemas. — Ele tenta sorrir. Eu acho, foi um movimento estranho dos lábios. — Estou precisando comer algo, onde você costuma almoçar? — ele pergunta direto para mim, mas Luísa toma a frente para responder.

— A Naomi e eu estávamos indo agorinha para um restaurante no Imbuí que adoramos! Infelizmente, acabei de — Luísa olha descaradamente o celular desligado — receber uma mensagem e terei que ir para uma reunião urgente. Leva ele lá, Nai!

Não tenho tempo de responder, apenas fuzilá-la com o olhar quando ela praticamente corre até o elevador, deixando-me a sós com Benjamin.

Quando eu estava prestes a responder, Pietro se aproxima de nós.

— Naomi, linda. — Ele pega a minha mão direita e a beija. — Espero poder te fotografar mais vezes — ele fala com um tom galante.

Pietro é realmente bonito, tem um ar de homem misterioso que o deixa ainda mais atraente.

— Eu estava pensando, o que acha de irmos...

— Nós já temos um compromisso agora, Pietro — Benjamin o interrompe. — Você tem mesmo que xavecar todas as modelos? *Todas as vezes?*

Xavecar? Quem fala assim? Olho-o com o canto dos olhos e viro novamente para Pietro. Então eles já se conhecem.

— Uma outra hora então, minha linda. — Pietro beija novamente a minha mão e me olha diretamente nos olhos enquanto sorri. — Espero vê-la mais vezes.

Ele dá bom dia para Benjamin e caminha até o elevador.

— Temos um compromisso? — Viro-me atônita para Benjamin, confusa e tonta. Eu tenho um compromisso com o Benjamin Kalu agora?

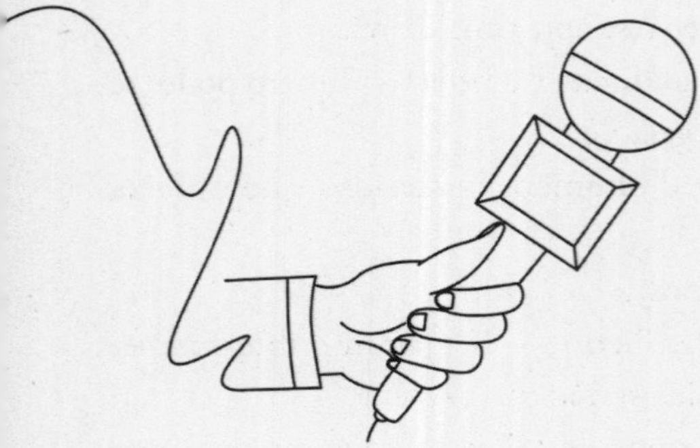

Capítulo 9

É, ele está dentro do meu carro.

Benjamin Kalu *está* dentro do *meu* carro e estamos a caminho do meu restaurante favorito, *almoçar*. Que tipo de situação é essa? Está mais complicado, estranho e… surreal que o episódio da menina que foi derrubada da bicicleta pelo Nick Jonas e viveu um romance de um dia com o cantor, rolou até *beijo*. Não que vá acontecer a mesma coisa com Benjamin, óbvio, mas acho que agora entendo a garota. Acabei de conhecer e posar com um sapato da minha estilista favorita. Benjamin Ayo Kalu guardou o meu broche e veio entregar pessoalmente e, não o bastante, estamos indo almoçar, *que diacho de dia é esse?*

— Não sabia que você era modelo. — Ele quebra o silêncio.

E como saberia?

— Eu não sou, Luísa inventou isso porque sabia que eu amo a Clair e sou muito fã dela. — Sorrio olhando para a pista. — Hoje foi o dia mais incrível da minha vida.

— Entendi. — Ele desvia os olhos do meu rosto e olha para a paisagem lá fora. — Bom, ela é incrível mesmo. — Benjamin se vira novamente para mim. — E você foi muito bem.

— Ela é e… Obrigada…

Ficamos em total silêncio novamente. Desligo o ar-condicionado e abro as janelas para sentir o ar fresco da manhã. O perfume de Benjamin está por todo carro, abrir as janelas é a melhor solução por ora.

É quase meio-dia e meia e me dou conta que o restaurante que amo pode estar muito cheio agora. Se chegarmos lá juntos, voltarei a não ter mais paz.

Não estou afim de virar *trend* no Twitter mais uma vez...

Quando Benjamin garantiu que estava tudo bem sair comigo sem que Hanna viesse junto, ela protestou. Hanna é sua assistente pessoal e parece que ajuda a gerenciar sua carreira com uma outra pessoa – que mencionou que ligaria para deixá-lo a par da situação –, pois implorou que ele tivesse cuidado para não ser fotografado com mais uma mulher.

Eu me incomodei com a última frase, mas fingi que não escutei.

Há duas SUVs nos seguindo – discretamente – pela estrada. São os seguranças de Benjamin. Eles mantêm uma certa distância, mas nunca nos perdendo de vista. Quando entro na primeira rua à direita, o sinal fica vermelho e eu paro o carro.

— Beleza, seguinte — viro-me para Benjamin —, não vamos poder ir ao Calisto porque, pelo horário, deve estar cheio. — Suspiro de frustração. — Sei de um outro lugar, mais escondido, estamos chegando, inclusive — explico e ele levanta a sobrancelha direita. — É o restaurante de uma amiga, foi recém-aberto e como ela não tem o costume de abrir nesse horário, não deve ter ninguém.

— Ela sabe que estamos indo? — ele indaga com confusão.

— Quando paramos em um dos sinais vermelhos lá atrás, eu mandei uma mensagem. Ela está nos esperando — falo e ele assente, convencido.

O sinal fica verde e eu prossigo com o carro, entrando na Ondina. Benjamin observa atento o mar agitado.

Meu telefone toca e eu atendo com o botão do volante. A voz do meu pai inunda o carro.

— *Binti* Está podendo falar?

— Oi, *baba*[21], posso sim! Aconteceu alguma coisa? — Reduzo a velocidade e passo pelo quebra-molas.

— Não, não. — Ouço um barulho de batedeira no fundo. — Eu e a sua mãe queríamos saber o nome daquele filme do seu namorado, o que está nos cinemas…

Congelo.

— Baba…

— A Cristina, a esposa de Israel, já assistiu ao filme e está falando pra todo mundo que ele tira a camisa no filme e…

— Pai! — exclamo audivelmente.

— Não sou eu, Nai, sua mãe está com ciúmes porque todo mundo assistiu ao filme do seu namorado e ela ainda não. — Ele parece rir. — Só se fala disso no grupo delas e eu não aguento mais ouvir, é Benjamin pra cá, Benjamin pra…

— *Baba*, eu não posso falar agora — berro. — Eu te ligo mais tarde, juro! *Nakupenda*[22]. — Desligo em pânico para impedir o que quer que ele fosse dizer e limpo as mãos suadas na roupa quando o carro para no sinal vermelho novamente.

Benjamin olha pra baixo e ri em alto e bom som.

Eu gostaria de poder enfiar a minha cara em qualquer lugar neste momento. Evito olhar para ele, nem em um milhão de anos eu achei que ficaria tão constrangida assim.

---

21 Pai.

22 Te amo.

— Desculpa por isso… os meus pais… eles…

— Tudo bem! Não é a primeira vez que isso acontece. — Ele ri e eu arregalo os olhos. — Não assim, claro! Eu só… eu entendo.

— Os meus pais acham que qualquer cara que eu tenha o mínimo de contato visual é o meu namorado e então, acabo passando por coisas como essa com mais frequência que eu gostaria — conto e ele parece surpreso.

— Então você não tem namorado? — pergunta, encarando-me sério.

— Não — respondo, apenas.

Suspiro aliviada quando avisto Edna no portão de seu estabelecimento.

Edna sorri ao ver o meu carro. O que eu não esperava era o tapete vermelho que ela usou na inauguração do restaurante estar disposto desde a saída até sabe-se lá onde pra dentro do estabelecimento, para receber Benjamin.

E isso porque eu pedi para ela ser discreta.

Quando estaciono, Ana, sua esposa, nos recepciona e entrega a chave do carro a um funcionário que dá uma de chofer. *De chofer!*

Os SUVs também param logo atrás e dois caras saem de cada veículo e nos observam, ainda sem se aproximar de nós.

— Olha. — Verifico o banco de trás. — Eu não quero que saia fotos nossas por aí então, que tal usar esse… — mexo nas tranqueiras no banco e acho um boné de Marco. — Toma, usa isso.

Vai mudar alguma coisa? Provavelmente não, mas vai, pelo menos, amenizar caso alguém passe e fique encarando a gente.

— Você sabe que não vai adiantar muito, né?! — Ele me encara risonho.

O restaurante está impecável e todas as mesas estão perfeitamente alinhadas com velas, pratos, talheres e taças. Eu amo todos os detalhes desse lugar. O piso quadrado de duas cores, verde e bege. As plantas cobrindo todo o teto com a ajuda de luzes decorativas, cada parede com prateleiras cheias de bebidas diferentes que também fazem parte da decoração e as mesas e cadeiras de madeira escura. Tudo é um charme, tem uma *vibe* incrível e é de frente para a praia da Paciência, o que deixa o clima ainda mais gostoso. Ver o pôr do sol daqui é mágico.

— Senhor Benjamin, seja muito bem-vindo ao meu estabelecimento — ela fala com um inglês cheio de sotaque brasileiro. — É um prazer te receber aqui. Eu sou a Edna, amiga de Naomi, e dona do *Oxe Restaurante.*

Edna fala como se estivesse conversando com um ET. Ela pronuncia todas as palavras com calma e cuidado, achando que ele não a entenderia.

— Obrigado pela recepção, Edna. É um prazer — Benjamin lhe responde com um ótimo português, o que a surpreende e ela ri, aprovando.

— Fala português e tudo. — Edna bate palmas. — Venham, deixei o *rooftop* pronto para vocês. — Ela caminha até o local e nós a acompanhamos. — A equipe da cozinha preparou um almoço delicioso.

O *rooftop* não estava pronto na inauguração e essa é a primeira vez que subo nele. É enorme e bonito. Este restaurante é, um achado. Fica muito escondido, guardando uma beleza que só conhece quem entra.

— Ed, o que você fez com esse lugar é surreal! Olha toda essa beleza — digo enquanto olho cada canto.

Benjamin também admira o espaço. Ele vai até a grama e observa a rua.

O chão é dividido por uma parte com grama – que fica na área que não é coberta – e outra parte com piso de granito cinza – que fica na área coberta. — Os dois espaços têm mesas e cadeiras de acrílico e a área verde tem várias plantas e até pufes coloridos.

O teto da área coberta é cheio de plantas artificiais e tem um globo enorme de discoteca em formato de coração que se mexe com o vento que passa, refletindo pontinhos brancos de luz pelo espaço.

— Como assim você trouxe o *Benjamin Kalu* pra cá? — Edna me puxa para um canto. — Então todos aqueles rumores são reais, Nai? — ela pergunta com expectativa e segura meu braço. — Vocês estão juntos?

— Claro que não, Ed! Tá doida? — Eu me desvencilho do aperto. — É uma longa história, mas nada demais — garanto, firme. — Ele precisava de um lugar pra almoçar e você pode imaginar o que Luísa fez.

Edna gargalha.

— Mas eu acho que você deveria investir, sabe? Olha aquela obra de arte. — Ambas olhamos para Benjamin no outro lado do terraço. — E vocês combinam tanto... nossa, imagina os filhos de vocês? — Ela coloca as mãos na boca para abafar o riso.

— Certo, certo. — Eu me recomponho e vou até uma mesa. — Viemos aqui para comer, vamos comer?

Mudo de assunto e me sento. Edna se despede momentaneamente de nós e Benjamin se senta na minha frente. Ficamos alguns minutos – constrangedores – em silêncio.

— O que você está fazendo no Brasil? — Quebro o silêncio, encostando-me na cadeira. — Achei que estaria dando várias entrevistas sobre o filme pelo mundo.

— O Brasil foi a nossa última parada. — Ele também se encosta na cadeira, descontraído. — Vanessa já voltou para Los Angeles, mas eu devo ficar por mais alguns dias.

— Ah — respondo, apenas.

Por que ele decidiu ficar mais? Por que estava em um ensaio fotográfico da Clair no *nosso* estúdio? Eu sei que a EGB engloba emissoras, revistas, rádios e mídias digitais, não é à toa que há três prédios de vinte e oito andares cada só nessa unidade. Mas, ainda assim...

— O que foi? — ele indaga, olhando-me com uma expressão estranha.

— Nada, é que… é estranho estar aqui com *o* Benjamin Kalu — confesso, um pouco tímida. — Achei que odiasse interação humana.

Ele eleva a sobrancelha direita, eu levo imediatamente as mãos à boca. Não acredito que disse isso em voz alta.

— Desculpa.

Benjamin simplesmente *ri*.

— Você não gosta muito de mim, não é? — Ele ri mais um pouco, deixando suas covinhas à mostra.

Engulo em seco. Eu não esperava essa pergunta.

— Eu… não é bem não gostar! Eu só não acompanho, eu não…

Ele gargalha.

Que sorriso lindo, *puta que pariu!* Eu quero sair daqui. Por que estou arrepiada? *Inferno*!

— Tá tudo bem, não precisa se explicar. — Benjamin me encara, olhando dentro dos meus olhos. — Obrigado por ter me trazido aqui, é muito bonito mesmo.

Ele sorri de novo.

— De nada…

Eu me perco momentaneamente em seus lábios. É como um ímã que atrai os meus olhos e, por mais que eu queira desviar, não consigo.

— Aqui, pessoal — Edna, Ana e mais 3 pessoas nos interrompem para entregar um verdadeiro banquete.

Graças a Deus.

— A melhor moqueca da cidade! — Ana começa a colocar os pratos na mesa. — Tem arroz, farofa e pimenta, se quiser.

Benjamin sorri e agradece. O cheiro está ótimo e os funcionários nos servem com a maior mordomia. Todos saem, deixando-nos a sós e a minha barriga ronca alto, acho que Edna ouviu, pois riu enquanto…

— O que você está fazendo? — pergunto quando a vejo apontando a câmera do celular para nós.

— Estou tirando uma foto — explica o óbvio. — Tem um astro de Hollywood no meu restaurante, Naomi!

— Não! Não! Não! — Levanto da mesa e vou até ela. — Edna!

— Está tudo bem, Naomi — Benjamin se pronuncia.

— Não está, *não.* — Viro para Edna. — Por favor, se ele concordar você tira, tudo bem? Aí, você tira *só* dele! Comigo *bem* longe.

— Edna — Benjamin chama. — Que tal tirarmos na saída? Eu posso fazer algumas fotos em frente à placa para você publicar, pode ajudar na divulgação.

Ela se derrete e assente. Eu me desculpo pela minha reação e Edna murmura um *"depois conversamos"* após dar um beijo no topo da minha cabeça e sair do *rooftop*.

Sei que exagerei, mas não quero ter que ler novamente os comentários horríveis e até misóginos que escreveram sobre *mim* quando eu estava apenas fazendo o *meu* trabalho.

Não me interessa se Benjamin me olhava com olhos de sei lá o quê, observando cada detalhe em mim enquanto eu lhe fazia perguntas. Não é justo tratar qualquer mulher assim quando só estamos fazendo o nosso trabalho. Vai perguntar a *ele* o porquê de tantos olhares, eu hein.

— Tudo bem, não me importo com as fotos. — Benjamin se levanta e vem até mim.

— Eu me importo. — Olho para ele, séria.

— Por quê? — ele pergunta, franzindo a testa.

Sua postura fica firme, parecendo incomodado.

Respiro fundo.

— Eu não aguentaria ler novamente tudo que li na internet quando aquela entrevista saiu — confesso e ele me olha confuso. — Eu estava fazendo o meu trabalho e me tacharam de aproveitadora porque resolveram romantizar algo que não tinha a menor chance de acontecer. — Eu me viro toda para ele. — Se sair uma foto nossa, aqui, juntos... nem sei o que poderia acontecer. Faz pouco tempo que me deixaram em paz e boa parte dos seus fãs não são muito... agradáveis.

— Eu não sabia que... Eu sinto muito.

Por um momento achei que ele se aproximaria, ao mesmo tempo que seu corpo pareceu se mover, voltou a ficar parado.

— É, pois é. — Bufo. — Às vezes não ter redes sociais é uma bênção.

Retorno para a mesa e me sento. Olho atentamente para um ponto de luz na parede e não percebo quando Benjamin volta para a mesa e se senta à minha frente.

— Sinto muito que isso tenha acontecido com você. — Sua voz fica mais suave. — Eu estou nesse ramo há algum tempo e sei bem que as pessoas por trás de uma tela podem ser cruéis, e não sofrerem as consequências dos seus atos.

— É surreal. — Jogo os braços pra cima e me encosto na cadeira. — Estou trilhando a minha carreira, as coisas estão acontecendo... eu não quero ter essa visibilidade negativa por causa de achismos, sabe?

— Eu te entendo! Posso pedir para a minha assessoria…

— Não — falo mais alto do que deveria. — Não precisa. — Limpo a garganta. — Quanto menos atribuírem o seu nome a mim, mais rápido me esquecem.

Ele parece incomodado.

— E as fotos de hoje? — questiona sobre o ensaio da Clair.

— Não aparece o meu rosto, é improvável saberem que sou eu — concluo com um suspiro cansado.

— Você tem razão.

Benjamin me observa por alguns segundos. Ele me olha como se eu fosse algo que estivesse vendo pela primeira vez. Abre a boca para falar algo, mas fecha em seguida, sem emitir nenhum som.

O que ele quer dizer?

— Eu tenho um Instagram, um privado, sabe — revela com uma careta.

Ergo as sobrancelhas.

— Sério? Não te imagino com redes sociais. — Rio surpresa.

— Eu uso um outro nome, Matt Jordan.

Por que ele está me revelando tanta coisa?

— Tipo Jhordan Matheus, o humorista? — indago com expectativa.

Ele dá risada.

— Você foi a primeira pessoa a me perguntar isso. — Suas covinhas aparecem novamente. — Mas não, e também não o conheço.

Óbvio que ele não conheceria, Naomi! Que pergunta é essa?

Nossas risadas se entrelaçam por um momento. Ele parece descontraído e sincero, rindo à medida que nossa voz vai sumindo com o vento, um silêncio se instalando.

— Eu sinto por você ter lido coisas tão desagradáveis na internet — Ele quebra o silêncio. — As pessoas podem ser cruéis às vezes. Eu não sei o que eles falaram, mas não é verdade. — Limpa a garganta. — Qualquer palavra ofensiva ou desrespeitosa sobre você nunca poderia ser verdade porque… bom, porque não são.

Eu sorrio. Até que isso foi gentil.

— É, tem razão. — Olho em seus olhos. — Obrigada.

O silêncio se instala entre nós novamente, ele coloca mais moqueca em seu prato e preenche o outro espaço vago, com farofa de dendê.

— Posso te perguntar uma coisa? — indago quando termino de mastigar, voltando o meu olhar para ele e deixando o garfo no prato. — Por que você não dá entrevistas? Não precisa responder se não…

— Está tudo bem. — Toma outro gole do refrigerante. — Eu prometi ao meu pai, antes dele falecer, que realizaria o meu sonho, mas não deixaria esse sonho me destruir. Vejo artistas que se expõem de forma absurda serem massacrados por isso na mídia. O meu pai tinha uma visão péssima de artistas e eu lhe garanti que não deixaria a mídia usar a minha vida pessoal contra mim quando decidissem que eu não seria mais interessante ou quando minha carreira não importasse mais.

— Nossa, eu… Faz sentido. — Despejo mais um pouco de refrigerante no copo e me ajeito na cadeira para prestar atenção.

— Eles dão fama para uma pessoa para destruí-la depois. Eu trato o meu trabalho como um trabalho mesmo, então, separo as coisas.

Faz sentido.

Quando nossos pratos se esvaziaram e nossas barrigas encheram, levantamos um pouco para esticar as pernas e caminhamos até a área verde.

Benjamin foi o primeiro a sentar nos pufes coloridos e eu nunca o vi tão… humano. Apesar de não acompanhar sua carreira, é impossível não saber sobre a sua existência. A mídia o faz parecer um deus intocável, mas cá estou, em sua frente, sentando-me em um pufe rosa enquanto escuto suas histórias.

Benjamin é alguém diferente do que eu achei que fosse. Ele é bem sentimental e cuidadoso com as palavras, e gentil. Quando a conversa se estendeu ao assunto família, ele foi menos aberto, mas compartilhou um pouco de como foi a sua infância em Moçambique e como seus pais sempre apoiaram sua carreira no cinema.

Contou que sempre fazia peça com os amigos e também amava escrever as histórias que queria interpretar. Muitas delas eram invenções dele com o melhor amigo, que hoje trabalha ao seu lado e é provavelmente a pessoa que Hanna mencionou mais cedo.

— Como você aprendeu a falar suaíli? — ele pergunta enquanto se ajeita no assento.

— Meu pai me ensinou, ele nasceu e cresceu no Quênia — conto, com um tom de orgulho. — Quando ele perdeu os pais e decidiu tentar a vida aqui no Brasil, disse que estava tentando chegar em outro estado quando se deparou com Salvador e se apaixonou pela cidade.

Sorrio com a lembrança da primeira vez que meu pai me contou sua história, quando eu ainda era pequena, e adorava ouvi-las antes de dormir.

— A minha mãe tinha uma barraca na praia da Barra na época em que trançava o cabelo dos turistas — continuo, entusiasmada. — *Baba* tinha o cabelo grande na época e conta que assim que ela começou a pentear seus cabelos, ele se apaixonou. Hoje os dois moram no interior, umas 6 horas daqui e têm um mercado. Vivem bem, sabe?

Benjamin sorri timidamente e me olha com mais expectativa.

— E como você decidiu virar apresentadora?

— Ah, sempre foi o meu sonho. — Mexo no pingente do colar. — Poder entrevistar os artistas que eu gosto, falar sobre coisas que eu gosto... Quem não amaria ter um emprego dos sonhos assim? — Ele concorda com a cabeça, sabendo exatamente do que estou falando. — Poder trabalhar fazendo e falando sobre o que gosta... Nossa! Quando Luísa conseguiu a chance no programa do Bingo, eu sabia que as oportunidades poderiam chegar se eu me esforçasse.

— E era esse o sonho? Trabalhar com Bingo?

Sua dúvida me parece genuína. Ele me observa e ouve atentamente todas as minhas respostas e eu sorrio, tentando elaborar uma que expresse o quanto sou grata ao meu emprego atual mas, que ainda assim, evidencie o quanto eu quero outra coisa para a minha vida.

Tem bastante tempo desde a última vez que conversei com alguém e me abri dessa forma. Não é como se eu estivesse revelando todos os meus segredos mais profundos, mas eu sinto que poderia contar qualquer coisa a ele. Benjamin é um excelente ouvinte.

— O *Hora do Bingo* é literalmente o meu primeiro trabalho como apresentadora e tudo que sei, devo a ele, sabe? Eu tenho muito orgulho de apresentar esse programa, mas não é o que eu quero pra minha vida — admito, um pouco mais séria. — Mesmo que a nossa entrevista tenha sido por um completo acaso, aconteceu porque confiaram em mim e eu sempre acreditei que já estar dentro da empresa me ajudaria a ir caminhando passo por passo até o meu destino final e bom...

— Isso é bem legal.

Benjamin coloca a perna direita em cima da esquerda. E eu observo a forma como os seus músculos se movem em um simples movimento. Limpo a garganta e fixo meu olhar no céu.

— É, acredito que, querendo ou não, a entrevista que fizemos me abrirá várias portas. — Sorrio com esperança.

Espero muito que isso seja verdade.

— Com certeza vai, você é muito talentosa. Tenho certeza que chegará onde deseja.

Volto a encará-lo e sua resposta continua me parecendo sincera, real. Ele também fixa seu olhar em mim, e parece analisar o meu rosto da mesma forma que analiso o seu. É intenso, desconfortável, estranho. Mas não consigo desviar. É como se um ímã estivesse dentro de nossas cabeças, forçando-nos a permanecer nesse...

O celular de Benjamin toca, tirando-nos do transe.

Ele se desculpa e levanta para atender, indo até a área coberta.

— Sim? — pergunta em inglês. — Não entendi... Agora? — Ele caminha de um lado para o outro. — Tudo bem, estou indo.

Eu me levanto quando escuto sua última frase e caminho até ele.

— Preciso ir — ele comunica em português. — Obrigado pela refeição e... pela conversa.

— Não há de quê. — Sorrio sem mostrar os dentes e indico a saída.

Não há de quê? Quem fala assim?

Nós descemos até o térreo e ele agradece pela refeição. Quando tenta pagar, Edna é a primeira a recusar. Benjamin faz menção de pegar sua carteira, insistindo para que ela o deixe pagar a conta, mas Edna se recusa a aceitar e promete que é por conta da casa. Em contrapartida, transforma Benjamin em seu garoto propaganda.

Edna conseguiu fazer o astro mais famoso de Hollywood tirar fotos em quase todos os cantos do restaurante em menos de cinco minutos.

Juro que tentei pará-la, porém Benjamin apenas aceitou o seu destino.

Ela até indicou as poses que ele deveria fazer e eu precisei fechar os olhos, momentaneamente, para não morrer de constrangimento.

— Benjamin, as fotos ficaram incríveis, muito obrigada. — Edna passa rapidamente as fotos no celular mostrando-as a Benjamin. — Ah! — Sobressalta e seu sorriso cresce, formando-se de orelha a orelha. — Você deveria vir hoje ao aniversário surpresa de Ana.

— Ed, eu não acho que... — intervenho, envergonhada.

— Onde será? — ele me interrompe.

Eu o encaro.

— Em uma casa de shows, aqui no Rio Vermelho mesmo, se chama Amsterdã. Às dezenove horas.

Mas que porr...

— Parece divertido, eu irei. — Aceita, decidido, recebendo o abraço inesperado de Edna e retribuindo.

O quê?

— Ai, que bom! Ela vai pirar. — Edna dá pulinhos — Obrigada, você vai adorar a nossa galera. A Naomi te passa o endereço depois.

Por Deus! Eu vou matá-la.

— Não tenho o número dele, infelizmente... — tento argumentar, estupefata.

— Me passa o seu. — Benjamin retira o seu celular do bolso e me entrega.

Olho para o aparelho e, em seguida, para ele. Demoro pelo menos dois segundos para de fato voltar a encarar o telefone e anotar meu número.

Devolvo o aparelho.

— Te envio uma mensagem — avisa e guarda o celular de volta no bolso.

Não consigo argumentar a tempo, Hanna entra no restaurante transtornada. Seu olhar se fixa em Benjamin, ela caminha em passos largos até ele com um walkie--talkie na mão.

— Hanna, o que houve?

— Estou com ele — ela diz para o radinho. — Aqui tem portas dos fundos? — pergunta diretamente para Edna.

— O que aconteceu? — Edna e eu questionamos em uníssono.

— A rua está fechada, milhares de fãs e paparazzis estão cercando o restaurante neste exato momento.

Eu traduzo para Edna, que arregala os olhos e cobre a boca com as mãos, assustada.

Merda, o meu carro está lá fora.

— Diz a ela que tem porta dos fundos sim, me acompanhem.

Eu traduzo para Hanna e todos seguem Edna.

— Até mais, Naomi. — Benjamin se vira para mim antes de desaparecer no corredor que leva até a saída improvisada.

— Até mais, Benjamin.

Fico sozinha no salão principal e me jogo no sofá decorativo – que é bem confortável – e fecho os olhos, segurando meu rosto com as mãos e ainda tentando entender que diacho de dia é esse.

— Já foram. — Edna volta e eu abro os olhos. — A frente do restaurante está uma loucura. — Ela me empurra com a bunda para sentar ao meu lado. — Colocaram Benjamin em um carrão e saíram parecendo um jato. — Ela me entrega um papel. — A moça ruiva que estava com ele vai mandar alguém buscar mais tarde, é um termo de confidencialidade para todos nós que tivemos a honra de estar na presença daquele homem. — Ela cai no sofá ao meu lado.

— Que palhaçada — praguejo, com raiva.

— Que dia, Naomi! — Ela gargalha se mexendo freneticamente. — Benjamin Kalu em meu restaurante… Uau!

— Edna, você convidou o Benjamin Kalu pro aniversário surpresa da Ana — digo de soslaio, encarando-a petrificada.

— E ele aceitou! — Ela bate palmas. — Teremos um astro de Hollywood conosco.

Edna parece se dar conta de algo. Em um único movimento, ela se senta no celular e põe a mão na consciência.

— Preciso registrar mais um nome na lista do camarote.

Ela corre para a sua sala administrativa e eu permaneço ali, pensando em tudo e nada ao mesmo tempo.

O meu celular apita, tirando-me do devaneio e mostra que tenho uma nova solicitação para seguir no Instagram. Quando abro o perfil, vejo a foto de um gato amarelo e o nome de usuário *"MattJordan2"*, gargalho incrédula e clico em aceitar.

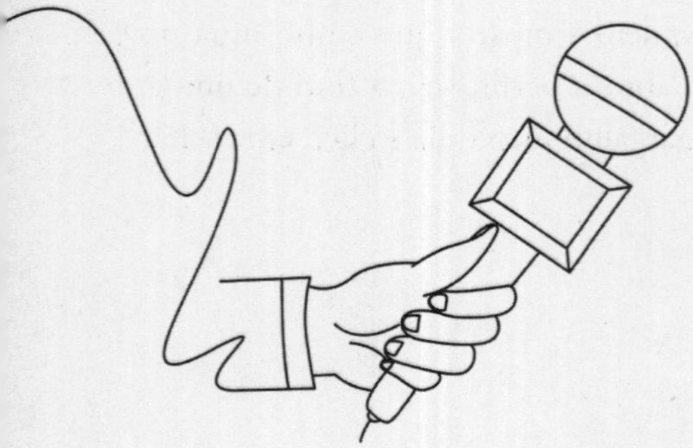

Capítulo 10

Benjamin

— Qual é o seu problema? — Hanna se vira para mim bastante irritada.

— Não entendi — indago, ainda olhando para o grandioso mar à minha frente.

— Benjamin, temos um contrato, você não pode ser visto com nenhuma outra mulher além da Vanessa, era com ela que você deveria estar almoçando, não com uma...

— Eu nunca concordei com isso, para início de conversa — interrompo-a, irritado. — Tiramos essa cláusula ridícula do contrato por um motivo — afirmo olhando dentro de seus olhos. — Eu nunca expus a minha vida e não vou começar agora. Concordei que poderíamos ser vistos nos mesmos lugares, frequentaríamos os mesmos restaurantes e deixaríamos a imprensa especular o que quisesse.

— E aqui estamos! No Brasil! — Ela expira forte.

Hanna escreve algo rapidamente no celular e, em seguida, vira-se para mim outra vez, ajeitando-se no banco do carro.

— Benjamin, vamos voltar para Los Angeles hoje, já éramos para ter ido embora, na verdade. — Suspira, impaciente. — Ficaríamos até a sessão da Clair e depois partiríamos, esqueceu? Vou agendar entrevistas com outras pessoas e você será tão aberto e solícito quanto foi com essa... essa repórter. — Ela se vira para frente e retorna a mexer no celular. — Quem esquece o cartão de memória? — resmunga, fazendo um sinal negativo com a cabeça.

— Foi a primeira entrevista dela, Hanna, pega leve — rebato, observando as crianças brincando na areia. — Eu não vou dar mais entrevistas, nós concordamos com isso, chega. Tenho algumas semanas de folga até que as premiações comecem e gostaria de poder descansar.

— Você pode até não querer dar entrevistas, Benjamin, mas ainda temos comerciais e *shootings* para fazer. O Oscar está chegando, precisamos estar preparados.

— Eles podem vir até mim, se quiserem. Eu permanecerei no Brasil, irei descansar e aproveitar ao máximo. Olhe ao seu redor. — Aponto para a janela do carro do seu lado. — A beleza dessa cidade. Eu vou sair hoje à noite, não me espere no hotel, tá?

— Para onde você vai?

— Eu tenho um aniversário de uma amiga para ir — explico, como se fosse algo normal.

— *O quê?*

Quando chego ao hotel, vou direto para o banheiro.

Ao parar na bancada da pia, tiro todos os pertences do bolso e me vejo abrindo o Instagram, procurando pelo nome Naomi Castro no buscador.

Sua foto de perfil é a primeira coisa que me chama a atenção. Ela está de tranças pretas e sorri lindamente para a câmera, parece estar em um tipo de parque de diversões, dá pra ver uma montanha-russa atrás dela. Está de noite e o flash do celular deixa o brilho labial de sua boca carnuda bastante evidente. O perfil é privado e sua bio contém apenas emojis aleatórios e a localização de Salvador.

Não penso muito, clico no botão de seguir e largo o aparelho na bancada.

Enquanto sinto a água morna cair nas minhas costas, o rosto de Naomi não sai da minha cabeça. Não sai da minha cabeça desde que ela entrou na sala de entrevistas. Nunca vi alguém como ela.

Naomi exalava um charme encantador e o seu nervosismo me chamou atenção. Ela é simplesmente a mulher mais linda que já vi e eu não consegui parar de olhá-la. Observei cada centímetro do seu rosto enquanto conversávamos e me culpei quando descobri que a minha admiração ficou tão óbvio a ponto de todos perceberem.

Sinto que poderia ser entrevistado por ela para sempre.

Era evidente que ela não fazia aquilo com frequência, então achei que seria rude da minha parte não responder suas perguntas com sinceridade. Seus olhos castanho-escuros pareciam uma fortaleza contra mentiras e olhá-los me impedia não as contar.

É verdade, não permito nenhuma pergunta pessoal. Não gosto que saibam sobre a minha vida e com certeza não gosto de fofocas envolvendo meu nome. Todas as polêmicas e fofocas que encontram na internet sobre mim são sobre mulheres que saio, conheço ou troco uma palavra e isso me enfurece. Não sou o pegador que eles acham que eu sou e também não tenho paciência para desmentir, daria mais do que falarem.

Meu celular toca em cima do balcão e enrolo uma toalha na cintura quando saio do chuveiro. Uso uma outra menor para secar o cabelo crespo e a barba.

Quando a tela do celular acende com um toque, vejo a notificação que a Naomi aceitou o meu pedido para segui-la. Abro a conta e há fotos dela no programa, com a produção, de um cachorrinho e uma outra dela na praia. A que mais me chama atenção é a de quem eu presumo ser sua família. Eles se parecem bastante e agora associo a voz do carro ao rosto que aparece ao seu lado na imagem, eles têm o mesmo sorriso.

Quando volto a olhar seu perfil, vejo uma estante de livros com alguns bonecos e coisas relacionadas àquela saga interpretada pela Jennifer Lawrence. A foto me faz rir, deve ser algo bem importante para ela mesmo. Na entrevista, ela segurou bem forte o broche dourado do pássaro em alguns momentos antes de começarmos. Quando tudo se encerrou e finalmente podíamos sair, voltei para buscar o meu celular que havia deixado cair na poltrona e uma das luzes do cômodo acabou refletindo em um objeto embaixo da cadeira do entrevistador. Eu entregaria para alguém poder devolvê-la, mas por algum motivo eu guardei comigo.

Quando a vi entrando no *after*, xinguei baixo por ter deixado o broche no carro, não vi como explicaria que estava comigo sem parecer algo que não era. *Que não é.*

Quando fomos para a rodada das últimas entrevistas em Nova York, encontrei Clair por um acaso em um restaurante que adoro comer. Conversamos brevemente, ela mencionou a ida para o Brasil, e em uma epifania de ideias, me convidou para participar da campanha. Bom, eu não recusei. Cumpri a agenda de entrevistas e desmarquei todos os compromissos marcados para a semana. Principalmente as casas noturnas que o estúdio queria me forçar a ir com Vanessa.

O problema não é ela, como a Hanna faz parecer.

Eu e Vanessa nos conhecemos em um desfile na Itália. Duas semanas depois, estávamos fazendo teste de química para *Quando a Cura Chegar* e em seguida gravamos juntos. Tivemos alguns encontros, éramos amigos com benefícios e duramos um ano assim, até ela me contar sobre sua paixão por uma diretora de um filme que sua melhor amiga trabalhava. Eu gosto muito dela e fiquei feliz por saber que estava apaixonada de verdade.

Eu realmente não poderia sustentar um relacionamento, caso virasse algo a mais. Estou no auge da carreira, preciso focar e jamais me contentaria em ser metade para alguém, precisamos ser inteiros, e esse tipo de comprometimento não era algo que poderia dar à Vanessa na época.

Quando contei a Clair que estava no Brasil, pedi que ela sugerisse ao Miguel – que é seu amigo de longa data – que a sessão fosse na EGB. Quando confirmamos, foi fácil achar o caminho até Naomi. E ela estava tão linda, sendo maquiada para entrar ao vivo e com um vestido vermelho que me fez... bom, não vem ao caso agora.

Seu cabelo vai até o ombro e a forma volumosa de seus cachos definidos me faz perder algumas horas tentando imaginar o que ela deve fazer para deixá-los tão bonitos. Suas curvas também chamam bastante atenção, mas o que mais penso é no seu sorriso. Seu nariz achatado sobe quando ela ri e seus olhos se estreitam. Sua pele negra, bem mais clara que a minha, brilha.

— Vendo foto da jornalista de novo? — Jonathan está parado na porta que nem percebi que havia deixado aberta.

Bloqueio a tela e reviro os olhos.

— Não sabe bater não?

John é meu melhor amigo desde que me lembro, nos mudamos juntos para os Estados Unidos quando tínhamos dezessete anos e ele sempre acreditou em mim. John me ajudou com as audições e esteve ao meu lado em cada não e sim. Ele é meu agente muito antes de eu me tornar um ator de fato. Ele é uma parte de Moçambique para mim e literalmente o irmão que nunca tive.

— Hanna está muito brava com você. — Ele me encara enquanto seguro a toalha na cintura e saio do banheiro. — Acabamos de finalizar uma reunião bem tensa com o estúdio. — Ele bufa. Seu inglês tem ainda mais sotaque que o meu. — Alan Taylor está furioso. Eles querem que a gente dê um jeito em um jornalista que fotografou você com a moça em um restaurante. — Ele me segue até a cozinha. — Como você não me contou que estava saindo com ela?

Alan Taylor é o executivo que fez *Quando a Cura Chegar* acontecer. Ele é dono do estúdio ao qual tenho um contrato para fazer alguns filmes anualmente, o *Metheory Studio.* Ele jurou que o romance com Vanessa não iria se perpetuar depois do filme e todo o lucro com a história realmente estava dando retorno durante as gravações. Agora, já virou piada.

— Eu não estou saindo com ela, John! Foi só um almoço e…

— Irmão, permita-me citar uma parte muito específica da música de um cantor desta maravilhosa cidade. — Ele mexe no celular freneticamente enquanto se ajeita no banco que fica na ilha da cozinha. — Tem um *beat* muito legal e, no final, um cara recita algumas palavras.

Uma música começa a tocar e algumas palavras em francês são ditas. Ele pula vários versos até chegar onde queria. Jonathan levanta o celular para o alto, a fim de que o som fique mais audível.

John descobriu o cantor *Baco Exu do Blues* através da internet quando procurava músicas brasileiras para sua playlist de viagem ao Brasil. Ele adora músicas e trilhas sonoras e eu já o incentivei a estudar sobre isso para trabalhar em filmes, mas ele nunca me escuta. John tem um ótimo ouvido e suas sugestões na produtora são sempre muito bem-vindas. Ele tem uma playlist para absolutamente tudo, o que eu acho genial e muito benéfico já que acabo descobrindo muitas canções incríveis através dele.

— Você fala português, então vai entender melhor que eu, mas se chama Samba em Paris. — Ele aponta a parte da saída do som para mim e uma voz masculina começa a soar.

— É, cê tá com brilho no olhar, cara
Eu não sei se você já descobriu que tá apaixonado
Talvez cê num tenha descoberto isso ainda
Que eu esteja só, só no feeling aqui
Mas eu tive essa sensação muito doida, né
De que você tava apaixonado

Encaro-o.

— Este sou eu, falando para você o que acho, exatamente como esse cara. — Ele pausa a música. — Você está apaixonado por essa mina e eu nunca te vi assim.

— Eu não estou apaixonado, Jonathan. — Fecho a geladeira e coloco o copo com água na pia. — Acho-a bonita? Sem dúvida! Mas não é paixão. — Saio da cozinha e caminho até meu quarto. — Agora, me deixe em paz.

Eu não estou apaixonado.

São oito e meia da noite quando Tony para o SUV preto em frente ao prédio de Naomi. Balanço a perna impacientemente quando vejo três pontinhos se movendo em nossa conversa do Instagram após o aviso que cheguei. Os pontinhos param de se mexer, eu observo o portão do prédio abrir e ela sai.

Prendo a respiração.

Como alguém pode ser tão bonita assim? Seus cabelos estão ainda mais volumosos e ela se veste, mais uma vez, de forma simples, mas ainda assim, deslumbrante.

Uma camiseta branca, um casaco de couro e uma saia preta, um pouco acima do joelho, com uma grande fenda e um tênis. Ela está tão... Eu me ajeito no banco e respiro fundo para que ela não perceba meus olhos secando-a.

Abaixo o vidro e dou um meio sorriso. Tony abre a porta esquerda e ela entra, colocando a bolsa pequena primeiro no banco e depois se sentando, ao meu lado.

— Oi, boa noite. — Ela sorri. — Obrigada por abrir a porta, moço — agradece a Tony. — Isso foi muito gentil.

— Não há de quê, senhorita — Tony responde e dá partida no carro.

Ela sorri timidamente, eu retribuo o sorriso.

Seu peito desce lentamente de cima para baixo. Acho que ela está tentando controlar a respiração.

— Você está linda — digo, por fim, e ela se vira para mim, surpresa.

— Obrigada. Você também.

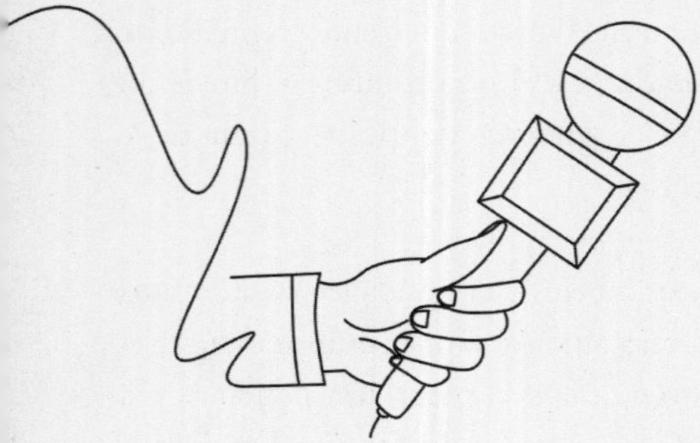

Capítulo 11

Não é todo dia que se vai a uma festa acompanhada por um astro de Hollywood.

Quando entro no carro e Benjamin me elogia, sinto que meu coração derreteria se a temperatura estivesse um pouco mais quente. Não que ouvir sua voz rouca me dizendo que estou bonita não deixasse o meu corpo cálido o suficiente.

Eu não sairia de casa em uma sexta-feira à noite com uma saia curta e justa se Luísa praticamente não tivesse escondido o conjunto que eu pretendia usar. Era algo mais básico e, com certeza, não era uma saia que marcava o meu quadril. Mas, quando ela montou esse conjunto de peças e eu me olhei no espelho, me senti gostosa, gostosa em um nível perigoso até. Luísa fez um ótimo trabalho com a maquiagem e o batom vermelho, eu me sinto muito gata.

E o elogio de Benjamin foi suficiente para eu me achar ainda mais.

Não sei se ele sabe que o vidro do carro não é escuro o suficiente, mas sua silhueta estava bastante nítida e eu consegui ver sua cabeça virar para mim o tempo inteiro. Eu sentia o seu olhar queimando e pode-se dizer que andei rebolando um pouco mais do que costumo fazer de propósito.

Não pretendo ficar com ele nem nada do tipo, mas sentir que um cara assim está vidrado em mim, me deixa satisfeita.

Não demorou muito para chegarmos à festa. Viemos o caminho inteiro em silêncio e quando o carro estaciona em frente à boate, Benjamin desembarca de boné e óculos, vem até o meu lado e abre a porta, estendendo-me a mão, que pego e sinto aquela eletricidade novamente.

Seu motorista nos leva pelos fundos – que eu nunca tinha percebido – e o segurança da boate – que está com o uniforme preto com a logo do estabelecimento – abre a porta para entrarmos.

Benjamin tira o disfarce que lembra a terceira temporada de Lupin e entrega a Tony.

— Estarei do lado de fora esperando, senhor — Tony garante.

— Obrigado, Tony, te envio uma mensagem quando estivermos saindo.

Ele assente e o segurança do local fecha a porta.

— É uma honra ter o senhor aqui, sua assistente me pediu para cuidar do senhor essa noite. — O homem à nossa frente mantém uma postura animada, entrelaçando uma mão à outra enquanto se mexe.

— Obrigado...

— Carlos!

— Muito obrigado, Carlos. — Benjamin aperta sua mão. — Pode nos levar até o camarote da... — ele tenta lembrar — Edna! E, por favor, se puder disfarçar o máximo para que não chamemos atenção...

— Claro, claro! Por aqui — ele indica o caminho e o seguimos.

Andamos por um corredor extenso e relativamente escuro até chegarmos dentro da boate vazia. O que é superestranho para o horário. São quase nove da noite e a essa hora, geralmente, já está bem cheia.

Carlos nos leva até o camarote que Edna, Luísa e Tales, nosso amigo, já estão. Adorei o lugar escolhido, é no primeiro andar e dá para ver toda pista de dança e a DJ de onde estamos. O local é aberto e – graças a Deus – totalmente climatizado. Salvador está fazendo um calor do cão hoje. E com o friozinho daqui, posso permanecer com a jaqueta de couro de Luísa sem derreter.

— Eu não acreditei quando Edna me contou e acredito ainda menos vendo pessoalmente. — Tales abre um sorriso largo e cumprimenta Benjamin com um aperto de mão. — Tudo bem, cara? Que incrível te ver por aqui! Uau, minha nossa, é você *mesmo*.

Benjamin, com toda a sua simpatia, cumprimenta-o de volta e fala com as meninas em seguida, dando boa noite e abraçando-as.

Edna praticamente pula em seu pescoço e agradece a presença. Ela diz que é melhor que a surpresa dos *Vingadores Stripers* que ela queria contratar porque sabia que Ana iria odiar.

É o quê?

— Quer beber algo, Benjamin? — Tales pergunta, aproximando-se. — Conhece a nossa Smirnoff Ice? É uma delícia!

Tales o leva ao bar lá embaixo e eu vou até Edna para ajudá-la a arrumar os salgados na bandeja de alguma cor que não consigo identificar, pois estávamos dentro de uma boate escura com luzes florescentes.

— Naomi, você está muito gata! — Edna exclama, com admiração.

— Né? Eu disse que esse look ficaria ótimo em você, olha o tamanho da bunda — Luísa fala, orgulhosa.

Ela divide a função com Edna e agora arrumam juntas os brigadeiros na mesa.

— Tenho que admitir, a saia ficou ótima mesmo. — Sorrio, dando uma voltinha.

— Ele estava te secando inteira. — Edna ri. — A cada frase, uma olhada.

— Ela não acredita quando eu digo que ele tá afim. — Luísa bufa e come um chocolate. — Fica dando uma de durona dizendo que não está, que não o odeia, mas também não gosta dessa forma... tá bom! Ela pensa que eu não vi ela vendo vídeos dele no Twitter.

— Eu não... — tento argumentar, mas Luísa não me dá chance.

— Você precisa investir, Nai — Edna aconselha, afirmativa.

— Não, sem isso de investir! Seremos amigos, estamos construindo uma amizade, eu acho. — Olho para o Bar onde Benjamin conversa animadamente com Tales e o barman. — Tenho uma carreira para construir e não vou fazer isso em cima de um namoro com famoso, né?

— Então admite que namoraria ele? — Luísa me pegou com essa.

— Não é isso, é que...

— Ele já tem uma vida reservada — Edna fala. — Não vejo no que isso atrapalharia você!

Edna passa as mãos uma na outra e caminha até o sofá principal do camarote.

— Não é? Eu disse isso para ela hoje. — Luísa revira os olhos como se tivesse dito a coisa mais óbvia do mundo.

Os meninos voltam e Benjamin me entrega uma garrafa de ice. A boate está vazia, apenas nós e os funcionários estão presentes, então, espero que Benjamin não se acostume a pegar tão rápido uma bebida por aqui.

— Tales disse que você gosta dessa — ele diz quando se aproxima.

— Ah, sim, obrigada — agradeço e ele sorri, sentando-se no sofá da área.

Vou até o outro lado do salão e me jogo no sofá ao lado de Edna.

— Quando a Ana chega? — pergunto, curiosa.

— Já, já. Ela disse que vai me avisar quando sair de casa. — Edna checa o telefone.

— Você a chamou pra cá? Simplesmente? Ou...

— Não, não, eu pedi a ela para passar aqui, pra me buscar, eu disse que estava em uma reunião com Ramilton, o dono da casa — ela conta, animada com o seu plano. — Combinamos de jantar no Bahia Marina, ela está achando que a surpresa será lá. — Ela ri, satisfeita.

— São dez para as nove e não chegou ninguém. — Olho para a pista de dança e em seguida para o nosso camarote.

Edna se vira para mim.

— Olha, Nai, eu pedi a Ramilton que fechasse a casa por algumas horas... — ela diz, mexendo os ombros.

Não esperava por essa...

— Primeiro, porque eu queria que tivéssemos o espaço somente para nós e, segundo, porque eu convidei o Benjamin e sabia que você não queria ser vista com ele e tudo mais. — Ela segura minhas mãos. — Luísa me contou tudo e eu... achei que seria o melhor a se fazer.

— Ed...

— Ele alterou o horário de funcionamento da casa para meia-noite, então, temos até lá para curtirmos sem ninguém nos atrapalhando. — Ela levanta e balança o quadril sorrindo na minha frente. — Estou devendo um favorzão para ele agora. — Gargalha.

Eu levanto e a abraço.

— Obrigada — digo e ela me aperta ainda mais.

Seu celular apita e parece que Ana já está na frente da boate. Edna pede que ela entre e venha até o camarote com a desculpa de que o dono gostaria de vê-la antes de Edna ir embora e, quando ela aparece no nosso campo de visão, gritamos *"surpresa"*. Ana grita de volta, com um misto de susto e emoção, batendo palmas e pulando. Seus berros se exageram mais quando vê Benjamin.

— Meu Deus! É o Benjamin Kalu — Ana afirma boquiaberta.

— Melhor do que os *stripers vingadores* que a Edna queria contratar, né? — Luísa gargalha e abraça Ana.

— Feliz aniversário, amiga. — Eu a abraço logo após.

— Não acredito que você está pegando esse gostoso.

Ela diz no meu ouvido e cumprimenta Benjamin com um abraço quando nos afastamos, que lhe deseja um feliz aniversário sorridente.

— Feliz aniversário, gata. — Tales a abraça e ela limpa os olhos enquanto gargalha.

— Muito obrigada pela surpresa, eu amo vocês. — Ana leva as mãos ao coração e arregala os olhos quando Diva, da Beyoncé, começa a tocar. — Ah, vamos! Vamos!

Ana entrelaça a mão com Edna e a puxa para a pista de dança no térreo. Luísa as segue e nos chama para irmos juntos, eu digo que já desço e me viro para Benjamin.

— Você quer dançar? — ele pergunta se aproximando de mim.

— Não, eu...

— Vai lá com as meninas, eu fico com meu parceiro aqui. — Tales passa o braço pelo ombro de Benjamin.

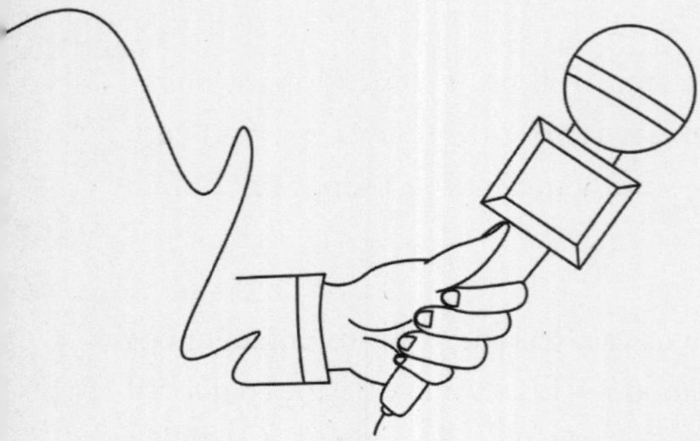

Capítulo 12

Benjamin

Não consigo tirar os olhos dela.

Quando Naomi desceu, prometi que não ficaria encarando-a de cima, mas é quase impossível. É como se tivesse um refletor diretamente nela, e apenas nela, que me impedisse de ver qualquer outra pessoa na pista.

Outra música começa a tocar. Eu não identifico bem, o cantor fala algumas palavras como "fraquinha", "canalha" e... ai meu Deus, ele está falando mesmo *isso*?

As meninas parecem gostar, pois gritam "eu fico fraquinha" – eu acho – e dançam.

Tento desviar o olhar, mas não consigo.

— Tá apaixonado, né? — Tales, um pouco alterado, se posta ao meu lado passando as mãos novamente pelo meu ombro. — Já conhece o irmão dela? Do seu tamanho, lutador... já sabe, né?

Eu apenas rio.

— Naomi é uma preciosidade, pivete. — Não sei o que pivete significa. — Mandando a real mesmo, a gente sabe que sempre sai notícia de você com alguém diferente.

Flexiono o maxilar.

— Mas ela é diferente, nossa caçula. Eu, além do irmão dela e do pai, não vamos deixar barato se você fizer algo que a machuque, sabe? — Ele ri e eu assinto com a cabeça, apenas ouvindo. — Espero que dê tudo certo, senão, não ficará bonito pra você.

— Eu entendo — digo, enfim. — Estou indo lá embaixo, você vem?

— Vou comer um pouco antes, tanta comida e ninguém está tocando nela.

Eu assinto e desço a escada em direção à Naomi.

Como se fosse calculado, a música muda para uma com o ritmo lento, mas não sei identificar de quem é. A amiga, Edna, puxa sua esposa para dançar e vejo Naomi se afastar um pouco. Eu chego ao seu lado e estendo minha mão, ela arregala os olhos e eu apenas sorrio.

Naomi aceita e colamos os nossos corpos.

Sinto uma energia emanar dessa proximidade e eu me seguro para não a apertar mais contra mim.

A voz de uma mulher, calma e serena, repete novamente o coro: *"É tanta graça, lá fora passa, o tempo sem você, mas pode sim ser sim amado e tudo acontecer"* e Naomi coloca o rosto no meu ombro. Sinto cheiro de amêndoas vindo de seu cabelo e tento conter um sorriso.

— Você está bem? — questiono, preocupado.

— Só um pouco alta, parei de beber. — Ela me encara e sorri. — Você é realmente muito bonito. É difícil te odiar assim.

— Você me odeia? — pergunto entre seus cabelos.

Ela ri e junta os dedos para expressar *um pouco*.

— Mas não odeio mais... e não é que eu te odiasse, na verdade, acho que era só um rancinho...

— Fico feliz então que você não me odeie mais — digo e ela volta a colocar a cabeça no meu ombro.

Contenho um impulso de abraçá-la mais forte e apenas me movo, na intenção de acompanhá-la, à medida em que ela se balança de um lado para o outro.

Quero dançar com você, dançar com você. Quero dançar com você, dançar com você.

— Você deveria me beijar — ela diz e eu engasgo.

— Eu gostaria disso, mas em um outro momento.

— Você não quer me beijar, então? — Ela faz beicinho.

— É o que eu mais quero — confesso, olhando nos seus olhos.

— Então vem aqui. — Naomi fica na ponta dos pés me encarando e fazendo biquinho.

— Olha lá, Luísa está nos chamando.

Eu a conduzo de volta para o camarote e Luísa a chama no canto para conversar. Não escuto exatamente o que dizem, mas Naomi arregala os olhos e coloca as mãos na boca. Eu me viro para outro ângulo para ela não ficar mais constrangida.

Observo a pista com Edna e Ana dançando apaixonadas e a minha mente vagueia apenas no quanto eu quero beijar a Naomi.

Tê-la tão perto, tocá-la e sentir seu cheiro realizou uma vontade em mim de finalmente abraçá-la. O sentimento de não querer soltá-la nunca mais me envolveu.

Mas, ouvi-la me pedir para beijá-la me fez ir ao inferno e voltar.

Como eu queria fazer isso, como eu queria segurar seu rosto, colar meus lábios nos dela e finalmente senti-la dessa forma. É o que mais desejo, é só o que penso desde que a conheci.

Quando a chamei para dançar, não estava preparado para sentir a eletricidade emanar de nossos corpos juntos. Não me preparei para tê-la tão próxima a mim. Não me preparei para sentir o seu perfume, o cheiro do seu cabelo...

Droga, talvez eu *esteja* apaixonado.

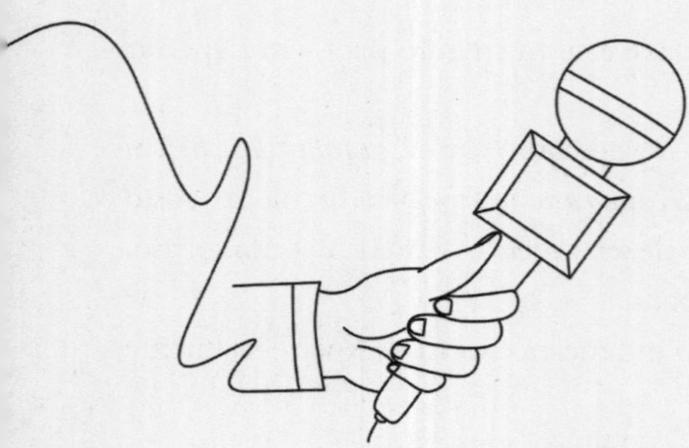

Capítulo 13

Aparentemente fiz duas coisas *absurdas* ontem. A primeira delas? Tentar beijar Benjamin. A segunda? Me oferecer para ser sua guia por Salvador.

Tenho vagas lembranças da noite de ontem.

Costumo beber pouco, apenas o suficiente para ficar alta e pronto. Nunca excedi o limite. Mas Ricardo – o barman – estava fazendo as melhores caipirinhas do mundo e eu achei que com menos álcool, ficaria tudo certo. Bom, parece que não.

Só percebi que estava bebendo muito quando já era tarde demais.

Saber dos meus feitos de ontem me faz querer enfiar a cara entre meus travesseiros e nunca mais sair. Como pude dar em cima do Benjamin tão descaradamente? Como pude *tentar beijá-lo?*

Edna contou que as três – ela, Luísa e Ana – estavam prontas para impedir caso Benjamin aceitasse me beijar mesmo estando bêbada. Luísa contou que ele me levou de volta para o camarote para comer alguma coisa. *Lembro vagamente dessa parte.*

A única coisa que consigo me recordar, conforme fui ficando sóbria novamente, foi a conversa que todos tivemos enquanto comíamos salgadinhos, após cantarmos parabéns para a Ana. Não lembro quem começou o assunto, mas falamos sobre nossas carreiras e como Salvador está crescendo cada dia mais no quesito audiovisual e em outras áreas também.

Fiquei surpresa quando ouvi Benjamin dizer que sempre quis que seu chefe – dono da produtora que ele tem um contrato – expandisse para o estúdio e conectasse o Brasil à Hollywood.

Afirmei que seria genial algo assim por aqui. Temos muitos talentos, desde roteiristas, atores, figurinistas a diretores. Salvador é arte e cultura viva e precisa ser valorizada.

Lembro de ficar muito feliz em saber sua visão sobre a minha cidade e Luísa – diz ela – me cutucou várias vezes para eu parar de olhar pra ele como se fosse um sushi.

— Pode parar aqui mesmo, Tony — digo e o carro para na subida da ladeira do Largo do Pelourinho.

Agora, encontro-me no Pelourinho, cumprindo a promessa de mostrar a Benjamin alguns pontos da minha cidade.

Não temos muito tempo, estou de folga apenas hoje e ele é uma celebridade, não daria para irmos a tantos lugares, nem se eu quisesse muito.

Outros três carros idênticos ao que viemos param em fileira atrás do carro de Tony. Homens vestidos à paisana descem e começam a andar perto de nós à medida que vamos subindo a ladeira. Tem pelo menos nove pessoas, contando com a gente.

— Podemos descer para a cidade baixa pelo Elevador Lacerda quando acabarmos aqui — proponho saindo do carro quando Tony abre a porta para mim.

Benjamin está com uma camisa de botões preta e um short da mesma cor. Nem todos os botões estão fechados e prefiro virar a cabeça para o lado para não ficar encarando seu corpo musculoso e…

— Onde estamos? — ele pergunta olhando cada canto da rua.

— Esse é o Largo do Pelourinho. Tá vendo ali? — Aponto para a casa azul enorme que fica bem no alto da ladeira que estamos subindo. — É a Fundação Casa de Jorge Amado, podemos ir lá depois.

Conforme vamos subindo a ladeira, Benjamin ajeita seu chapéu preto da Nike que lhe emprestei ontem e coloca os óculos de sol. Ele observa cada detalhe da rua e quase tropeça em algumas pedras soltas no chão. Eu seguro o riso. Quando me olha, sinto ainda mais vontade de rir e coloco a mão na boca.

Mas, sem perceber, também acabo tropeçando em uma pedra incerta e ele me segura no ato. Seus lábios estão em um formato torto de riso e silenciosamente também sorrio, batendo de leve no seu braço.

— Não vale! — Brinco quando volto a me equilibrar.

— O carma veio bem rápido. — Ele ri, balançando a cabeça e ajeitando o boné.

A rua tem construções de casarões antigos de cada lado, pintados com cores fortes como uma enorme paleta de cores. O céu azul, limpinho, ajuda a deixar a visão das construções ainda mais viva. Algumas têm varandas e outras apenas janelas e portas de madeira que variam entre original, ou pintada de branco.

Benjamin observa as lojinhas que vendem artes de madeira, quadros, roupas e até artigos de turismo como chaveiros, ímãs de geladeira e essas coisas, todas confeccionadas com o nome da cidade ou seus pontos turísticos.

— Você sabia que Salvador é a cidade mais preta fora da África? — conto, tirando a minha atenção das lojas e me virando para ele.

— Nossa, não sabia! — Ele responde genuinamente surpreso.

— Pois é. — Sorrio, satisfeita. — Salvador tinha muitos escravos e o Pelourinho era o lugar onde aqueles que fugiam ou cometiam algum "suposto" tipo de delito eram levados para o castigo. — Ele parece se impressionar. — Lá em cima tem uma coluna de pedras com dois andares, bem no meio da praça, local onde os escravizados eram amarrados e torturados.

— É triste saber que esse lugar que carrega tanta cultura e arte tem um passado assim.

— Pois é, eu nem consigo imaginar as crueldades que aconteciam aqui.

Passamos por algumas baianas até chegar próximo à casa do Jorge Amado e eu aponto para o casarão que Michael Jackson gravou um clipe.

— Ali, naquela casa azul ao lado da amarela. — Aponto. — Foi um dos lugares que o Michael Jackson gravou o clipe de *They Don't Care About Us.* — Vamos chegando mais perto e ele sorri quando vê a imagem do Michael impressa na varanda em tamanho normal. — Acho que foi em noventa e cinco ou noventa e seis. Gravou até com o Olodum, conhece?

— Jonathan me apresentou quando estava pesquisando as músicas de Salvador — ele conta, tímido.

— Uma curiosidade legal — começo e ele me olha com atenção. — Partes do clipe também foram filmadas no Rio de Janeiro. O Secretário Estadual de Comércio e Turismo da época não queria aprovar a produção porque ele tinha receio que pudesse influenciar a imagem do Brasil de maneira negativa, já que seria ambientada nas favelas e tudo mais. Mas acabou sendo autorizada pelo Itamaraty e a condição que ele impôs pra gravar foi que não escondessem a realidade que existe no país.

— Nossa! E aqui teve algum problema? — Benjamin pergunta, admirando a locação.

— Não assim, o clipe tem aquela ideia de chamar atenção para as populações mais carentes no mundo e funcionou. — Viro bruscamente para ele como se tivesse lembrando da coisa mais importante do mundo. — Acredita que foi o *Spike Lee* que dirigiu o clipe?

— Só fica melhor. — Ele ri sinceramente, me olhando com seus olhos vivos.

Eu o encaro na mesma proporção e sou a primeira a desviar.

Não consigo sustentar por muito tempo sem ficar com vergonha.

— Você quer tirar uma foto? — pergunto, meio desajeitada.

— Quero, sim. — Ele mexe nos bolsos e pega o seu celular. — Preciso mandar para a minha mãe, ela vai adorar. — Ele me entrega o aparelho.

A imagem parece de uma câmera profissional e Benjamin fica no meio da rua, em direção à casa de Jorge Amado. Levo um tempo para fazer as fotos, aproveitando para observá-lo mais um pouco sem que ele perceba e, realmente, é um monumento de homem.

Olho para os lados e constato que as pessoas ao redor não estão muito atentas a nós. Os seguranças de Benjamin – apesar de estarem misturados aos turistas – estão próximos, seus rostos estudam cada pessoa, cada estabelecimento, cada metro quadrado do ponto turístico. Eles estão um pouco mais agitados também.

— Quer que eu tire uma foto de vocês? — Sobressalto quando uma senhora de cabelos brancos e baixa, toca o meu ombro.

— Ah, não, tudo bem. — Sorrio grata. — Eu consigo.

— Pode deixar comigo, tira uma foto com ele. — Ela induz. — Vocês são um casal tão bonito!

Engasgo.

— Não, a gente nã... — Tento reparar o erro, mas Benjamin me interrompe.

— Vem, Naomi. — Sua voz rouca me chama.

Caminho até Benjamin com receio. Ele entrelaça o braço direito na minha cintura e a eletricidade que sinto toda vez que nos tocamos minimamente me atinge. Perco o fôlego por um momento, seus dedos roçando na minha pele exposta fazem a área formigar.

A senhorinha – que segura o celular desajeitadamente – clica várias vezes na tela do telefone e eu apenas sorrio. Tenho certeza que dentre as milhares de fotos que ela tirou, tem alguma em que me pega olhando para ele.

— Aqui, ficaram lindas. — Ela entrega o celular novamente para Benjamin.

— Muito obrigado — ele agradece com um sotaque fofo na fala. — A senhora é muito gentil!

— Não há de quê. — Ela nos oferece um sorriso generoso. — Querem vir comer um acarajé? É dos bons e o rapaz aí precisa experimentar.

— Você já comeu acarajé? — pergunto me virando bruscamente para Benjamin.

— Não... — responde envergonhado.

— Ai, meu Deus! — Gesticulo com as mãos. — Você precisa comer! Isso faz parte do nosso tour, tá?!

Paramos na vendinha e eu sabia que Benjamin tinha cara de quem gostava mais de abará do que acarajé. Ele adorou os dois, mandou foto para a mãe e a irmã e prometeu para elas que as levaria um dia para experimentarem.

Eu não sei exatamente quando tudo saiu do controle, mas, em um momento estávamos comendo acarajé e, no outro, Benjamin estava cercado por seus seguranças.

Naquele instante percebi que não entendo como isso de ser famoso funciona. Achei mesmo que andaria por um dos pontos turísticos de Salvador com uma celebridade e ninguém reconheceria? Bom, até então, estávamos andando tranquilamente sem ninguém nos encarando. Apesar de ser domingo e o movimento estar alto, não estávamos chamando muita atenção.

E então, tumulto, *flashes*, gritos, e as pessoas o cercando.

Enquanto a multidão vai se formando, nos separamos.

Num impulso, tento segurar a mão que ele estende para mim, contudo o fluxo está intenso demais. Sou jogada para a lateral, no outro lado da rua. Tento chegar perto novamente, sem sucesso.

Merda.

— Benjamin — grito desesperadamente para que me escute. Todavia, pela multidão, é fácil entender o motivo da minha voz não o alcançar. — Benjamin! — Tento mais uma vez, mesmo sabendo que não adiantará em nada.

E agora?

Subo para um ponto mais alto da rua, afastando-me da confusão e tendo uma melhor visão de tudo. Benjamin tira algumas fotos, na verdade, ele está sorrindo para os celulares apontados para ele.

Vejo a movimentação intensa dos seguranças, eles criam uma barreira humana envolta de Benjamin e, quando olho para baixo, os carros estão em movimento.

Deixo todos para trás e corro para o encontro de Tony. Ele demora um pouco para abrir a porta, provavelmente achando que sou alguma fã enlouquecida.

— Tony, sou eu. — Bato na sua janela.

Ouço o carro destrancar e presumo que ele me reconheceu.

— Onde está Benjamin? — Tony pergunta enquanto me ajeito no banco de trás.

— Ele está...

Não dá tempo de responder, Benjamin é praticamente jogado dentro do carro.

Ele me olha com alívio.

— Achei que você tinha sido levada na multidão. — Ele me encara e em seguida fita seu motorista. — Tony, avise que Naomi está segura no carro, podem parar as buscas.

Ele mandou seus seguranças voltarem para me procurar?

— Eu... preferi voltar antes que alguém me visse e... — tento explicar enquanto respiro para acalmar o coração.

Dou um sobressalto quando pessoas começam a cercar o veículo e a bater nos vidros.

Meu peito sobe e desce, que loucura! Eu me concentro em minha respiração e apenas nela, apesar de estar um pouco incerta. São muitas pessoas, muito barulho e todas gritam seu nome, gritam por ele. Como ele pode estar tão calmo?

Benjamin suspira e sinto sua mão apertar a minha quando Tony dá partida e saímos lentamente da praça para não causar acidente.

— Então esse é o Elevador Lacerda? — Benjamin pergunta quando passamos em frente a outro ponto turístico.

Tony dirige mais lentamente, a fim de que Benjamin veja pelo menos aqui do carro.

— É, sim, bonito, né? — Eu me debruço no banco da frente para ver melhor.

— Ele é bem grande!

Eu balanço a cabeça e sorrio, orgulhosa.

— Acredita que uma vez uma turista veio ao elevador e postou que se decepcionou porque o *Elevador Lacerda* era *só* um elevador?

Ele gargalha genuinamente, o que me faz rir na mesma intensidade também.

— Juro! Os memes que foram gerados depois disso... — Limpo a lágrima repentina dos olhos. — Posso te mandar, se você quiser.

— Eu quero — responde, decidido. — Imagino o quão hilário deve ter sido.

— Esse é o primeiro elevador urbano do mundo! Ele conecta o pessoal que vem da Cidade Baixa à Praça Tomé de Sousa, lá em cima. — Aponto através do vidro. — Aquele casarão enorme e amarelo ali. — Indico a construção do outro lado.

Sinto sua presença mais próxima a mim, sua respiração no meu pescoço... mas ignoro por ora.

— Aquele é o Mercado Modelo. — Mostro sem me atrever a olhar para trás. Não sei que acidente pode acontecer se eu me virar agora com ele tão próximo a mim.

— Esse eu já ouvi falar! Tem muitas lojas, certo?

— Isso! Acho que umas duzentos e sessenta, por aí. — Sinto ele se afastar e solto o ar que não percebi estar segurando.

— Conte-me mais, Naomi Castro.

Reviro os olhos sorrindo e suspiro antes de dar o que ele pede.

Lá ele.

— É um dos pontos mais visitados aqui em Salvador — explico, tentando não sorrir tanto. — Vende muito artesanato e artigos típicos da Bahia.

— Tipo o quê? — indaga curioso.

— Ah, tipo... instrumentos musicais, berimbaus, redes, entalhes em madeira... — tento me lembrar mais coisas — bijuterias, adereços, peças de decoração, ferro, palha, fitinhas do Senhor do Bonfim, objetos religiosos... muita coisa!

— Vou ter que voltar logo pra você me levar lá, então. — Ele se ajeita no banco do carro enquanto dá seu veredito.

Benjamin me seca com o olhar e eu demoro mais do que deveria para desviar.

— Pode ser, então — digo por fim, encarando a rua e apertando os olhos.

Eu montei um cronograma de três lugares para levar Benjamin, ou pelo menos passar perto, como fizemos agora. Ele terá que voltar amanhã para os Estados Unidos e eu estou um pouco decepcionada, confesso.

Não é que eu queira que Benjamin fique pra sempre ou qualquer coisa do tipo. Ele pode se quiser, a escolha é dele. Como pode escolher voltar para casa ou se estabelecer por aqui de vez e sei lá, talvez ele…

— Esse marzão é a *Baía de Todos os Santos*? — pergunta, tirando-me dos devaneios.

— É sim! Lindo, né? — enfatizo orgulhosa.

O céu e o mar, em tons de azul, mostram uma perfeição divina da natureza.

— Obrigado pelo dia, mesmo que rápido, adorei conhecer um pouco mais da sua cidade.

Benjamin estende sua mão para que eu desça do carro alto em segurança.

— Que bom que você gostou, podemos ir a outros lugares quando você voltar — sugiro e me amaldiçoo na mesma hora.

— Eu com certeza quero isso. — Ele sorri, resoluto. — Vou combinar um sistema de segurança com a minha equipe e volto para irmos aos lugares… pessoalmente!

Socorro.

Balanço a cabeça, sorrindo. Parece que é a única coisa que sei fazer, sorrir. Por que não consigo ficar normal? Agir como uma pessoa normal?

— Boa noite — despeço-me, prolongando o máximo esse momento. — Me avisa quando chegar — peço, amigavelmente.

Somos amigos agora.

— Pode deixar, preta.

Pode deixar, preta.

Afirma com um aceno de cabeça e sobe o vidro, deixando-me na frente do meu prédio a ponto de ter uma parada cardíaca.

Que inferno!

Não *posso* estar gostando dele.

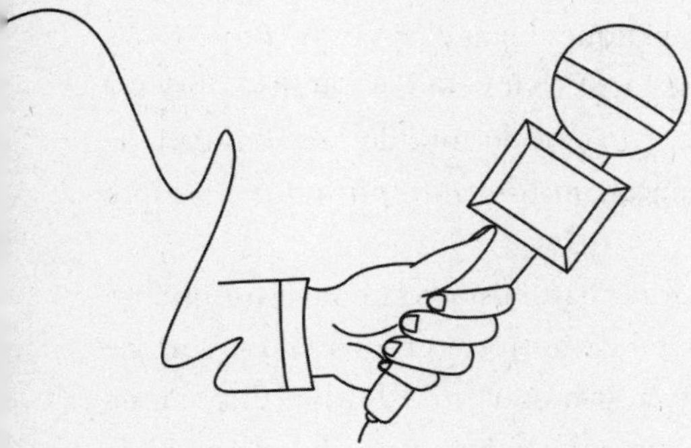

Capítulo 14

Já faz doze dias que tenho tido a mais pura calmaria.

Salvador tem sido bastante indecisa quanto ao seu tempo. Na maioria dos dias acabei saindo de casa com um pé d'água. Na hora de voltar, mal conseguia respirar de tanto calor.

Passei o feriado da Independência do Brasil na Chapada Diamantina, minha cidade natal. E pior que lidar com todos os comentários e perguntas de absolutamente todo mundo, foi ter que encarar as perguntas da minha mãe. Marco também apareceu e, mesmo com todas as nossas insistências, ele não se abriu com relação ao que aconteceu com o relacionamento dele e Luísa. Pedi milhões de vezes para Mainha não perguntar mais, porém ela continua querendo saber e ele continua não contando. Acho que pelo menos eles estão se falando, tem aparecido várias notificações no celular dele com o nome dela.

Eu também tenho trocado mensagens com Benjamin.

Apesar da nossa última conversa ter sido há alguns dias, começamos a nos falar quando lhe enviei o meme da turista sobre o Elevador Lacerda. Ele não acreditou que era real e me mandou diversos emojis rindo. Em troca, recebi um compilado de vídeos com animais engraçados e precisei conter a risada porque estava prestes a entrar ao vivo.

Foi uma péssima ideia olhar o celular.

No entanto, não nos falamos desde sexta passada. A empresa deu uma pausa e finalmente ganhei folgas prolongadas que me permitissem visitar meus pais. Passei o final de semana fazendo trilhas com eles e visitando cachoeiras, assim como fazíamos quando eu era pequena.

A Chapada Diamantina é conhecida como um parque nacional brasileiro, eu moro em Lençóis, que é uma das cidades principais aqui da Chapada e uma das mais visitadas também. Entre 1845 e 1871, minha cidade foi a maior produtora mundial de diamantes e a terceira mais importante da Bahia. Cada rua daqui tem muita história, apesar de ser gigante e ter trilhas de horas de caminhada. A parte urbana da

Chapada é bem pequena, você pode andar em qualquer lugar e irá sair no centro, isso é maravilhoso para os turistas – que lotam esse lugar todos os dias do ano – por ser uma cidade pequena, todo mundo se conhece, então, todo mundo sabe da sua vida e o que você está fazendo. Em contrapartida, acabam torcendo por mim e sempre mandam fotos me assistindo na madrugada.

Há muitas trilhas, grutas, cachoeiras e belezas naturais incontestáveis. Aqui em casa mesmo, temos um rio que passa pelo quintal e é gostoso o friozinho e o som de uma água corrente que me ninou por anos até eu ir morar em Salvador. Essa é uma das coisas que mais sinto falta daqui. Hoje pela manhã fizemos uma hora e meia de caminhada para chegarmos no meu lugar favorito. Eu adorava vir aos finais de semana com o Igor, um rapaz que namorei na adolescência, durante o colegial – hoje ele namora o nosso antigo professor de natação – e íamos sempre passar a tarde lá porque também era onde encontrávamos os nossos amigos.

Deixávamos o quadriciclo estacionado no início de uma das trilhas mais fáceis e entrávamos já com a certeza de que andaríamos um monte para chegar ao Ribeirão do Meio. A mata é relativamente fechada, mas a passagem é tranquila – apesar de ter algumas subidinhas e descidas, a trilha é foi feita para facilitar ao máximo a passagem por ela – e ser assim ajuda muito a não ter o sol nos queimando a cabeça. Quando dava mais ou menos 40 minutos de trilha, seu José era avistado, ele tem uma venda na metade do caminho onde se encontra de tudo. Água, água de coco, salgadinho, suco, geladinho... Ao lado da sua vendinha tem um banco de pedra e não há árvores ou qualquer outra coisa que impeça de ver a enorme paisagem lá embaixo. Árvores de diferentes tons de verde, a imensidão daquela floresta. O céu com o mais puro azul, sem nenhuma nuvem para contar história e o vento com o ar – não tão puro – que nos permite respirar fundo e sorrir.

Em frente ao estabelecimento de seu Zé tem três sanitários e isso ajuda bastante no seu negócio. Os turistas – e nós – agradecemos por ter onde parar para ir ao banheiro quando já estamos há quase uma hora andando. Entre as árvores que estão próximas há várias redes e eu adorava quando criança vir antes e esperar meus pais deitada nelas. Também é maravilhoso como ainda consigo ouvir os passarinhos cantando.

A estrada de terra começa a ser coberta por folhas quando voltamos para a trilha. E a partir disso, andamos mais uns 20 minutos para finalmente chegar no nosso destino, é maravilhoso.

Hoje o sol está brilhando e algumas poucas nuvens pintam o céu de branco. Assim que chegamos, já é possível avistar o rio de longe. Conforme descemos mais um pouco, a beleza do rio negro se revela, com mais de 10 metros de profundidade e um escorregador natural que é tão lisinho que podemos literalmente deslizar até cair na água. Ele tem um tom alaranjado misturado com amarelo. As águas escuras, semelhantes a Coca-Cola, podem dar medo, mas esse tom marrom acobreado é por causa da matéria orgânica em decomposição. Meus vizinhos dizem que é milagrosa e que faz bem para nosso organismo, principalmente para aqueles que sofrem de prisão de ventre. Eu nunca tive coragem de testar, mas se estão dizendo…

Quando finalmente descemos nos equilibrando entre rochas de diferentes formatos, Marco vai direto mergulhar em um só pulo, eu prefiro me instalar em um local com sombra, passar protetor solar e contemplar a vista antes de me refrescar.

E assim faço.

Mas não demora muito para que a decisão de tirar o short e dar o primeiro mergulho chegue. E me arrependo imediatamente.

— Droga, está um gelo — resmungo, correndo para fora da água.

Quase viro um picolé. Está extremamente gelada, como aquelas banheiras cheias de gelo que os atletas entram depois de um jogo.

— Deixa de frescura, Nai! Volta pra água. — Marco ri enquanto boia na piscina natural.

— Tá muito gelada. — Eu me enrolo na toalha e volto para o meu cantinho.

— Deixa de frescura. — Ele dá mais um mergulho.

Volto para minha canga e deito para tomar um pouco mais de sol. O melhor bronze que vou pegar no ano, certeza.

— Olha só quem lembrou da terra natal. — *Ah, que saco.* — Oi, Nai! Quanto tempo.

Eu me sento e coloco a minha mão direita entre a sombra e o sol, para que não atinja os meus olhos.

— Oi, Lucas — cumprimento, impaciente.

Ele dá um sorrisinho ridículo e se senta na pedra à minha frente. Seu cabelo está cortado baixinho e, assim como a sua barba, os fios também estão descoloridos. O que ele está fazendo aqui? Não deveria estar em terras paulistanas?

No início do ano, Marco me contou que ele tinha recebido uma oferta para ir morar em São Paulo e lutar em um time, liga, sei lá. Segundo meu irmão, Lucas luta muito bem e tem se destacado. Bom pra ele.

— Nossa, que "*oi*" mais seco. — Ele sorri de lado. Ridículo. — Não quer falar mais comigo porque agora só pega cara de Hollywood, Nai?

Reviro os olhos. Que pé no saco!

— Como vai Giselle, Lucas? — pergunto, olhando-o nos olhos.

Ele muda a postura e boceja, como se não se importasse com a pergunta. Mas ambos sabemos que ele se importa.

No Natal passado, vim passar a data com os meus pais e Lucas já estava com Giselle, mas ninguém sabia, *nem eu*. Tive que aturar pelo resto do feriado ser chamada de tudo quanto é nome porque esse bosta não contou que estava com alguém. No final, eu e ela nos acertamos, afinal, ele mentiu e foi um completo escroto em dar em cima de mim sem dizer que já tinha uma outra pessoa. Ela voltou com ele depois, minha mãe me falou, bom, aí já é escolha dela.

— Não estamos mais juntos — revela, dando de ombros.

— Finalmente ela percebeu o grande escroto que você é? — Pego o protetor solar e despejo algumas gotas na perna.

— Qual é, Nai? Tô andando na linha agora. — Ele bate no peito. — E você está mais linda do que nunca.

Gargalho, balançando a cabeça. Ele vai mesmo vir com esse migué para cima de mim?

— Quem não te conhece, que te compre. — Dou de ombros e guardo o protetor solar na bolsa.

Lucas ri e ajeita o colar de ouro no pescoço, passa a mão pelos cabelos e finge limpar algo no tanquinho. Percebo que ele está mais gostoso e com mais tatuagem do que a última vez que o vi. Também parece estar mais branco, quase transparente. Precisa de sol.

— Lucas — Marco sai da água e corre para cumprimentar o imprestável. — Como você tá, cara? Quando vai lá na academia? — Meu irmão balança a cabeça e eu me protejo dos respingos. — Achei sacanagem você ir morar em São Paulo e treinar com aquele cara lá, achei que ia me deixar te treinar…

Marco tem uma academia de boxe desde que decidiu se aposentar do MMA[23]. Foram mais de quinze anos se dedicando ao esporte e ganhando prêmios ao redor do mundo. No entanto, aposentou-se depois de uma fratura na coxa esquerda.

Foi difícil ver meu irmão desistir de algo que amava tanto. A última vez que lutou, trouxe o broche do tordo pra mim e acho que por isso ele é tão importante. Marco tinha uma paixão e a viu esvair de suas mãos. Porém, transformou a dor em algo muito maior.

Acho que aprendi com ele a sonhar tanto, a amar tanto algo e não desistir até conseguir. Ele é o meu maior exemplo.

Hoje em dia, ele ajuda homens e mulheres de comunidades carentes a treinarem profissionalmente. Seus alunos mais velhos ensinam aos alunos menores e assim o ecossistema do projeto se sustenta. À base de dedicação, doações e afeto.

23 É a sigla em inglês para "Mixed Martial Arts", que em português significa "Artes Marciais Mistas".

Tenho muito orgulho do meu irmão.

Conforme a tarde foi caindo, decidimos voltar para casa e aproveitar o tempo antes do jantar para dormir. Meus pais levam muito a sério os horários das refeições e essa é uma das coisas que mais sinto falta de casa.

Hoje em dia mal me alimento como deveria, durmo em horários péssimos e a rotina de exercícios é quase inexistente. Estar aqui me dá uma sensação de bem-estar e até de recomeço. Vou dar um jeito na minha vida.

— Nai, você quer ovo mexido? — Meu pai pergunta da cozinha, esticando o pescoço para que eu possa minimamente enxergá-lo.

Tiro a cara do celular e o olho.

— Por favor — imploro. — Com um pãozinho torrado? — Dou-lhe um sorriso travesso.

Ele sempre diz que um dia vai parar de me mimar, mas ambos sabemos que isso nunca vai acontecer.

Eu me aconchego no sofá e cubro meus pés com a coberta quentinha que tenho desde muito nova. São quase dez da noite e o vento que entra da janela atrás de mim é de congelar. Volto minha atenção para o celular e vejo postagens do Entretê no Twitter. São novas imagens de Benjamin e Vanessa em um restaurante luxuoso de Los Angeles.

Eles riem e uma pontada de algo atinge o meu peito. Benjamin e Vanessa estão próximos o suficiente para ser algo. Eles *devem* ter algo. Talvez namorem, não sei. Não me importo com o que fazem da vida. Cada um faz o que quiser, namora quem quiser e tudo bem. Ela pode vir apresentar Salvador para ele na próxima vez, *também*.

E eu tentei beijá-lo! *Jesus*!

Em algumas fotos publicadas pelo site, há uma terceira pessoa. Um rapaz alto, magro e musculoso. Sorridente, com um corte de cabelo bem baixo e usando óculos transparentes. *Deve ser o Jonathan!* Procuro o arroba no Instagram e vejo que seu usuário é *@ursojohn*. Clico no perfil e há muitas imagens dele com Benjamin. Fotos dos dois em eventos, em um lugar que parece ser um apartamento e em sets de filmagem. Também há muitas outras de Jonathan sem camisa, na piscina e *vixe,* muito gato.

Desço mais um pouco e uma me chama atenção. São dois adolescentes. Quando clico, a ela se abre me dando mais detalhes do que eu conseguia ver nos quadradinhos minúsculos do feed. Eles parecem estar em um tipo de reserva, todo o cenário é ilustrado por grama, um céu absurdamente azul e árvores para todos os lados. Os garotos vestem macacões com a estampa do exército e sorriem para a câmera.

Benjamin tem um corte na sobrancelha. Bem leve, mas existente.

No almoço, observei um pouco o seu rosto enquanto o ouvia falar e percebi detalhes que nunca havia percebido. Seu bigode é bizarramente alinhado – assim como sua barba – a milímetros acima da boca, seu cabelo tem um corte degradê perfeito que permite a área mais baixa se destacar da área mais alta e cacheada do topo de sua cabeça. Ele tem uma falha na sobrancelha, uma linha pequena no meio dela que parece uma cicatriz, e um *brinco minúsculo*, do tamanho de um grão de areia, na orelha direita.

O som da TV me chama atenção. Vai começar.

— Os indicados, mãe — chamo-a em voz alta, inclinando a cabeça para o lado. — *Corre!*

A televisão começa a exibir Katherine Miller entrando em um palco luxuoso.

Em cada lado há uma tela gigante que exibe o logo do Oscar e no meio uma estátua gigante da estatueta mais desejada do cinema. No meio, um púlpito preto com um microfone posicionado na altura da pessoa que vai apresentar. Os tons de vermelho, dourado e preto prevalecem por todo o estúdio e aparentemente foram escolhidos como *dress code* para os convidados, pois a plateia também é intercalada por roupas dessas cores. Está bem cheio, inclusive.

Quando Katherine faz sua majestosa entrada, todos aplaudem com fervor. Quando ela chega ao púlpito, ambas as telas laterais se acendem com o seu nome. Eu sabia que seria ela a apresentar os indicados este ano. No anterior, Katherine foi uma das atrizes que mais levou prêmios e nada mais justo que chamá-la para apresentar os indicados desta vez. Ela está majestosa. Um vestido dourado de seda, um salto preto e o cabelo cacheado volumoso com uma tiara de pedras de ouro. Magnífica!

— Olá a todos, boa noite e sejam muito bem-vindos à cerimônia de anúncio dos indicados ao Oscar de 2024. Eu sou Katherine Miller e me sinto imensamente honrada e grata à academia por estar aqui no dia de hoje.

Ela faz sua introdução de uma só vez sem perder a postura e sorri meigamente para a câmera principal.

O teatro explode em palmas e Katherine olha para a próxima câmera, mais próxima de si. Seu sotaque latino é a coisa mais gostosa de ouvir, lembrando-me a voz da Sofia Vergara.

— Antes de irmos para as indicações, a academia também me encarregou de dar uma notícia mais do que especial. — Katherine vira para outra câmera que foca em seu rosto rapidamente. — A partir de 2024, o Oscar será múltiplo e englobará *diversas* culturas e países.

Ai. Meu. Deus!

Em um pulo, desvencilho-me das cobertas e me sento no sofá, com o corpo mais inclinado do que se recomenda, focando na TV e não ouvindo nada mais ao meu redor.

— O maior objetivo da premiação *hoje,* é rodar o mundo e homenagear potências de cada país. — Katherine está de volta na câmera principal. — Portanto, o primeiro lugar fora dos Estados Unidos a receber a premiação será...

Ela recebe um envelope vermelho no palco. Sua postura se ajeita e lentamente o lacre é aberto, assim como acontece na revelação das categorias da premiação.

Seu rosto emana um sorriso animado, ela lê o nome da cidade, chega próximo ao microfone e revela:

— Salvador, Bahia.

Ouço meus pais correrem para a sala aos berros, como se tivessem acabado de presenciar o gol do Vitória na Copa do Nordeste. Arregalo os olhos, sinto meu corpo paralisado. Tento puxar o ar para meus pulmões, mas acho que esqueci como se respira. Volto à órbita da Terra quando Marco me chacoalha. Eu nem percebi que ele correu para sala quando ouviu os gritos.

— O quê? — falo baixo, quase inaudível.

— A edição deste ano será, pela primeira vez, em Salvador, Bahia, no Brasil. — Palmas e gritos são ouvidos vindo do público.

— O Oscar vai ser em Salvador? — pergunto ainda encarando a televisão, como se não estivesse escutado em alto e bom som.

O fato da fofoca sobre a premiação ser no Brasil, nunca me preparou para o fato de que não acontecerá somente fora do eixo Rio/São Paulo, mas na *Bahia*, na *minha casa,* em *Salvador*.

Véi!

— É a sua chance, *Binti.* — Meu pai vibra voltando a se sentar em sua poltrona na frente da televisão.

Olho para ele com a boca ainda aberta e os olhos sobressaltados e volto a atenção para a TV em seguida, suas palavras chegando aos poucos no meu cérebro.

Estou em choque.

Saio do transe quando o telefone toca e eu atendo, ouvindo Luísa esgoelar-se do outro lado da linha.

— Amiga, você está entendendo que o Oscar será *na Bahia?* — Afasto momentaneamente o celular da orelha. — Porque eu não! — Ouço uma risada estrondosa.

Não sei identificar se é de felicidade, ou agonia. Parece os dois para mim.

Minha família conversa em paralelo e mal escuto Luísa — apesar de sua voz estar muito mais alta que o recomendado.

Vou para a varanda e troco o celular de lado, atendendo com a minha mão esquerda.

— Luísa, véi! A gente *precisa* estar nesse evento. — Dou pulinhos. — Eu não sei como faremos, mas...

— Eu vou catar as informações por aqui — ela afirma. — Provavelmente teremos alguma reunião em breve.

Mainha se debruça na janela para fora e fala:

— Luísa, meu amor! Saudades, viu? Não deixe de vir ver sua sogra, não. — Ela me olha com a cara mais travessa e faz beicinho. — Vou marcar um dia pra você vir quando apenas a Naomi estiver por aqui.

Olho por cima do ombro dela e vejo Marco sumir corredor adentro.

— Mãe — repreendo-a, mas ela não se importa.

— Venha ver a sua sogra — Mainha repete.

— O seu sogro também! — meu pai exclama da poltrona, dentro de casa.

Coloco o celular no viva-voz e estendo-o para o alto.

— Assim que eu tiver uma folga, eu vou marcar de ir ver vocês — Luísa promete, sabendo que meus pais estão ouvindo.

Mainha me lança com olho semicerrado, com a boca se entortando em um muxoxo.

— Tudo bem, então. — Dona Janine se dá por vencida e volta para dentro da casa.

Eu me sento na rede e respiro fundo.

— Luísa, eu nem sei como digerir essa informação. — Dou um longo suspiro. — Isso é real?

— Nai, voltou. — Escuto o aviso de painho.

— Os comerciais acabaram, mais tarde te ligo.

Levanto-me da rede e entro em casa, indo direto para o meu lugar intocável no sofá.

— Animada pra ver o seu namorado ser indicado, Naomi Adila Castro? — Escuto sua risada irritante.

Reviro os olhos.

— Até mais tarde, Luísa Nogueira Santos.

Desligo o telefone antes de ouvir seus protestos.

— E, sem mais delongas, aqui estão os indicados na categoria de *Melhor Atriz Coadjuvante* — Katherine anuncia.

A câmera troca de cena, dando uma visão panorâmica do teatro cheio e dos monitores que agora passam uma breve introdução da categoria e logo se torna tela cheia na televisão.

— Indicados à Melhor Atriz Coadjuvante.

A voz robótica soa e nomes aparecem um por vez.

Ashester Mollis por *À Deriva*; Michelle Owens por *Mulher Fortes e Fracas;* Angelie por *A Sorte*; Marlin Young por *Nascida em Florença*; e Vanessa Swan por *Quando a Cura Chegar.*

Eu me encontro sorrindo quando o nome de Vanessa é anunciado. Estou muito feliz que ela esteja concorrendo ao seu primeiro Oscar, ela realmente arrasou no filme e merece muito essa indicação.

As próximas categorias são de melhor roteiro adaptado, seguindo logo depois para melhor figurino e canção original. *Quando a Cura Chegar* tem pelo menos uma indicação em cada uma delas.

— O filme do seu namorado vai levar todos esses prêmios, tô sentindo.

Olho incrédula para o meu pai sentado em sua poltrona com um prato de cuscuz na mão, olhando para a televisão e rindo. Ele era a única pessoa que me defendia das piadinhas do Marco e da minha mãe, agora também se rendeu ao outro lado da força. Estou *lascada*!

— Pai!

Ele gargalha ainda mais alto.

— Obrigada — Katherine volta a falar e eu volto a dar atenção à TV. — Os indicados a Melhor Ator são...

Dessa vez leva pelo menos três segundos para aparecer o título na tela. Logo aparecem os nomes um por vez: Jorge Fernandez por *A Nona Estrada*; Amauri Treyder por *Amantes do Crime*; Park Jin Sung por *A Próxima Vida de Leon*; e Benjamin Kalu por *Quando a Cura Chegar.*

Mainha e Painho gritam "Aêêê" e balançam as mãos para o alto. Eles comemoram a indicação de Benjamin ao prêmio e eu assisto toda a cena incrédula.

— Eu sabia! E ele vai vencer. — Mainha vibra.

Não posso evitar também me sentir eufórica. Apesar de não ter feito nenhum movimento exagerado, meu coração parece que vai explodir. Por que não sosseguei até ouvir seu nome ser anunciado?

Meu celular alerta uma mensagem de Luísa que me faz rir.

Seu namorado vem pro Oscar!!! Vem aí, ***Benjomi****?*

Não acredito que ela fez um *shipp* nosso e deu *um nome.*

Você é ridícula ou se finge? Palhaça.

As redes estão fervendo.

As indicações, o anúncio sobre o Oscar acontecer em Salvador este ano... Muitos estão chocados e animados – como eu – e há uma grande massa achando absurdo o Oscar ser em Salvador. Os gringos tiraram a noite para exercer sua xenofobia e racismo, como sempre.

espero que nossas estrelas não tenham seus bens roubados quando forem para esse país de terceiro mundo.

É só mais um dos absurdos que eles estão comentando.

Imaginei que algo assim aconteceria. O que esperar dos estadunidenses?

Chupa que é de uva! respondo um dos tweets.

Quando abro o Instagram, demoro um pouco para entender o porquê um tal de *Matt Jordan* estar postando a tela de uma TV branca, quase infinita, em uma parede de cimento queimado com a imagem do rosto de Benjamin.

Oxe, é o Instagram fake dele! Recordo-me.

O impulso me faz abrir a DM e digitar um *Parabéns, eu sabia que você seria indicado!* mas desisto e jogo o celular do outro lado do sofá.

Por algum motivo – que nem *Freud* poderia explicar – estou receosa em enviar qualquer mensagem para ele porque estamos há dias sem nos falar. Benjamin namora a colega de elenco, não quero misturar as coisas. Por mais que tenhamos criado uma amizade, ainda sinto vergonha de chamá-lo para conversar porque não quero parecer desesperada.

Meu celular vibra, mas não tenho forças no momento para olhá-lo, apenas acompanho o resto das indicações e quando Katherine se despede, uma hora depois, minha família e eu nos sentamos na mesa para comer.

Os assuntos de boa parte da refeição variam entre "Oscar em Salvador", "Vai, Naomi! Conta sobre o seu encontro com o Benjamin, minhas amigas da igreja estão com inveja", "meu Deus, o Oscar será em Salvador", "espero que Marco volte com Luísa, ela é uma menina tão boa... – e Marco deixando a mesa logo em seguida", "Quando você verá o Benjamin novamente, Naomi? Por que não o traz aqui?".

E foi assim que ficamos jantando por mais de duas horas.

— Marco, a luz do banheiro está piscando de novo, dá um jeito nisso, por favor? — Mainha pede em alto e bom som para que ele ouça do quarto.

— Vou falar com ele. — Painho se voluntaria e deixa a mesa.

Quando estou a sós com Mainha, ela me encara e sorri.

— Quê? — Franzo o cenho.

— Mandou uma mensagem pra ele? — Ela bebe mais um pouco de café.

— Pra ele? Pra ele quem? — Eu me finjo de desentendida.

— Você sabe de quem estou falando, mande "parabéns" — ela aconselha e se levanta da mesa.

Eu me levanto para ajudar a recolher os pratos e suspiro pensativa, até contestar:

— Mainha, eu não vou…

— E o que tem demais? — ela me interrompe, desafiando-me a responder. — Você está parabenizando o rapaz por uma conquista incrível. Você tem o contato dele, não tem?

Não respondo, mas a minha feição já diz tudo. Enquanto ajudo a guardar os pratos da secadora nos armários, divago um pouco sobre a mensagem quase enviada.

Somos amigos, ora! Vou parabenizá-lo como amiga.

Quando finalizamos na cozinha, minha mãe volta para a sala para tricotar enquanto assiste *Todo Mundo Odeia o Chris,* eu lhe dou boa noite e vou direto para o quarto. Passo antes no banheiro principal para me despedir dos meninos e sigo. A minha cama está como deixei de manhã, um caos. Levo um tempo tirando todos os trecos de cima dela e arrumando-os em seus devidos lugares antes de finalmente poder tomar um banho e escovar os dentes, preparando-me para dormir.

Sinto o gelo nas cobertas quando me deito. Demora um pouco para a cama se adequar ao meu calor corporal. Quando finalmente se torna confortável o suficiente para estar sob minhas cobertas, relaxo o corpo.

Tem dias que me pego com saudade dessa cama, desse *quarto,* em particular. Mas quando chega a hora de crescer, o tempo não espera, e nós também não podemos. O que me conforta é saber que ela estará aqui quando eu precisar.

Meu celular se ilumina e meu alarme de sete horas em ponto toca. É o horário que costumo dormir em casa para acordar à meia-noite e começar a me arrumar para sair.

Algumas notificações de redes sociais se fixam na tela.

Eu deveria enviar uma mensagem para ele?

Fito o teto que se ilumina pela luz da lua que está direcionada para a minha janela.

Como amiga, o certo a se fazer nessas horas é parabenizar o amigo pela conquista incrível. E coloca conquista incrível nisso! É a categoria mais importante da premiação e, minha nossa, o Oscar vai *mesmo* acontecer em Salvador…

O que quer dizer que não apenas ele, mas muitas celebridades virão pra cá.

Diminuo o brilho do celular e abro o Instagram. Sei que não é a melhor opção para se fazer antes de dormir, mas, neste momento, estou com a DM[24] de Benjamin aberta e prestes a seguir o conselho de minha mãe.

Parabéns pela indicação ao Oscar, sabia que seria indicado! Torço muito para que você vença.

24 DM é a abreviação do termo em inglês "direct message" que significa "mensagem direta".

Enviado.

Certo, enviei a e… *foi visualizada?* Socorro.

Saio do Instagram na mesma hora.

Ele não deveria estar em algum rolê ou coisa do tipo? Volto novamente na DM e penso em apagá-la, mas os três pontinhos se mexendo me fazem querer vomitar.

Calma, Naomi! Ele deve estar escrevendo um "obrigado", nada demais.

Sento na cama e deixo apenas o histórico de conversas aberto. Os pontinhos não param, ele está escrevendo a Bíblia?

Eita, respondeu.

Um "*muito obrigado*" surge na conversa e eu conto até 50 para abrir a mensagem, curtir e bloquear o celular. Jogo-me novamente na cama, de bruços, com a cara enfiada no travesseiro.

O que é que eu estou fazendo?

Sinto o impulso de mandar qualquer outra mensagem para continuar o papo, mas decido apenas ir dormir.

Ele é comprometido, chega disso.

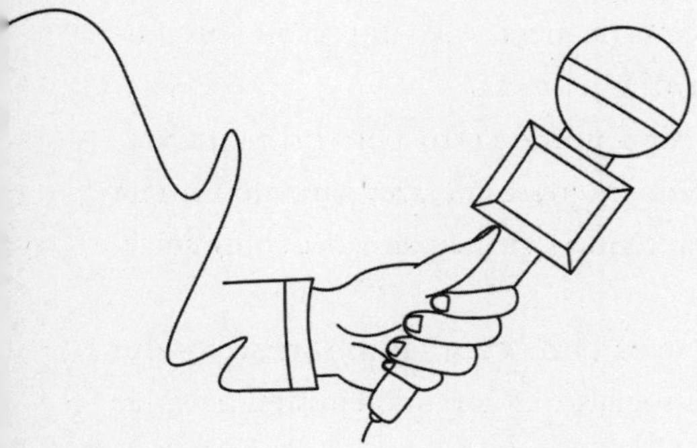

Capítulo 15

Faz pelo menos duas horas desde que Miguel me pediu para ir até sua sala assim que meu expediente acabasse. Passei o programa inteiro um pouco ansiosa e nervosa demais. Tirei os momentos do intervalo para fazer uma pausa e fui respirar no cantinho escuro do estúdio.

A última vez que conversei com Miguel sobre profissão, ele me disse que falaria comigo caso surgisse alguma vaga no Entretê. O Oscar foi anunciado na Bahia e de repente ele me chama para ir até a sala dele para uma reunião? *Assim que acabar o seu expediente, venha me ver! É urgente!* Foi o que ele disse. O que mais poderia ser senão isso?

Será que é sobre o Oscar?

Ai meu Deus, *será que é sobre isso?*

Não demoro no estúdio quando o *corta* é anunciado. Despeço-me de todos e corro o mais rápido que posso para o elevador, ainda de roupão. Miguel me chamou com urgência, quem sou eu para o deixar esperando?

— Naomi. — Miguel abre a porta e estende a mão esquerda, eu a seguro. — Obrigado por vir.

Adentro a sala e me sento na poltrona em frente à sua mesa.

— Sempre que precisar. — Sorrio, tímida e nervosa.

— Me dê só um minuto — pede e aponta para o celular na outra orelha.

Esse lugar é definitivamente maior que a minha casa.

Ao mesmo tempo que é rústico, é completamente minimalista. Todos os móveis são de madeira maciça e esses livros em cima da estante passam uma *vibe* de que nunca foram lidos, e nunca serão.

A sala em si não tem muita coisa, presumo que ele tem apenas o que é essencial e isso lhe basta. Uma mesa, um sofá no canto direito ao lado da porta, uma estante com livros e decorações em prata e só, simples.

Miguel pede desculpas em mímica e olha para o celular com uma voz engraçada após revirar os olhos e voltar a responder *sim, entendo! É, você está totalmente correto*, em inglês, para quem quer que esteja do outro lado da linha.

Quando desliga o aparelho e o coloca em cima da mesa, ouço um suspiro prolongado até que esteja confortável em sua cadeira atrás da mesa.

— Desculpa, Naomi — pronuncia o meu nome certo pela primeira vez. — Então, eu lembro que você havia demonstrado interesse em fazer parte do Entretê e Luísa me falou um pouco dos seus trabalhos anteriores, principalmente como social media. Você é muito boa!

— Obrigada. — Meu maxilar irá doer mais tarde com tanto sorriso. — Eu trabalhei um bom tempo administrando redes sociais e escrevendo em sites antes de vir para a EGB.

Ele não parece muito impressionado.

— Tivemos uma demissão inesperada ontem na equipe de marketing do Entretê e com o Oscar a caminho, sendo anunciado *aqui na Bahia* – você viu as notícias, a propósito?

— Com certeza! Surtei! — digo mais empolgada do que deveria.

Ah, se você soubesse, Miguel.

— Pois é! Será *impossível* ficarmos sem um social media sênior nas redes do programa, principalmente com essa notícia. — Miguel arfa e joga seu corpo para trás, afundando na cadeira presidencial. — Eu pedi indicações de profissionais qualificados à minha equipe ontem à noite, mas ninguém me trouxe currículos apropriados até agora. Mas a Luísa me indicou você! Os estagiários estão cuidando das postagens mais urgentes, mas ainda precisamos de um sênior, entende? — ele pergunta respirando fundo e eu assinto positivamente com a cabeça. — Precisamos de alguém na equipe com urgência. Luísa me contou que você tem muita experiência — ele parece me analisar — para estar à frente das redes do programa, e eu nunca contrato qualquer um. Não posso! Precisamos de pessoas confiáveis e estou impressionado com o seu portfólio.

— Muito obrigada mesmo, Miguel! Fico feliz que tenha gostado do meu trabalho com base no que fiz anteriormente. — Eu me ajeito na cadeira. — Quais as funções você precisa que eu desempenhe?

Sinto que estou prestes a explodir, mas uso todo o meu equilíbrio para manter as aparências. Quero pular, quero abraçar Luísa e gritar com ela ao mesmo tempo por não ter me contado sobre a indicação. Trabalhar nas redes do Entretê será mais um passo enorme que estarei dando rumo ao meu sonho final. E isso é incrível!

— Bom, Naomi. — Ele cruza as pernas e entrelaça as mãos. — Nesse cargo eu preciso de alguém que aprove com o setor de criação as artes das postagens se baseando na nossa identidade e regras, o que também não será problema, pois todos já sabem os formatos de criação, você vai precisar apenas checar erros repetitivos e ortografia — ele se adianta. — Preciso de alguém que crie cronogramas diários, semanais e mensais de postagens no Instagram do programa e…

— No Twitter também? — pergunto com expectativa demais e congelo quando percebo que a minha pergunta cortou a fala dele.

Mas ele parece não se importar. Ufa!

— Não, não, por hora, o Instagram e às vezes Tik Tok, temos duas ou três pessoas que ficam cuidando apenas do Tik Tok. De vez em quando algo sai nas duas plataformas e vocês precisarão conversar.

Concordo com a cabeça.

— Por fim, preciso de um relatório toda sexta-feira na minha mesa com os posts que tiveram mais desempenho, os *insights* da conta e uma análise de dados que você deve saber como fazer, certo?

— Sei sim, eu também entregava esses relatórios para o meu antigo chefe — garanto, confiante.

Mentira, eu nunca fiz esses relatórios. Mas nada que eu não consiga dar conta! O YouTube está aí para isso.

— Perfeito, então. — Ele parece satisfeito.

— Sobre a criação dos posts, edição dos vídeos…

— Ah, não se preocupe! Como sai muita coisa o tempo inteiro, o perfil do Entretê também conversa diretamente como uma fonte de notícias, seria impossível para você fazer tudo isso e ainda editar, criar… Por isso temos um time para cada função e, de acordo com os seus planejamentos e textos, eles criam, você aprova e sobe na plataforma.

— Ah, que incrível! Entendi.

— Ótimo! Sei que você tem uma grade aqui na empresa com o *Hora do Bingo*, qual é sua expectativa com o programa, e como seria se você assumisse a rede do Entretê?

Eu não parei para pensar que mais cedo ou mais tarde, quando eu finalmente conseguisse uma oportunidade para trabalhar em outro setor, a ideia de sair do *Hora do Bingo* fosse me angustiar tanto.

O programa foi a minha casa por quatro anos e a minha primeira experiência como profissional. Nunca parei para pensar que de fato precisaria me despedir dele. Mas, ao mesmo tempo, sinto-me mais do que pronta.

— Eu não sei como agradecer a confiança em mim para um trabalho tão importante quanto esse. — Inclino meu corpo para ficar mais próxima. — Eu tenho interesse sim, apesar do *Hora do Bingo* ser a casa que me abriu portas, a sua proposta é a prova viva de que chegou o momento de criar novos caminhos.

— Então, perfeito, Naomi! Vou chamar Jamile para conversar porque eles precisarão de um substituto para você o quanto antes. Em paralelo, preciso de você aqui das 13 às 16 horas para o treinamento, tudo bem?

— Perfeito! Pode contar comigo.

Não posso dizer que está sendo fácil ficar acordada durante a tarde e absorver completamente o tutorial de como mexer em cada sistema que a EGB tem para o gerenciamento das redes de seus programas.

Gislane, a profissional que deixou o cargo que agora estou assumindo, está sendo paciente, mas sinto essa paciência se esgotando a cada pergunta que faço.

Juro que entendi os sistemas de cadastro, mas, por que precisamos catalogar cada postagem? Segundo ela, saem pelo menos 30 por dia! Catalogar uma por uma é desnecessário, uma loucura!

Quando fui perguntar a Gislane, ela deu um longo suspiro.

— Este aqui — ela fala ríspida e abre o drive intitulado *"matérias do dia"* — é por onde você receberá as fotos dos fotógrafos e vídeos dos *videomakers*, geralmente já editados, você deve conferir se tem algum erro. Se não tiver, pode separá-lo para postagem!

— São vídeos feitos por eles ou...?

— Geralmente são conteúdos que saem na gringa e a EGB compra os direitos para postarmos como primeiro canal de notícia — ela explica enquanto desce a pasta com os conteúdos. — Temos alguns profissionais contratados e sites gringos que oferecem a notícia exclusiva em primeira mão pra gente. O trabalho deles é basicamente colocar legenda e a identidade do Entretê... coisas assim.

Hum... entendi!

— Aqui. — Ela abre mais um sistema.

Meu Deus, eu vou *enlouquecer*.

— Esse aqui é o mais simples de todos, é onde você vai subir os relatórios pro Miguel. No fim da semana ele só abre esse documento e checa tudo. — Ela olha para a tela do celular e desliza o dedo pra cima. — Bom, eu acho que é isso! Alguma dúvida?

— Não, eu...

— Ótimo! Qualquer coisa, você pode falar com a Camila, ela senta bem aqui ao lado. — Gislane aponta para a cabine a minha esquerda. — Ela pode te ajudar com os sistemas.

Apenas assinto e me viro para o computador, tentando lembrar de tudo que me passou.

Talvez ela me ache uma pessoa superdotada. A forma impaciente e rápida com que me ensinou a usar os sistemas não é de longe a forma correta que se deve ensinar alguém a fazer *qualquer* tipo de coisa.

Quando vejo seu cabelo loiro desbotado desaparecer no corredor, eu me jogo na cadeira e choramingo.

— Fiquei tão feliz quando soube que você estaria no lugar daquela chata. — Ouço uma voz conhecida e abro os olhos.

É Camila, a *videomaker* que me filmou no dia da *junket*.

— Oi. — Dou-lhe um enorme sorriso. — Nossa, você também trabalha como social media aqui?

— Ah. — Ela ri, como se fosse a coisa mais engraçada que alguém já lhe disse na vida. — Não, não! Trabalho só com vídeos mesmo, já trabalhei com as redes no passado — ela corre para explicar. — Mas tem uns dois anos que virei a câmera externa do programa e também organizo o setor de mídia de vídeo aqui. — Camila liga a tela do seu computador. — Fico nesse setor porque a insuportável que finalmente saiu — ela ajeita algo em sua mesa que eu não consigo ver — queria os responsáveis de mídia no alcance do olhar dela porque *odiava se comunicar por mensagem.* — Camila faz o gesto de aspas com as mãos e revira os olhos.

— Entendi, então você sabe mexer em… — passo as duas mãos no ar formando um círculo invisível na frente da tela — tudo isso de sistemas?

— Sei, sim, e imagino que aquela branca azeda não te explicou nada direito, né? Eu soube que ela ganhou um cargo grande em uma empresa gringa e por isso meteu o pé daqui. — Camila amarra seus dreads no topo da cabeça. — Qualquer dúvida, pode me perguntar, fica à vontade. — Camila me dirige um sorriso e eu me sinto muito mais tranquila.

Estou acordada desde ontem e jurei que estava tudo bem vir direto para o Entretê. Cheguei adiantada no meu novo setor para tentar ganhar tempo e aprender mais coisas. Talvez tenha sido por isso que Gislane me odeia tanto, ela precisou vir horas antes porque o Miguel adorou minha chegada antecipada e ligou para ela.

Agora estou aqui, com a missão de revisar as postagens já pré-programadas do dia para…

— Naomi? — Ouço o meu nome ser chamado, bem ao longe. — Naomi?

Levanto os olhos atônitos e vejo Camila rir. Meu Deus, eu cochilei!

— Por quanto tempo? — pergunto rindo.

— Alguns segundos, fica tranquila!

Suspiro e foco novamente na tela.

CHECKLIST DO DIA

- ~~Revisar a copy de todas as postagens que sairiam no dia;~~
- ~~Planejar posts para o dia seguinte;~~
- ~~Revisar e aprovar os posts do setor de design e programar o dia que irão sair;~~
- ~~Revisar dois vídeos para serem postados no Reels e enviar pra galera do Tik Tok também postar (ficar super hiper mega atenta nas legendas para nenhuma tradução subir com erro);~~
- ~~Cadastrar os posts na plataforma.~~

O primeiro dia oficial como Social Media do Entretê foi um tanto peculiar. Pedi ajuda à Camila algumas vezes e no fim do expediente eu já conseguia cadastrar sozinha as postagens no sistema desenvolvido pelo cão em pessoa.

Recebi alguns posts e tentei organizá-los de acordo com a necessidade de cada dia. Todas as postagens na fileira de *"segunda-feira"* contam com posts de citações de famosos, um resumo das fofocas da semana anterior e, em sua maioria, fotos de celebridades fazendo algo aleatório. Na terça, vejo que sempre sai recortes de entrevistas, postagem com a *celebridade do dia* e há sempre um espaço grande intitulado *notícias quentes que precisam sair a qualquer custo.* Ah! Gostei.

Os outros dias são mais livres, ainda que tenham espaços para as notícias quentes, também saem postagens mais neutras. Hora um *tweet* de alguma celebridade, hora algum anúncio de novo filme, série, renovação e por aí vai.

Sobre o Oscar, temos exatas dezessete postagens marcadas. Dez delas ainda sem um conteúdo específico, apenas separadas para que seus espaços na tabela sejam usados caso alguma novidade surja.

Escrevi algumas ideias pro setor de design que achei legais para postarmos e eles me avisaram que já vão começar a produzir. Fiquei feliz por contribuir.

Confesso que pedi a ajuda de Camila vezes o bastante para se tornar um incômodo. Eu precisava postar em horários específicos e não estava sabendo programar da forma correta.

Postei muita notícia boa durante o dia, assim como fotos de celebridades sendo apenas bonitas e outras fofocas também. Mas graças a Deus nenhuma de Benjamin.

Checo o Instagram mais uma vez, por pura sem-vergonhice, e não há nenhuma mensagem. A vida dele deve estar superagitada, então prefiro não atrapalha-lo enviando algo. As últimas notícias que vi sobre ele são todas relacionadas ao sucesso do filme, que já vendeu bilhões em bilheteria.

Nada sobre namoros ou *separações*.

— Nai, você vai almoçar agora? — Camila pergunta enquanto coloca sua cadeira na direção da mesa e eu nego.

— Preciso planejar só mais uma coisinha e já vou.

Olho em volta e percebo o escritório quase vazio. As horas voaram, minha nossa.

Preencho os textos e algumas ideias para as postagens da próxima semana no Trello quando meu celular vibra. Uma notificação de *Ele* – como salvei o contato de Benjamin no meu celular – aparece na tela e sinto meu coração errar as batidas. Respiro fundo e conto até 20, para não visualizar desesperadamente a mensagem.

"Ei, como você está? Já faz um tempo, né?" - Ele

"Oi! Faz um tempo mesmo.

Tô bem, e você?

Em um impulso, envio outra mensagem.

"Saí do *Hora do Bingo*, estou oficialmente na equipe do Entretê"

"Na verdade, ainda preciso ir apresentar o programa amanhã, mas a partir de quarta, sou totalmente do Entretê"

"Mas a partir de quarta, sou totalmente do Entretê", que besteira foi essa que acabei de escrever? Tento apagar, mas o "visto" dele foi mais rápido.

Meu celular vibra e eu quase o solto com o susto. Ele está ligando.

Pera. *Ele está me ligando?*

Puta merda! E agora?

Olho para os lados, em pânico, com os olhos esbugalhados e tentando me acalmar internamente para que as poucas pessoas que restam na sala não percebam. Num ato insano, apenas atendo.

— Oi, desculpa te ligar, o meu celular deu algum problema — ele se desculpa, meio sem jeito.

— Ah, tudo bem… Eu posso…

— Me conta mais sobre o novo emprego! Você conseguiu realizar o seu sonho de ser apresentadora? — Sua voz parece animada.

Ele lembra. Ele lembra da nossa conversa?

Meu estômago se revira e sinto inquietude. Quando foi que voltei a ter quinze anos? Pelo amor de Deus! Apenas responda à pergunta dele, Naomi.

— Ah! Não… eu sou… tô trabalhando como Social Media do programa — digo, sorrindo. — Não era o que eu pretendia, mas cheguei até aqui e sinto que estou cada vez mais próxima do meu objetivo, sabe?

— Isso é muito legal! Quer dizer então que é *você* que vai postar fofocas sobre mim agora?

— Com certeza. — Rio, girando a cadeira. — Preciso, inclusive, que você saia mais vezes com a sua namorada. Preciso de conteúdo para a próxima semana — digo e instantaneamente cubro a boca com a mão livre.

Ouço o som da sua risada através do aparelho e o imagino rindo jogando a cabeça para trás.

Que merda foi essa que eu acabei de falar?

— Naô, eu não namoro. Sei que todo mundo acha que eu e a Vanessa somos namorados e eu entendo o que a imprensa tem dito, mas, nós *não* namoramos.

Por algum motivo, sinto meu coração suavizar. É como se um peso estranho que o ocupa há dias tivesse ido embora.

Então eles não namoram…

Bom, fico aliviada em saber que não tentei beijar um cara comprometido.

— Naô? — repito o apelido ridículo que ele acabou de me dar e rio.

— Todo mundo te chama de Nai, acho que Naô é mais legal. — Benjamin solta uma risadinha. — Se odiar, posso inventar outro.

Como eu posso dizer para ele que prefiro *preta*?

— Eu acho… engraçado.

— Tá ótimo, então.

Rimos outra vez. – Meu Deus, é só isso que sei fazer? – As pessoas que passam por mim devem achar que estou falando com o amor da minha vida pela forma como sorrio como uma boba para o celular e me giro na cadeira enquanto faço isso.

— É... você já tem noção de quando vem para Salvador novamente? — pergunto e bato com a mão na testa.

Por que perguntei isso?

— Ainda não sei, mas, assim que eu voltar, te ligo! Tivemos alguns problemas por aqui e estamos tentando resolver.

— Ah, certo. Tá bom, então... — Limpo a garganta. — Vai me avisando.

— Tá bom, preta. Preciso ir agora, foi bom falar contigo. Boa sorte no trabalho novo!

Preta.

Todos os pelos do meu corpo estão arrepiados e parece que de repente o frio do escritório ficou ainda mais intenso.

— Brigada, boa sorte por aí também — desejo, ainda em choque.

— Beijos. — E desliga.

Viro a minha garrafinha de água inteira e respiro fundo.

É, então ele está solteiro...

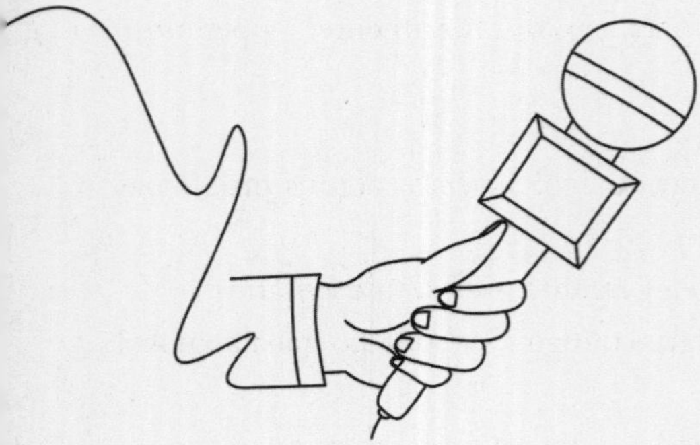

Capítulo 16

— Olha só quem chegou... a social media mais amada do Entretê!

Luísa sorri do sofá quando me vê entrando pela porta. Instantaneamente, vou até ela e me jogo ao seu lado. São oito da noite e eu não acredito que daqui a pouco preciso estar de pé novamente.

— Eu te amo — digo em meio a bocejos e lhe abraço desajeitadamente. — Hoje foi muito legal, só estou... aconteceu alguma coisa?

Pergunto quando vejo sua feição entristecida.

— Não, só estou cansada — ela garante, tentando forçar um sorriso.

Mais um bocejo.

Coloco minha cabeça em seu colo.

Eu me sinto leve como uma pena, bêbada de sono.

Luísa levanta e eu faço o mesmo. Ela coloca meus braços em volta de seu pescoço e caminha comigo até o quarto.

— Eu também te amo. Agora vai tomar um banho que você precisa descansar para acordar daqui a pouco e me contar absolutamente tudo sobre o primeiro dia no seu novo emprego.

Tiro as roupas – deixando-as em cima da pia – e entro no box, ligando a água em modo quente para tentar relaxar.

— Os meus pés estão me matando — protesto e bocejo mais uma vez. — Senta aí no vaso, conversar vai me manter acordada.

E assim ela faz.

Com muita dificuldade para ficar em pé e colocar o assunto em dia, conto a Luísa — meu Deus, eu preciso dormir — como foi o meu dia. Deixo de lado a ligação com Benjamin por algum motivo... sei lá, talvez eu queira guardar esse momento só para mim? Não sei direito...

Conversamos sobre o assunto do dia: Oscar em Salvador.

Todos ainda incrédulos com a notícia que mesmo sendo divulgada da forma mais oficial que poderia ser, não deixa de nos chocar. Camila disse que está torcendo para ser chamada como uma das câmeras para gravar o tapete vermelho, pois é seu sonho conhecer como tudo funciona de pertinho.

Como a entendo…

— Naomi? — Ouço a voz de Luísa, de longe. — Meu Deus, ela vai apagar dentro desse box. — Escuto um muxoxo. — Vem, vou te levar pra cama.

— Não estou acreditando que esse dia chegou. — Sheila me abraça. — Eu vou sentir tanto a sua falta, Nai! Não acredito que terei que aturar a enjoada da Geisa todos os dias agora. — Ela revira os olhos e faz beicinho.

— Você consegue. — Abraço-a o mais forte que consigo.

Ainda ontem, antes de voltar para casa, fui chamada mais uma vez na sala do Miguel. Quando passei pela porta, Jamile estava me esperando.

Em um primeiro momento, fiquei com vergonha e preocupada, afinal, tudo aconteceu tão rápido que não pude chamá-la para conversar. Das vezes que tentei, ela estava ocupada. Assim que o programa acabava e eu ia procurá-la, ela já havia saído do prédio.

Conversamos, eu agradeci pela oportunidade, levei pelo menos 20 minutos para expressar toda a gratidão que vinha do fundo da minha alma. Jamile foi a primeira pessoa que olhou para mim e me disse que um dia eu conseguiria chegar ao lugar que o meu coração mais almejava. Nunca lhe contei sobre meus objetivos profissionais, nem nada perto disso, mas ela sabia.

Lembro dos conselhos que me ofereceu no meu primeiro dia e de como se importou comigo. Sempre me deu dicas de como melhorar. Um ano inteiro errando, acertando e me superando graças a ela.

Serei grata eternamente e fiz questão que ela soubesse disso.

Como eu já comecei no Entretê e não tivemos espaço para o tempo de rescisão, Geisa, minha substituta no *Hora do Bingo* quando estou de folga, passará a apresentar o programa no meu lugar. Eu espero, do fundo do meu coração, que ela também prospere lá, caso esse seja seu objetivo.

— Olha o gelo. — Márcio, um dos câmeras, entra com um bolo branco.

Ele sorri enquanto as pessoas no estúdio batem palma e vêm caminhando até mim. Uma vela estrelada queima para todos os lados.

— Não acredito!

Coloco as mãos juntas na boca e o olho incrédula, sem conseguir conter o sorriso e a aquecida no coração.

Todos começam a se aproximar, e já não consigo mais engolir saliva sem sentir o bolo que se formou na minha garganta. A cada sorriso frouxo que sai da minha boca, é uma tentativa de impedir que meus olhos vazem.

— Você merece, Nai! Arrasa no novo emprego! — ele diz sorridente. — Assopra.

Márcio estica o braço para que o bolo fique perto o suficiente do meu rosto.. Todos à minha volta comemoram quando a vela se apaga e recebo abraços dos meus colegas.

A sala está cheia. Dos diretores aos roteiristas. Dos câmeras aos assistentes, todos vieram se despedir de mim. É *impossível* não me sentir amada e acolhida.

— Ai, gente... — digo limpando os olhos.

Não fui forte como pensei que seria. Limpo as lágrimas em meio a sorrisos frouxos.

— Não sei como agradecer a todos vocês por tanto. — Limpo a garganta. — Foram quatro anos fazendo algo que eu adoro e vocês deixaram tudo mais do que especial. — Sorrio me esforçando para não chorar mais. — Foram muitos momentos incríveis que eu não sei descrever qual o meu favorito. Vocês se tornaram a minha família aqui e eu sou muito grata! Estarei no andar de cima, mas, sempre que eu puder, vou passar para dar um abraço.

— E você que não passe — Sheila grita do fundo da sala.

— Vocês são barril dobrado, eu amo vocês! Obrigada por tudo — concluo, ainda com os olhos lacrimejados.

A sala explode em aplausos e eu abraço todos novamente.

Quando me afasto de Alisson, percebo Jamile com os braços cruzados enquanto nos observa.

— Você ainda vai alcançar muita coisa, esse é só mais um passo — ela diz e sorri. — Pronta para os novos desafios?

— Com certeza.

Ela me abraça forte.

— Voa, Nai! Eu sempre soube que esse dia chegaria, é só mais um passo, você está quase lá.

Suspiro profundamente para me impedir de chorar novamente.

— Nunca vou parar de te agradecer, Mile.

A confraternização se estendeu até o horário do almoço. Eu me sento no sofá para comer mais uma fatia de bolo e escuto uma voz vindo da entrada.

— Ninguém me chamou por quê?

Luísa entra animada na sala e olha ao redor. Muitos a cumprimentam e ela arregala os olhos para o bolo, logo em seguida pedindo o pedaço dela.

Quando consegue o que quer, me avista e caminha em minha direção.

— Nossa, eles gostam de você, né?

Luísa se joga ao meu lado no sofá e mastiga o bolo de chocolate com desejo. Fecha os olhos e suspira a cada nova garfada.

Observamos juntas as pessoas que convivi diariamente durante quatro anos.

— Vou sentir falta de todos. — Suspiro feliz.

— Eu sei que vai, o lado positivo é que você sempre poderá vir ao refeitório desse andar e vê-los. — Ela sorri, ainda olhando para eles.

— Tenho medo de não fazer um bom trabalho lá, sabe? Eu sei como funciona essa profissão, mas é muita responsabilidade! Imagina se publico *uma* notícia com uma vírgula errada?

— É como você falou. — Ela me olha orgulhosa. — Você sabe como funciona essa profissão, só precisa parar de ter medo e dar o seu melhor, olha onde você já chegou?

— É, você tem razão.

Ela gargalha e balança os braços enquanto revira os olhos.

— Mas é claro que eu tenho.

O alarme intitulado “Reunião Importante” soa em seu celular e ela beija minha testa antes de se despedir de todos e sair da sala.

Saiu em seguida, quero chegar um mais cedo e terminar de cadastrar os posts que subi ontem antes de ir para casa. Também preciso checar o *drive* e selecionar algumas fotos dessa manhã para subir nas redes.

Despeço-me de todos mais de uma vez e corro para o camarim.

A melhor parte da maquiagem, é quando a tiro.

Passo de leve pelo rosto o algodão molhado com demaquilante e sinto minha pele respirar novamente. Troco o vestido vermelho e brilhante por uma calça jeans e camiseta e meus pés agradecem quando desço do salto e calço o meu bom e velho tênis.

O escritório do marketing se veste de maneira mais casual e isso me deixou confortável o bastante para usar as minhas roupas.

Meu telefone toca e a voz da minha mãe é a primeira coisa que ouço quando aceito a chamada.

— Nai?

— Oi, mãe! Tá tudo bem?

— Sim, sim, só ligando para saber como você está! Foi hoje a despedida com o pessoal?

Sento-me no sofá da sala.

— Foi sim, acabei de chegar ao camarim, tô me arrumando para subir.

— E como você está se sentindo? — ela pergunta com tom de preocupação.

— Ah, eu… eu tô bem! Tô triste porque vou sentir falta, não tem jeito, mas feliz — admito, para que ela tenha certeza que estou bem. — Ontem me senti muito contente de estar simplesmente postando e escrevendo um texto sobre cultura pop como um todo então… — Olho para o teto. — Me sinto animada!

— Que bom, eu estava preocupada de você estar triste, tô aliviada em saber que seu coração está tranquilo — ela diz e quase consigo sentir o sorriso que eu sei que ela está dando.

— E meu pai? — pergunto mexendo no cinto do meu jeans.

— Tá dormindo no quarto, foi inventar de trocar a… Ai, filha, nem pergunta. — Desiste de contar. — Ele cortou um pouco o dedo, nem saiu muito sangue — sua última frase foi sussurrada, como um segredo — e foi dormir frustrado. — Ela ri baixo.

— Ele precisa ter mais cuidado, mãe! E se acontecesse alguma coisa?

— O seu pai sabe se cuidar, Naomi! Fica tranquila, agora me conta, como foi ontem?

E assim eu fiz. Levei quase quarenta minutos descrevendo em detalhes o primeiro dia no meu novo emprego e me senti mais do que acolhida e mais do que especial por ouvir os conselhos da minha mãe. Ela é a mulher que eu mais admiro na vida, a que eu tenho como exemplo, e escutar as suas orientações e ensinamentos sempre foi o ponto alto do nosso relacionamento. Sempre a escutei e ela sempre esteve certa sobre tudo.

— Nai, o departamento de mídia precisa aprovar o novo conteúdo pro *Reels*, aprova para mim? — Ítalo, um dos estagiários, pede.

Dou um pequeno sobressalto, espero que ele não tenha percebido.

Será que cochilei novamente?

Pego o cartão de memória de sua mão e o insiro no notebook. A pasta intitulada *"Arquivos 12.12.32"* se abre e engulo em seco. São vídeos do Benjamin no *"The Latest Show With Morgan Benson"*, um programa americano de variedades que só passa nos Estados Unidos.

Ele está *tão gato.*

Solto um suspiro involuntário quando abro o primeiro vídeo e sorrio.

Benjamin entra no estúdio e cumprimenta a plateia, logo em seguida se senta na poltrona de madeira com acolchoamento preto e saúda Morgan Benson, um dos primeiros homens negros a ter um programa de auditório nos Estados Unidos e um dos mais engraçados que já vi.

Morgan retribui e começa brincando *Alguém dê um milhão de dólares à pessoa que fez Benjamin Kalu participar de um programa de auditório*. A plateia ri e eu também. Benjamin não resiste, acaba rindo e ajeita a camisa preta básica.

A manchete para esse vídeo, editado de forma superprofissional, começa com "Benjamin Kalu participa de programa de auditório após 5 anos longe de entrevistas". Ele parece feliz, pelo menos é o que parece e...

— Naomi?

A voz de Ítalo me tira do meu próprio mundo e eu desperto, olhando para ele e disfarçando.

— Desculpa, Ítalo! O vídeo está ótimo, acredito que tenho espaço para postá-lo ainda hoje. — Sorrio para ele.

— Tem um outro e... — Ele parece envergonhado.

— Ah, vejo agora. — Abro novamente a pasta e clico no segundo vídeo.

Enquanto o som soa em meus ouvidos através do fone, escuto Ítalo falar:

— Não tem problema se não pudermos postar esse, tudo bem? Não precisa assistir se não quiser...

Seu argumento fica um pouco de lado quando foco no vídeo e entendo do que se trata.

— Você estava no Brasil, hein? — Morgan pergunta.

Benjamin parece ficar alerta, mas percebo que se recupera rapidamente e sorri para o apresentador.

— Eu estava! A última cabine de imprensa do meu novo filme aconteceu na Bahia.

Benjamin explica e o seu sotaque falando *"Bahia"* me derrete.

— Benjamin Kalu dando entrevistas! Teve algum motivo para você continuar no Brasil após o término das sessões? Segundo a internet, parece que sim.

Fico rígida.

Eles não vão trazer esse assunto novamente à tona, vão?

Mas também, isso sou *eu* deduzindo que ele ficou na Bahia por minha causa, o que é totalmente *ridículo* de se afirmar.

Sinto um pouco de formigamento nos braços e percebo que Benjamin também parece incomodado. Ele respira e solta uma risada junto com o ar. Quando se dirige novamente a Morgan, limita-se a falar apenas sobre a cidade e sua paisagem. Também brinca com o fato de ter conhecido Salvador antes dos artistas que virão para o Oscar.

— Sabe essa parte que ele comenta sobre a cidade e estar aqui antes dos artistas pro Oscar e tudo mais? — pergunto quando dou pause no vídeo, tiro os fones.

Ítalo assente.

— Que tal pegar a partir desse trecho? É um assunto que está em alta e ele fala o suficiente para termos uma matéria até! Refaz esse e me manda? — Tento soar simpática e Ítalo sorri em concordância. — Acho que podemos postá-lo primeiro ou no lugar desse outro, o que acha?

— Eu superacho que vale! Já, já eu volto.

Assinto e em poucos segundos ele retorna à sua mesa no final da sala.

— Ele estava falando da entrevista? — Camila pergunta ao meu lado e eu a encaro. — A entrevista de *vocês*.

Assinto.

— Sinto muito pelos comentários horríveis que você recebeu, a galera aqui estava acompanhando tudo e todo mundo ficou muito indignado.

— Valeu. — Sorrio sem mostrar os dentes. — Graças a Deus isso já passou!

Eu me viro para o computador e tento programar as publicações como estava fazendo antes do Ítalo aparecer. Tento tirar da minha mente a lembrança dos comentários horríveis que recebi.

Quando meu celular apita avisando que chegou uma nova mensagem, ouço o toque voar pela sala e entendo que é algo direcionado no grupo do escritório.

Quando abro a mensagem, Camila e eu nos entreolhamos na mesma hora, de boca aberta.

> "Trago novidades, equipe! Esta mensagem é extremamente confidencial e confio em todos para que as seguintes informações não vazem." Miguel De Paula | EGB

> "A EGB conseguiu o aval para ser a emissora principal na transmissão do Oscar no Brasil e o Entretê será o programa oficial a cobrir tanto o tapete vermelho, quanto a premiação." Miguel De Paula | EGB

> "Teremos uma reunião oficial com os detalhes, mas acabamos de descobrir que a cerimônia será no Palácio do Rio Branco e essa é a informação mais confidencial que já recebi na vida! Por favor, que isso não saia deste grupo. Se sair, eu saberei." Miguel De Paula | EGB

— Naomi… — Camila me olha como se estivesse prestes a surtar.

Instantaneamente um burburinho inicia em alto e bom som pela sala e todos começam a comemorar.

A EGB será a emissora oficial do Oscar. *A EGB!* Minha nossa!

Abro o WhatsApp e corro para mandar mensagem para Luísa. Ela provavelmente estava na sala de reuniões quando as informações foram divulgadas, mas não dá para contar algo tão confidencial no grupo da minha família sabendo que isso pode vazar para a cidade inteira.

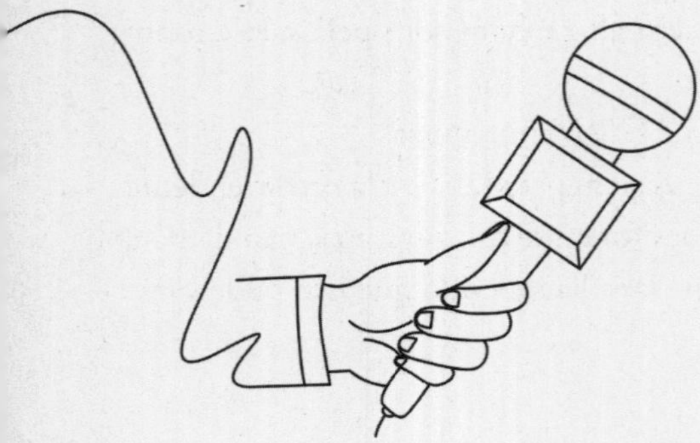

Capítulo 17

Segunda, 17h48.

— Luísa, eu não posso fazer isso! — Entro em pânico. — Eu não estou preparada!

— Você pode e vai! Agora, *pega* esse microfone, Naomi! Se tem alguém capaz de nos ajudar nesse caos, esse alguém é você.

ALGUNS DIAS ANTES

Quarta-feira, 14h17.

Todo o estúdio estava eufórico e impaciente. Logo após as mensagens que causaram surto e alvoroço no escritório, fomos convocados para uma reunião de emergência na sala *principal de conferências.*

No momento que Miguel chega na sala, ele nos cumprimenta com o maior sorriso que já o vi dar. De pronto pega em cima da mesa o controle remoto e vejo um projetor branco descer do teto, ele baixa tão lento que percebo não ser a única com tique nervoso. Alguns balançam a perna, outros a mão, eu seguro minha corrente com um pingente de estrela que o meu pai me deu quando, no ano passado, completei vinte e três anos.

O projetor desliza completamente, ficando na altura da enorme mesa de madeira escura oval. Quando a logo do Oscar aparece na tela, não só eu, mas toda a sala suspira.

— Galera, estamos prestes a encarar a semana mais louca de nossas vidas, pois o Oscar, o grande *Oscar*, já acontece na segunda-feira!

Levo as mãos à boca, sem acreditar.

Como assim segunda-feira? *Essa* segunda-feira? Assim tão perto? Como podemos nos preparar? Minha nossa, não vai dar tempo!

— Segunda-feira? — questiono em uníssono com quase toda a sala.

— Meu Deus. — Uma garota loira do outro lado da mesa, mais próxima da porta, exaspera.

— Pois é, por isso temos muito trabalho a fazer — Miguel rebate.

— E como será a organização disso? As celebridades já sabem [illegible]? — Camila questiona com espanto.

— Não só sabem, como já estão a caminho — ele responde da [illegible] pega o controle remoto. — Tudo sobre o evento está sob sigilo! T[illegible] do local e o dia porque nossas fontes são seguras em Los Angel[illegible] haverá repórteres de outros países desembarcando em Salvado[illegible]á. A próxima semana será uma loucura e todos precisam estar [illegible]

A sala fica ainda mais barulhenta e me sinto um pouco [illegible]

Não é uma simples informação. Não é um simples e[illegible]*cimento*! O Oscar, acontecerá na minha cidade. Vários artistas qu[illegible]conheço e sou fã desembarcarão bem *aqui*.

De repente a brincadeira que eu e Luísa fizemos há um tempo, quando tudo era apenas especulação, passa a ser realidade.

E se virmos, de fato, o Idris Elba num paredão? Tá, talvez *isso* já seja demais...

Aproveito que todos estão dispersos e envio uma mensagem para Luísa.

"Cadê você?"

"Subindo"

Ela responde prontamente.

Miguel nos entregou relatórios. As pessoas que ficarão responsáveis por áreas específicas estão com mais de quatro pastas amarelas nas mãos, nós outros, com uma preta. Metade dos diretores de produção do Entretê chegaram há poucos minutos e prontamente receberam a missão de treinar algumas equipes que farão parte da transmissão interna e uma outra metade que ficará no tapete vermelho. Algumas pessoas também foram designadas a cuidar dos *staffs* que serão contratados para auxiliá-las.

Vivian Mello também está na sala, ela chegou junto aos diretores e eu tremi só de estar ao lado da maior do mundo. Como já era esperado, Vivian apresentará a cobertura do Oscar no estúdio e se juntará a dois convidados como comentaristas, o ator Luís Miranda e a jornalista Valentina Pulgarin.

Todos nós estamos chocados e eufóricos com a notícia. Estou impressionada com o quão rápido tudo está acontecendo. Uma moça na sala, a Gisele, fez umas duas ligações e agora temos os convidados da transmissão confirmados e provavelmente alguém já está criando postagens sobre isso.

Entre uma pausa e outra, Alessandra, que reconheci como sendo *a moça do RH que preciso conversar ainda essa semana,* nos entregou um documento que veio do jurídico e acabou de ficar pronto, pelo que entendi. É um contrato de sigilo com uma multa de 2 milhões, caso haja vazamento de qualquer informação que está sendo compartilhada nessa sala.

— Silêncio, pessoal — Miguel pede e eu me atento ao seu celular que está tocando.

A sala se cala. Ele emite sons de *Humm... Uhum, Minha nossa, sério?*

Luísa entra de fininho e Miguel lhe pede um minuto. Ela caminha até mim com a boca aberta e entoando um grito sem emitir nenhum som.

— Dá pra acreditar? — pergunto e levo as mãos à boca. — Amiga, toda essa loucura é *real*.

— Eu já consigo me ver levando o Michael B. Jordan pra dar um rolê, sabe? Será que ele curtiria um samba lá na Saúde?

Por um segundo, quase engasgo com um riso na garganta.

Toda a sala está mantendo as conversas baixas para não atrapalhar a ligação de Miguel.

— Galera, temos mais uma confirmação! E essa é das boas.

Miguel se vira para nós.

— Acabei de descobrir que ninguém mais, ninguém menos que *Lázaro Ramos* será o apresentador da cerimônia. — Ele tecla os dedos na mesa, em êxtase.

Eu estou *impactada*.

Na verdade, toda a sala fica boquiaberta. Essa será a maior edição de todos os tempos e a mais memorável, a mais incrível e eu estou fazendo parte disso, de um jeito ou de outro, estou aqui e agora, recebendo essas informações privilegiadas.

— Segue as funções atualizadas.

Miguel projeta o quadro de ocupações que uma equipe acabou de fazer.

Luísa ficará responsável pela direção do ao vivo no tapete vermelho. Bruna Aguiar será a repórter que irá para o tapete vermelho.

Todos batemos palmas e a parabenizamos, mas congelo quando o próximo slide é exibido e vejo o meu nome na tela.

— Ai, meu Deus! Eu vou? — grito, mais alto do que deveria, e todos me olham. — *Eu?*

— Mas é claro — Miguel afirma, franzindo a testa. — Você é nossa social media *sênior*! Deveria saber que estará em quase todos os eventos importantes. — Soa indiferente.

Ele fala como se isso não fosse a coisa mais incrível que eu vou viver profissionalmente até hoje. Como se fosse simplesmente normal e corriqueiro na minha vida. Solto todo o ar guardado dentro de mim.

— Amiga — Luísa me balança com empolgação e eu continuo estática no lugar, desacreditada —, você vai.

— *Nós* vamos!

Estarei documentando tudo para as redes sociais do programa. Seremos eu, Luísa como diretora, Bruna como repórter e Camila como câmera. Uma equipe incrível de mulheres. Eu e Camila levantamos e abraçamos Luísa, como uma linda equipe que está prestes a fazer história no tapete vermelho do Oscar.

A sala explode em risadas com a nossa reação e Miguel também ri, afirmando que somos a melhor equipe.

Posso descrever a minha empolgação como se o Plankton, de Bob Esponja, *finalmente* tivesse conseguido a fórmula mágica do hambúrguer de siri.

Quando todas as funções e relatórios são passados e não demora muito para sermos liberados depois disso, Luísa e eu vamos ao banheiro do andar, esperamos todos saírem e finalmente gritamos.

— Eu não acredito! — Pulo enquanto grito. — Eu não acredito!

— Vamos estar juntas, Nai! Você conseguiu, *conseguiu*! — Ela me abraça. — Bom, não era exatamente o que você queria, mas....

— Continua *perfeito*! Eu vou ver os artistas, estarei no tapete vermelho, *Meu Deus!* — Seguro a bancada da pia do banheiro e me encaro no espelho. — Luísa, precisamos de um vestido. — Paro estatelada e me viro para ela. — *Precisamos de um vestido* e precisamos *agora*!

Assim que o expediente termina, encontro minha melhor amiga no estacionamento e traço rota para o *Orixás Center*, um shopping no centro da cidade totalmente destinado a lojas para aluguel de vestidos de noivas, formaturas e fantasia. São mais de cento e setenta lojas e em uma delas estará o vestido que usarei no *Oscar*.

Como o trânsito está mais calmo do que geralmente é nesses horários de pico, levamos menos de quinze minutos para chegar. Estaciono na vaga do outro lado da rua e atravessamos para entrar no shopping.

As primeiras lojas são de vestidos de noiva. As diversas vitrines exibem vestidos magníficos que eu poderia ficar horas admirando, mesmo que eu *não vá casar*.

No meio do corredor há bancos e quiosques e em cada lado há pelo menos cinco lojas de noivas. Subimos para o primeiro andar, e nos deparamos com as destinadas às madrinhas e formandas, *agora sim*.

— Já sabe que tipo de vestido que você quer? — pergunta Luísa, empolgada.

— Não faço ideia, mas tenho certeza que saberemos quando acharmos.

Não achamos.

Estamos há pelo menos duas horas e meia dentro deste shopping e nenhum vestido parece ser o certo. Já fomos em quase todas as lojas. Em uma delas, nem sequer nos atenderam. Talvez eu, *em específico,* esteja sendo um pouco chata em relação a isso, no entanto esse vestido precisa ser *perfeito*.

Eu quero estar perfeita, bonita, quero me sentir incrível e com certeza confortável comigo mesma em um dia tão importante. Estarei nas mídias, o meu rosto aparecerá nas redes sociais do programa e eu preciso me sentir confiante o suficiente para não precisar ficar preocupada com a minha aparência.

— Ali. — Aponto para uma loja quase escondida no final do corredor do último andar.

Não foi nenhum dos vestidos da vitrine que me chamaram a atenção, mas sim um que estava em primeiro lugar na arara, no fundo da loja. O seu amarelo se destaca de todos os demais tecidos com tons de preto ou cinza.

— Tem certeza? — Luísa pergunta preocupada.

Ela não o deve ter visto ainda. Eu apenas assinto.

— Sejam muito bem-vindas!

A senhora que nos atende oferece um lindo sorriso assim que entramos. Ela se levanta de trás do balcão e vem até nós com delicadeza. Apesar de parecer frágil, sua pele negra retinta tem algumas manchas brancas e seu cabelo é uma peruca loira perceptível, mas linda. Ela também usa um vestido com estampas africanas que vai até o chão, com mangas longas. Seu batom vermelho me chama atenção e suas muitas joias de ouro entregam a quão vaidosa ela é.

— Me chamo Maria do Carmo, mas pode me chamar de Maria. O que desejam?

— Estávamos passando pela loja e eu bati o olho naquele vestido amarelo. — Aponto para ele no fundo da loja.

— Ah, sim! Acabou de chegar, acredita? Por isso ainda não foi para a vitrine.

Maria vai buscar o vestido, coloca-o em uma arara única e o trás para nós.

Ela o ajeita e o deixa em uma posição como se estivesse vestindo um manequim.

— Esse é um cetim amarelo evasê, toda essa manga tomara que caia, parece uma flor enrugada, né?! No seu corpo, vai ficar lindo — decreta, entusiasmada. — Ele tem essa faixa que apesar de fazer parte do vestido, também ajuda a modelar a cintura, deixando um ar de boneca mesmo. Nossa, como eu o adorei! A minha filha que desenhou.

— Ela é muito talentosa — digo enquanto avalio a peça sorrindo.

— Nossa, eu estou apaixonada nesse decote caído misturado à manga, parece ser bufante, mas na verdade é o modelo dele, que chique! Vai ficar lindo em você, Nai — Luísa aponta, me incentivando a prová-lo.

Luísa parece mais satisfeita com o vestido que eu. Ela olha para ele com a cara de quem sabe que esse será o modelo que eu irei escolher, não tem jeito.

— Experimenta, minha filha, sei que vai ficar lindo em você — sugere Maria.

Eu não penso duas vezes. Pego o vestido da arara e vou até o provador como uma criança que acabou de ganhar o brinquedo que tanto queria. Tiro minhas roupas com o máximo de cuidado e as deixo junto com o meu celular em cima do banco acolchoado que tem no provador.

Desabotoo os botões do vestido e o visto. Ele dá um pouco de trabalho para passar da coxa, porém, com paciência, ele sobe direitinho. Eu o ajeito, abotoo apenas um ou dois botões que consigo sozinha e passo a mão da minha barriga para baixo, olhando-me por completo na obra de arte que a filha de dona Maria fez.

Eu pareço uma boneca, sem dúvidas. Meu corpo se adequou perfeitamente a ele e os meus peitos não ficaram à mostra como em quase todos os outros que experimentei anteriormente e as vendedoras insistiam que estava perfeito. Esse está na medida certa.

Sinto-me confortável ao usá-lo, não estou sufocada como se houvesse trinta espartilhos tirando o meu ar. Ele faz a minha pele brilhar, parece que acende mais o meu rosto e tenho certeza de que se tiver a maquiagem certa, estará perfeito.

Tiro uma foto no espelho para registrar esse momento e saio do provador. A reação de Luísa é instantânea. Ela fica boquiaberta e gargalha logo em seguida.

— É *esse*! Sem mais nem menos, Nai! É esse!

— Ela tem razão, querida, você está magnífica, ele está perfeito em você.

— Muito obrigada, Dona Maria. — Sorrio para ela. — Lu, tem certeza? — Dou mais uma voltinha.

— *Óbvio*! Você tá linda!

— Bom. — Eu me viro novamente para dona Maria que já voltou para trás do balcão. — É esse! Quanto está?

— Mil, quinhentos e oitenta reais, o aluguel.

Vem com uma casa e um carro junto?

Senhor! Isso tudo para usar em apenas uma noite? Será que vale mesmo a pena?

Eu me encaro novamente no espelho.

É o Oscar! É claro que vale a pena.

— Parcela em dez? — pergunto, tímida.

Luísa assume o volante na volta e eu aproveito para enviar a foto do vestido no grupo da família, mas ninguém visualizou ainda. Abro o Instagram e vou direto para os stories. Escolho a imagem que pegou o meu melhor ângulo no espelho e escrevo *Vem aí!*

— Nem acredito que achamos um vestido. — Bato palmas.

— Você é tão sortuda por poder usar um vestido, amiga. — Ela muda de faixa.

— Você pode tentar ir com um tubinho preto, Lu.

— Sem chance, já me decidi. Vou com uma pantalona preta bem brilhosa e um terninho combinando. Eles só exigiram que fosse calça e blusa preta, então, contando que seja… — ri. — Vou tentar passar no shopping da Bahia pra comprar uma blusa que combine com aquela calça que tenho.

— Que shopping, Luísa? Certeza que tem opções boas na loja da Célia, aquela amiga da minha mãe onde eu comprei aquele terninho verde, lembra? Fica lá em Brotas, se você quiser, tenho um tempo amanhã.

— Vou pensar, se tudo der certo, podemos ir depois do expediente. — Ela liga a seta e entra na Paulo IV. — Não sei como dizer o quanto *adoro* te ver trabalhando em horários normais…

— Nem me fala, mas eu tô acabada! Vou me jogar na cama quando chegarmos em casa. — Coloco o cabelo pra trás e respiro fundo. — Eu tô tentando fazer tudo direitinho, sabe? Mas o sono ainda vai demorar pra regular pro novo horário. — Sento-me de lado e viro completamente para ela.

— Eu soube que a Geisa está odiando — lembro a fofoca.

Luísa dá uma gargalhada genuína.

— Acho é pouco, espero que ela odeie mais.

Quando eu fui selecionada para o Hora do Bingo, Geisa também tinha sido cotada, mas acabou indo para um programa de culinária e se gabou anos por isso. Sempre se achou melhor que todos e soltava sorrisinhos debochados para mim toda vez que falávamos em reuniões sobre as nossas grades. Ela se vangloriou demais por estar em horário nobre até seu programa ser cancelado, deixando-a momentaneamente desempregada e fazendo ela apresentar o *Hora do Bingo* no meu lugar nos dias que tenho folga.

Carma que chama.

— Bem feito! Não foi ela que ficou comentando merda sobre você no Twitter por ter ido entrevistar o Benjamin e não ela? Ela tem que se… Ô seu ridículo, dá a seta, pô! — grita para fora da janela.

— Ele mandou mensagem. — Penso alto. — Ele mandou mensagem — repito vidrada no celular quando ela diz não ter entendido o que falei.

— Quem é Matt Jordan?

Eu a olho, apenas a olho e ela grita.

— Naomi Adila Castro, Benjamin Kalu, *o* Benjamin Kalu está te mandando mensagem, não, *melhor*, está te elogiando e você está com essa cara de *cu*? Abra a mensagem e responda!

— Nos falamos por ligação — instantaneamente me arrependo de contar — um dia desses...

— *O quê? Quando? Como assim? Naomi!*

— Ele me ligou sem querer! Contei sobre o novo job e adivinha... ele está solteiro! Era só fofoca mesmo.

— Mermã! Esse homem é *teu*! Ô glória. — Ela assobia. — Olha pra isso, dá a seta seu jumento! — Luísa põe a cabeça pra fora da janela e grita com o motorista que nos atravessou e entrou na rua à nossa esquerda.

— E ele... — Faço uma pausa e ela berra para que eu fale.

Gente fofoqueira é foda, viu?!

— Me chamou de Naô.

Luísa bate as mãos no volante, dando uma risada de dentro da alma.

— Está até te dando apelidinho agora? Era preta, agora Naô...

— Ele me chamou de preta de novo.

— Amiga, véi! Se me permite citar Greg... *esse cara está tão na sua* — ela grita e bate no volante. — Responde ele, *anda*!

— E eu vou responder o quê? — Encaro o telefone.

— Qualquer coisa! Que tal começar com um *obrigada*?

— Tá!

Fico alguns segundos observando a mensagem de Benjamin. Ele respondeu ao *story* que postei com o vestido: *Esse vestido te deixa ainda mais linda.*

Benjamin Kalu respondeu o meu story *me chamando de linda.* Certo...

Eu não sei o que responder. Não é como se um simples *"obrigada"* fosse expressar tudo que estou sentindo com essa mensagem nesse momento.

Quero agradecer, quero dizer que também o acho gato. Quero lhe contar o quanto fiquei admirando sua beleza escondida no escritório enquanto fingia revisar o *Reels* de sua entrevista pela décima vez.

— Naomi, em nome de Jesus, responda este homem, eu estou ficando sem ar!

— Tá, tá, tá! *Calma* — grito a última palavra sem querer e Luísa ri. Tento acalmar meu corpo e me concentrar nas letras que preciso juntar para formar o agradecimento.

"Obrigada :)", envio de volta.

Ele visualiza.

"Você irá ao Oscar?" - Matt Jordan

— Luísa, ele tá me perguntando se eu vou ao Oscar — conto tão rápido que nem tenho certeza se ela entendeu.

— Diz que sim, mulher! Responde!

— Somos duas pessoas surtando dentro desse carro, calma! Calma! Vou responder.

"Vou sim, acredito que você também, certo?"

"Certo! Estou animado." - Matt Jordan

"Eu também, acredito que será incrível."

"Será na minha cidade"

"É a realização de um sonho poder participar!"

"Verdade, você comentou. Como está se sentindo?" - Matt Jordan

"Eu não sei ainda, acredita? Não caiu a ficha de que eu estarei, de verdade, por lá e não em casa acompanhando tudo como fiz durante toda a minha vida."

"É bom realizar sonhos, e você tem muito talento pra isso" - Matt Jordan

— O que vocês estão falando aí, hein? Marcando um segundo encontro?

— Cala boca. — Rio e empurro seu ombro de leve.

"É, imagino que você esteja se sentindo parecido. Ser indicado ao Oscar é algo incrível também."

"Bom, de fato é. Acho que nos encontraremos novamente em um momento de realizações." - Matt Jordan

“É, acho que sim.”

Demorei alguns segundos nas mensagens até ler o seu boa noite e retribuir. Depois da ligação, não achei que iríamos nos falar de novo.

Seria isso uma evolução?

Acho que pela primeira vez as tais borboletas estão em meu estômago e de repente o celular parece pesado demais. Não sou a protagonista de um filme ou livro, como o cara mais famoso de Hollywood pode estar, sei lá... *flertando* comigo?

— Tá legal, pode parar.

Olho para Luísa e percebo que já estamos no estacionamento do nosso prédio.

— O quê? — indago, sem entender.

— Eu conheço essa cara, você está se questionando sobre o quão impossível é tudo isso estar acontecendo com você. — Ela desliga o carro e se vira para mim. — Eu não sei se você está se diminuindo porque ele é uma celebridade, o que eu espero que *não*, mas ele parece estar afim de você, Nai!

Até parece!

— Agora sim você ficou doida.

— E se for isso? Você vai rejeitar? — Ela eleva as sobrancelhas.

— Eu não vou rejeitá-lo porque ele não está nem um pouco atraído por mim, para de loucura. Somos amigos — afirmo mais para mim do que para ela.

Abro a porta do carro e saio. Ela faz o mesmo.

— *Amigos!* Ah, me poupe. O cara te chama de preta, te dá um novo apelido que só ele vai usar, vocês saem, tem uma tensão sexual da porra... acorda, Naomi!

Aperto o nosso andar no elevador.

— Eu não acho que ele esteja interessado em mim, tá legal? Nós viramos amigos e é isso.

— Bom — ela diz enquanto entra na cabine do elevador. — Eu sei que se o Benjamin Kalu me olhasse da forma como ele te olha, eu com certeza deixaria o caminho *bem* livre.

Chegamos no apartamento e Luísa abre a porta.

Eu vou direto para o sofá e me jogo. O corpo parece relaxar instantaneamente.

— E quem disse que eu...

— Amiga, você está em negação desde a entrevista, o que eu entendo, mas... o que mais deve acontecer para você compreender que esse homem realmente está na sua? Tá que não foram grandes gestos, mas... — A campainha toca. — Ah! — Luísa diz quando abre a porta.

Uma garota que aparenta ter um metro e setenta, com o uniforme preto de uma floricultura chamada *Flowercultura,* e dreads platinados, carrega um enorme buquê de rosas em suas mãos.

— Boa noite, me chamo Mari! Houve um pedido de entrega para o seu apartamento. — Ela estende as flores para Luísa pegar. — Pode assinar o recebimento, por favor?

Luísa sai da frente e joga a cabeça na direção de Mari a fim de que eu tome seu lugar e assine já que suas mãos estão ocupadas.

— Muito obrigada, Mari. Tenha uma boa noite. — Luísa olha imediatamente para mim e gargalha quando lê o cartão. — Naomi...

Quando ela me entrega, quase engasgo ao ver:

"De: Matt Jordan / Para: Naomi Castro

Eu estava a caminho de casa quando passei por WestLake e vi essas flores em uma loja. Quis que fossem suas!

P.S: Que bom que no Brasil vende a mesma!

Espero que tenha gostado!

Beijos,

Matt Jordan"

— Nossa, como eu adoro estar certa!

Ela sai gargalhando até o quarto e me deixa na sala, com um buquê de rosas brancas, completamente pasma.

"Obrigada pelas rosas", envio quando já estou na cama, e adormeço logo em seguida de tanta exaustão.

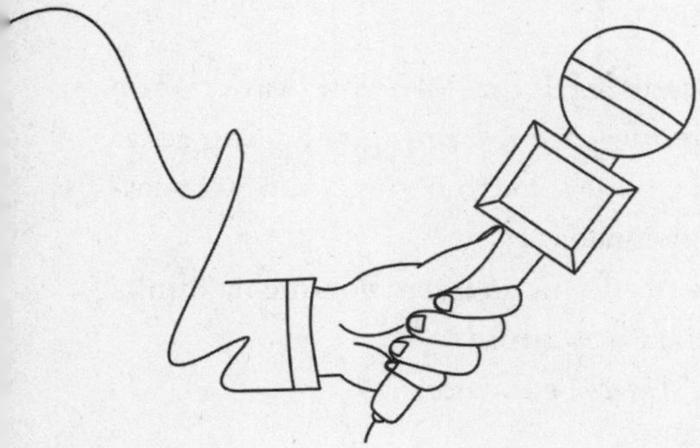

Capítulo 18

— *Ele. Te. Mandou. Flores!* Ele te mandou flores, Naomi!

O dia seguinte é sempre o mais difícil. Luísa acorda com todos os argumentos que gostaria de ter exposto na noite anterior e, por isso, sempre usa o dia seguinte para provar pontos, me aborrecer... e por aí vai.

Tiro o celular despretensiosamente do bolso e mostro a nova mensagem de Benjamin no meu Instagram.

Seu olhar beira à psicopatia.

— Para com isso. — Dou risada limpando os ouvidos que taparam por causa do grito dela.

Luísa coloca a cápsula de café na máquina e se vira para mim.

— Amiga, ele é *literalmente* uma das pessoas mais famosas do *mundo* e está te mandando flores, almoçando com você, *saindo* com você, respondendo seu *story* de um Instagram fake, cara!

Ela adiciona água na massa do cuscuz e mistura tudo junto às bananas da terra que cortou em cubos.

— Se eu estiver certa, ele já pode estar planejando te chamar pra sair de novo. Quem sabe até ir numa praia? — Luísa sonha acordada.

— Que nada. — Dou de ombros.

Ela bufa, aborrecida.

— Quem é maluco de vir pra Salvador sem nem ir a uma praia antes? Tomar um solzinho? Temos as melhores do mundo!

Reviro os olhos, rindo, enquanto pego uma xícara do café que ficou pronto.

— Acho que você se esqueceu que todos são milionários e podem, literalmente, ir para qualquer lugar do mundo, a qualquer hora.

Ela se cala. Deve ter parado para pensar e concordar com o meu ponto.

— Tô nem aí, tenho certeza que ele vai te chamar pra sair de novo! Precisamos apenas estar preparadas.

Como se isso fosse de fato acontecer.

Benjamin e eu demos início a uma amizade legal, mas não vou ficar criando expectativas – *além das que a minha mente cria involuntariamente* –, não posso achar que ele está caidinho por mim porque, para ele, pode ser algo natural, que está acostumado a fazer com os amigos e eu, sendo emocionada.

Volto para a sala e começo a tirar todos os trecos que só fazem volume na minha bolsa, deixando apenas o essencial para levar para o escritório.

O celular de Luísa começa a tocar e vejo *"Marco"* na sua tela.

— Luísa? — chamo-a, franzindo a testa, séria.

— Quê? — ela grita da cozinha.

— Por que o meu irmão está te ligando?

Ela caminha até mim e pega o celular, desligando a chamada em seguida. Seu rosto não entrega muita coisa, porém, ela pareceu – mesmo que por um milésimo de segundo – um pouco nervosa.

— Tem uma calça de bolinha que eu não acho de jeito nenhum, daí perguntei se poderia estar na casa dele — ela explica e retorna para a cozinha.

— Ah. — Dou de ombros.

Sextou e a ida para o trabalho foi tranquila. Fiquei em ligação com os meus pais no caminho enquanto Luísa dirigia e isso a impediu de me atormentar mais do que o necessário sobre o assunto "Benjamin".

Ontem tivemos um dia cheio, porém calmo na medida do possível. Todos estavam concentrados em seus trabalhos e eu passei parte do tempo – praticamente todo – criando postagens e montando o cronograma do final de semana, que é quando outra pessoa assume o meu lugar, porque – graças a Deus – eu não trabalho mais aos sábados e domingos.

O meu andar, por incrível que pareça, está calmo. Assim que me despeço de Luísa – que segue no elevador até o décimo – vou em direção à minha mesa e me sento. Ligo o computador e a primeira coisa que faço é verificar as métricas das últimas postagens que fiz para o Instagram do Entretê. Em seguida, checo o nosso Trello[25] e vejo que tenho algumas postagens de bastidores para fazer nos stories.

A equipe de foto e vídeo já alimentou o drive com todo o material que preciso para hoje e *louvados sejam.*

25 Trello é uma ferramenta de gestão de projetos e colaboração que permite organizar tarefas em quadros, listas e cartões.

Preparo as postagens do dia e toda a copy que precisa subir junto com ela e as programo para diferentes horários. A primeira notícia que sai é sobre a Madeline Evans, uma atriz que aparentemente está namorando a guitarrista Rhea May e por algum motivo isso é uma surpresa. Mas todos sabíamos que elas estavam juntas. As fotos das duas em festas e até nos shows sempre deixou muito evidente.

Um romance entre uma cantora e a guitarrista da banda dela? Tá aí um livro que eu leria.

Vou para o próximo tópico que são basicamente cortes de programas anteriores, um post de *"com quem você casaria"*, bem estilo revista Capricho, e imagens de outras celebridades sendo apenas bonitas.

A tarde foi tranquila. Boa parte da equipe estava em reuniões e, segundo Luísa, o caos estaria acontecendo nos andares superiores. Ela, por exemplo, tinha tanta demanda para resolver que não sabia o horário que chegaria em casa hoje.

"Ainda bem que sou apenas a social media.", envio para ela.

"Fique nessa, nega. Já, já sua hora chega."

Mando alguns emojis de risada e minimizo a tela do WhatsApp. Um lembrete surge na minha agenda e suspiro animada. Amanhã a equipe inteira do Entretê se juntará para uma reunião mais longa com os produtores do programa. Teremos o *briefing*[26] e tudo que precisamos ensaiar, saber e possivelmente improvisar no ao vivo.

O dia está passando mais rápido do que imaginei, e mal posso esperar para ver tudo funcionando nos bastidores do Oscar. Eu estarei cara a cara com as celebridades que eu mais amo, e não estou preparada para isso. Parece um sonho, um sonho que a qualquer momento poderei acordar, mas não quero.

A volta para casa foi como eu pensei que seria, um caos. O trânsito estava insuportável. Mas, quando a Avenida Paralela não está insuportável nos horários de pico? Chegar na Pituba virá um inferno nesse horário.

Entro em casa e vou direto para o banheiro. Preciso tomar uma ducha e maratonar alguma coisa para tirar um pouco a ansiedade do evento da cabeça. Estou cansada, mas nem de longe consigo dormir agora.

Deixo minhas chaves no rack da sala ao lado do Peeta Mellark versão Funko e tiro as sandálias de Luísa espalhadas pelo ambiente, chutando-as para o quarto dela e fechando sua porta. A minha fica em frente, então me viro e entro no meu quarto.

Largo minha bolsa em cima da poltrona da escrivaninha e me olho por alguns segundos no espelho do banheiro. Estou com algumas manchas de espinhas na testa e

---

26 Ato de dar informações e instruções concisas e objetivas sobre missão ou tarefa a ser executada.

Sheila terá que fazer o que estiver ao seu alcance para apagá-las. Não lhe dei outra opção e nunca pensaria ser maquiada por outra pessoa para o maior evento da minha vida.

Abro o aplicativo do mercadinho do prédio e peço um vinho Pérgola – eu amo Pérgola e irei defendê-lo –, alguns pacotes de Doritos e três Kit Kats. Pela pontada de dor que sinto, sei que a qualquer momento estarei com um humor bem específico por alguns dias, por isso, melhor já começar a prevenir. Apesar de ter uma menstruação curta, não deixa de ser dolorosa.

Tomo a ducha mais gelada e refrescante que eu poderia tomar e visto o meu pijama mais confortável que consiste em uma blusa velha que era do Marco há séculos e um short de linho preto, bem solto.

Finalmente prendo o cabelo em um coque abacaxi e percebo o quão seco está. Preciso arrumar um jeito de hidratar, talvez eu tenha o cabelo crespo mais ressecado do mundo e com um humor pior do que a dona. Mas estou pensando em colocar tranças para o evento também, pra ser mais prático. Resolvo isso depois.

Ademir, nosso porteiro, é mais rápido do que eu achei que seria e interfona me informando que já está com as minhas compras em mãos. Alguns segundos depois, vou em direção à porta e pelo som dos meus passos, presumo que ele já entendeu que estou a caminho e por isso a campainha parou de tocar.

— Aqui está, Nai. — Ele me entrega a sacola. — O Flávio está consertando um defeito no portão e por isso vim no lugar dele.

— Muito obrigada, seu Ademir.

Equilibro a sacola de papel marrom nos braços.

Sorrio para ele, que dá meia-volta.

Fecho a porta.

Agora, a missão é simples: colocar o vinho na minha maior taça, encher o meu pote oval e pink com todo o salgadinho que comprei e passar algumas horas selecionando um filme.

Dessa vez, escolho *Titanic*. Não que eu queira me provocar com a questão do choro repentino causado pelos meus hormônios enlouquecidos, mas eu adoro esse filme.

Abro a mensagem de Luísa falando que chegará em breve e navego pelo Instagram para ver as fofocas que perdi durante o banho. A história da Michelle e da Rhea está dando o que falar. São milhares de postagens com outras centenas de comentários e até rio de alguns deles.

Engasgo com o vinho quando vejo o que o *The Sun* acabou de publicar.

S*implesmente*, um ranking de *"O quão Benjamin Kalu você está hoje?"*. Há cinco fotos de *moods* diferentes. A primeira é uma foto dele com uma cara de poucos amigos, a segunda é quase igual, porém, com uma expressão mais suavizada. Na terceira ele sorri para um cachorrinho em algum lugar de Miami e a quarta volta a ser como a primeira. Já a última, Benjamin está com a mão na cabeça, sem paciência e eu rio novamente. Como não pensei nisso antes?

Em uma epifania, mando o post para ele. Pondero em apagar a mensagem. *Merda*! Tarde demais. Ele já visualizou e três potinhos dançantes aparecem na tela.

Como ele é tão rápido para ver mensagens?

Primeiro envia emojis de risadas e logo depois, uma descrição detalhada do porquê de estar no *mood* cinco. Aparentemente, ele fez duas sessões de fotos para marcas de roupa esportiva, recebeu um novo roteiro de filme e queimou a língua com o almoço quente.

"Isso é um dia ruim pra você? Sobre o que é o filme? Pode falar? ??"

Outra ligação. Atendo, no impulso. Sua voz rouca pronuncia desculpas que acabam me fazendo rir. E arrepiar também.

— *O meu dedo bateu e eu acabei ligando. Eu vou...*

— *Você faz muito isso, né? Precisa de um celular novo.*

— *Vou providenciar agora mesmo!*

A ligação fica em silêncio por uns segundos e eu decido puxar assunto.

— *Sobre o que é o filme? Fiquei curiosa. A menos que você não possa falar, claro.*

Limpo minhas mãos sujas de salgadinho e tomo mais um gole de vinho.

— *Ah, bom. — Ele limpa a garganta e parece se ajustar onde está. — É um papel para ser um super-herói do universo da MCU*[27]*, ainda não sei o nome dele, mas...*

— *O quê? Você vai ser um herói da MCU? — dou um grito involuntário.*

— *Bom, só se eu aceitar o papel.*

Eu me ajeito no sofá.

— *E por que você não aceitaria? Tipo... é a Marvel!*

— *Ainda estou pensando sobre me comprometer a um trabalho com tantos anos de filmagens e contratos por agora.*

— *Você só pode ser doido — solto, sem querer, rindo.*

— *Por quê? — Sua voz soa com expectativa.*

— *Além de poder ser um super-herói? Claro que você tem todo o direito de recusar, principalmente se o seu personagem for ruim, mas acho que eu adoraria ver os meus ídolos*

27 Sigla de "Marvel Cinematic Universe", em tradução: Universo Cinematográfico Marvel.

em papéis de super-heróis, porque são fodas! Você se juntaria a outras lendas de Hollywood, as pessoas poderiam te ver atuando mais, além dos filmes chatos que...

Merda.

Eu e a minha boca grande.

— *Você acha os meus filmes chatos?*

— *Exceto pelo último? — digo, e me arrependo em seguida. Porém, não vou voltar atrás. — Não é que sejam chatos, mas são papéis... cults? Você é bom nisso! Deveria se aventurar mais, acho você um ator barril.*

— *O que é barril?*

— *É tipo, foda, top...*

— *Você está certa.*

— *Estou?*

— *Sim, está.*

— *Ótimo! E aí, você pode realizar o meu sonho de entrevistar um Vingador!*

— *Hum... Vou pensar nisso!*

— *É pra isso que amigos servem, ué.*

Sua risada é audível.

— *Somos amigos?*

Engulo em seco.

— *Bom, eu não sei. Somos?*

— *Acho que sim — ele responde, e sua voz entrega um tom de felicidade.*

Parece que está sorrindo.

— *Ótimo.*

— *Ótimo — ele responde em seguida, confirmando um pouco minhas suspeitas.*

Ficamos em silêncio novamente.

Tomo mais um gole do vinho.

— *O que está bebendo?*

— *Um vinho — esclareço. — Se chama Pérgola.*

— *Pérgola? — Praticamente engasga com a palavra. — E isso pode ser chamado de vinho? O Jonathan me fez beber e olha...*

— *Olha só — respiro fundo —, não é porque você bebe vinhos de cem mil dólares que pode falar do melhor que existe, tá? Todos esses que você está acostumado tem gosto de acetona e custam uma fortuna! O meu? Vinte e dois reais no máximo e é uma delícia. — Começo a caminhar na sala com a taça na mão, sorrindo ao telefone e andando, às vezes, na ponta dos pés.*

— *É puro açúcar. — Quase consigo vê-lo balançar a cabeça. — Acho que terei que te levar para degustar vinhos de verdade.*

Engasgo.

Já não tenho mais estômago para se revirar e coração para receber pontadas.

— *Isso foi um convite?*

Incito, quase dançando no meio da sala.

— *Foi — ele declara, apenas.*

Dou mais um sorriso. Que bom que ele não pode ver.

— *Tudo bem, então — respondo, tentando segurar a animação.*

Ouço um ar abafar a chamada. Como se ele tivesse expirado forte.

— *O que você está fazendo agora? — ele pergunta, do nada, me deixando sem saber o que dizer.*

— *Como assim o que eu estou fazendo agora?*

— *É, o que você está fazendo?*

— *Em casa? Assistindo um filme?*

— *Vem pra cá.*

Ele chama. Assim, simples, como se não fosse nada demais. *Vem pra cá.*

— *Não sei se você sabe o quanto eu ganho, mas não dá pra simplesmente ir para os Estados Unidos agora. — Volto a sentar no sofá, em alerta.*

— *Estou no Brasil. Cheguei há umas quatro horas.*

Ele só pode estar brincando!

— *Quê? — Limpo a garganta.*

— *Cheguei hoje, quero aproveitar mais um pouco da cidade antes da premiação. No dia seguinte ao Oscar, terei que ir à Argentina, então, quero aproveitar ao máximo meu tempo aqui.*

Por algum motivo, essa revelação me deixa um pouco triste.

— *Não sei se é uma boa ideia sair agora, estou levemente bêbada — confesso, segurando o riso.*

— *Ora, ora! Toma um pouco de café e esteja na portaria do seu prédio em 45 minutos.*

— *Tá...*

Desligamos o telefone e eu entro em pânico. O que exatamente ele pretende fazer? Eu estou um caco! Acabada! São quase oito da noite e pareço um pombo cansado. O que vou fazer em tão pouco tempo para...

Jesus! O que eu vou vestir? Véi! *O que eu vou vestir?*

Exaspero toda minha angústia quando ouço a porta da sala se abrir. Luísa franze o cenho.

— O que voc...

— Benjamin, ele... tá aqui e...

— Tá aqui? — Ela olha ao redor, chocada.

— Sim! Quer dizer, não *exatamente aqui*, mas, ele tá na cidade e quer me…

— Caramba, Benjamin Kalu quer te levar pra sair de novo? — Ela começa a rir e pular. — Eu adoro estar certa!

— Sim, mas eu não tenho nada pra vestir, Luísa! Estávamos conversando e de repente tenho menos de uma hora para estar pronta.

— Vocês estavam conversando? — pergunta retórica. — Naomi, pro banho, agora!

— Eu já tomei banho!

— Você sabe de que banho estou falando.

— Não vamos fazer nada, tá doida? Já tomei banho! Preciso de uma roupa e dar um jeito na minha cara de mosca morta.

O guarda-roupa de Luísa parece uma loja de alta costura – apesar da maioria das peças serem da *Shein* – ela sempre está arrumada e maquiada. Sua pele se dá muito bem com cores escuras e porque *Deus é bom o tempo todo*, eu também amo roupas de tons escuros. A nossa única diferença é que ela usa quarenta e eu, quarenta e seis.

— Seja lá onde ele vai te levar hoje, está de noite e muito frio. Você vai usar essa calça de linho branca — olho para as peças que ela suspende — e essa blusa tomara que caia preta.

— Ela é extremamente colada — reclamo enquanto faço a fitagem mais rápida da minha vida no cabelo.

— Exatamente. E não precisa de sutiã! Daí, você usa esse cardigan lindíssimo aqui — joga na cama seu casaco branco feito neve — que supercombina com a calça. Se você rasgar, manchar ou acontecer qualquer coisa com ela, eu te mato — acrescenta, apontando o dedo na minha direção.

Reviro os olhos e sorrio.

Tomo um banho elaborado como recomendado por Luísa e bato o barbeador no box. Vou me sentir mais à vontade de estar com ele se eu estiver confortável comigo mesma.

Luísa não faz muita coisa na maquiagem, peço para que deixe o mais natural possível e fico satisfeita com o resultado.

— Não acredito que você vai sair com o Benjamin Kalu. *De novo.*

É, pois é. Nem eu.

Não sei como me sinto exatamente.

Nesse momento penso apenas em tentar viver o agora e deixar tudo acontecer. Talvez esteja na hora de não apenas pensar em trabalho, mas, em ter uma vida também.

— Como estou? — Viro-me para o enorme espelho que compõe uma das portas de seu guarda-roupa.

Ela me olha por alguns momentos antes de responder.

— Linda!

O interfone toca e atendo seu Ademir logo, agradecendo-o pelo recado. Há um carro me esperando lá embaixo, as famosas borboletas voltam a aparecer no meu estômago. A dor é intensa, porém não ruim a ponto de me fazer passar mal.

— Vai lá e arrasa, amiga. — Ela me abraça. — Só esteja aqui no domingo, viu? Não esqueça, Cinderela.

— Até parece. — Mando-lhe um beijo no ar e saio de casa.

A noite está de fato fria e seja lá onde Benjamin pretende me levar, o cardigã de Luísa realmente será o meu aliado.

— Boa noite, Tony — cumprimento-o quando abre a porta para mim.

— Olá, senhorita, boa noite. — Ele sorri timidamente, balançando a cabeça.

Com dois minutos de estrada, gotículas de chuva começam a borrar o vidro, e eu sorrio genuinamente. Não sei porque, mas, não consigo parar de sorrir.

A viagem dura pelo menos trinta minutos.

Olho para fora do vidro e fico incrédula com o que vejo.

— Estamos no lugar certo? — pergunto a Tony.

— Sim, senhorita — ele responde, gentilmente. — Já chegamos, na verdade.

Não pode ser, né?

Estamos entrando em um campo aberto com milhares de quilômetros, mal consigo ver onde termina. Mas não é o campo que me chama atenção, e sim o helicóptero preto parado, bem na minha frente.

— Senhorita — Tony me estende a mão, ajudando-me a descer do carro.

Olho anestesiada para o veículo à minha frente que nem percebo quando um outro SUV para ao lado de Tony.

O motorista abre a porta do novo carro e vejo Benjamin descendo.

Perco todo o fôlego. Isso tem acontecido muito quando me deparo com sua imagem. Meu estômago volta a se remexer e eu… *Deus do céu*, como pode existir um homem assim? Fico feliz por estar *tão* arrumada.

Quanto mais próximo Benjamin chega de mim, mais sinto uma onda de calor abafando o vento forte e frio que está fazendo.

Ele está com uma blusa de lã alva, gola alta e um colar de ouro bem fino que dá todo um charme. Uma calça social cinza giz e um tênis igualmente alvo, da Nike. Ele está tão estiloso que preciso lembrar ao meu corpo como respirar.

— Boa noite, Naô — fala sorrindo, com uma voz rouca, que faz meu útero se remexer. Malditos hormônios!

Quando Benjamin se aproxima o suficiente para me dar um abraço, seu perfume invade minhas narinas. Eu não saberia descrever. Nada de "amadeirado", ou perto disso. Este é um perfume de rico, que cheira a milionário.

Homens cheirosos são o meu fraco, droga.

— Pronta? — Suas covinhas aparecem.

Limpo minha garganta para responder.

— Depende, vamos ter que andar nessa coisa?

Vai dar uma de Christian Grey agora?

— É seguro, eu prometo. — Filho da mãe cheio de marra.

— Espero que não tenha um quarto vermelho — resmungo para mim mesma.

— O quê? — ele pergunta, sem entender.

— Nada não.

Benjamin estende a mão e eu a seguro. Talvez seja toda a situação e o clima, talvez sejam os meus hormônios ou a forma como a mão dele faz a minha sumir. Mas novamente o nosso toque me conduz uma eletricidade anormal.

Ele também sentiu, pois se arrepiou, assim como eu.

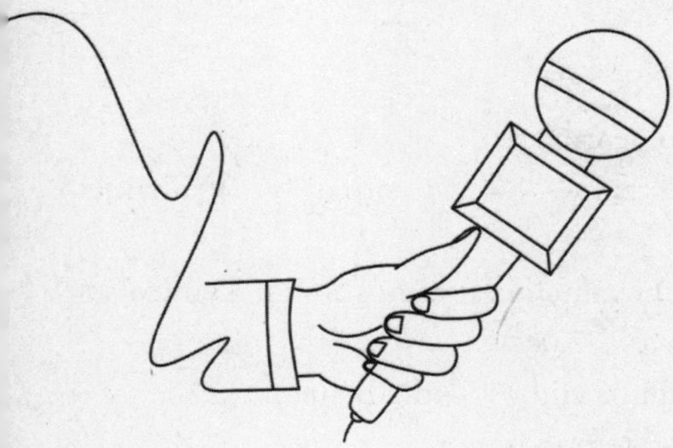

Capítulo 19

Sobrevoar o mar de Salvador é apavorante. Por isso evito olhar quando viajo de avião. Nunca fui fã de altura, mas também não sou uma pessoa que tem medo dela. Apenas não aprecio.

De todas as coisas que imaginei que esse encontro seria, nunca passou pela minha cabeça um passeio de helicóptero.

Benjamin, em algum momento da nossa viagem, resolveu segurar a minha mão, eu não fazia ideia de que estava tremendo. Os fones enormes que usamos por conta do barulho ensurdecedor que as hélices fazem incomodam um pouco, contudo nada que eu não aguente.

É assustador, mas olho para fora sempre que tenho coragem.

Finjo não perceber todas as vezes que ele me fita quando sorrio de animação com a visão linda da cidade que estou tendo aqui de cima. Confesso que estou dando o meu melhor, usando o meu melhor ângulo para me favorecer. Mas, chega um momento em que simplesmente me perco na imensidão entre o céu e a terra e nem percebo quando pousamos.

Benjamin me ajuda a descer do helicóptero e um homem baixinho, rechonchudo e loiro nos cumprimenta.

— Sejam muito bem-vindos!

— Cézar, obrigado por nos abrir sua vinícola assim, tão em cima da hora. — Eles dão um aperto de mão firme.

Fico boquiaberta.

Vinícola?

— Que isso, Benjamin! Como não abriríamos uma exceção para o nosso maior investidor?

Minha boca se abre ainda mais.

Por que estou tão surpresa? E desde quando ele investe em negócios na Bahia?

— Esta é a Naomi. — Ele me apresenta e eu aperto a mão de Cézar. — Minha... — me olha de relance — minha amiga.

É, amiga soa bem.

— Muito prazer, seu Cézar!

Ofereço-lhe um sorriso gentil e um aceno de cabeça.

— Ah, que isso! Me chame apenas de Cézar — indica, cordial. — Venham, venham! Está tudo pronto.

Não sei em que momento voltei a respirar novamente. Estamos em uma vinícola, de mãos dadas, andando como se fôssemos *algo.*

— Eu disse que te levaria para degustar alguns vinhos — diz Benjamin, como se esse fosse o tipo de coisa que todo mundo faz o tempo inteiro.

— Estamos em Feira de Santana? — Ele assente quando pergunto.

O casarão logo à frente exibe uma placa com a localização. Admiro a construção antiga, muito bonita, exalando *old money.*

Não acredito que vim parar, a essa hora da noite, em Feira de Santana.

Ninguém vai acreditar. Fiz Luísa prometer não falar para os meus pais ainda, não quero que a cidade toda fique sabendo disso. Sei que minha mãe contaria "apenas para as amigas da igreja", mas apenas isso daria margem para se tornar algo impossível de contornar.

Quando subimos a escada principal, olho para trás e vejo que fizemos um caminho entre milhares de hectares de pés de uvas, ou seja lá como chamam. *Uveiros?* Claro que o que mais me impressionou foi o salão principal em que Cézar nos levou. Há uma mesa solitária no centro da sala com velas, taças, porcelanas que exalam riqueza e duas cadeiras que parecem de vidro.

O ambiente que estamos é cercado por barris de vinhos do chão ao teto.

A mesa de madeira escura está forrada com uma toalha quadriculada vermelha e no meio tem uma cesta com diferentes queijos. Benjamin puxa a cadeira para que eu me sente. É incrível e surreal estar em um lugar desses, principalmente para alguém com a realidade que eu vivo diariamente. Não estou acostumada com esse tipo de coisa.

— Toda vez que lhe vejo, você está mais linda.

Eu sorrio, meio desajeitada. Completamente tímida.

Um violino soa ao fundo. Não demoro para identificar a música "Você, o Amor e Eu" de Carlinhos Brown e meu coração se enche. O rapaz que está tocando aparenta ser bem novo, ele toca de olhos fechados, sentindo a música, e um arrepio atinge meus ossos.

— Nem sei o que dizer, esse lugar é lindo — admito completamente apaixonada pelo ambiente.

Benjamin sorri.

— Que bom que gostou, agora estou devendo um favor daqueles pro Cézar. — Ele sorri. — Aceitei o filme — completa, aguardando minha reação.

Exaspero um "sério?" mais alto do que pretendia e ele assente, encostando-se na cadeira.

— Ainda não posso falar o que é exatamente, mas você tinha razão. É especial, diferente, *divertido*… Talvez seja uma experiência muito legal.

— Uau, parabéns! Quando você começa a gravar? — Cruzo as pernas e relaxo na cadeira.

— Vai demorar um pouco, mas os ensaios já começam uns dias após o Oscar.

Murcho um pouco.

Não é como se eu tivesse mil planos com Benjamin. Espero que ele não tenha percebido. Se percebeu, pelo menos não demonstrou.

— Isso é incrível! Parabéns! Já quero uma exclusiva sobre esse filme, hein?

— Podemos trocar um favor.

Levanto a sobrancelha.

— Prometo te dever um favor se você prometer me levar para conhecer mais lugares de Salvador.

— Impossível! Lembra a última vez? — recordo, fazendo um sinal de negativo. — E você vai embora logo depois da premiação, a empresa está enlouquecida com os preparativos pro Oscar… não sei que dia faríamos isso. Eu teria que ver…

— Fechado, então! Vou pedir à minha equipe para nos acompanhar de um jeito que não chame muita atenção e posso me disfarçar um pouco, quem sabe. Só me fale o dia!

— Você está falando sério? — Rio, nervosa. — Quer mesmo fazer isso?

— Com certeza — ele responde, convicto.

— Tudo bem, então. Vamos nessa!

— Você que manda. — Pisca.

Caramba!

Cézar chega com uma equipe para nos servir. A mulher baixinha, nos apresenta seu carrinho lotado de vinhos, com rótulos que valem a minha casa, e começamos a degustação. Não vou mentir, odiei a maioria. Vinho para mim precisa ser doce, e a última opção que ela me trouxe foi o que menos odiei. Se chama *Château Margaux 2014* e vou, obviamente, pesquisar o preço disso quando chegar em casa, porque, para a surpresa de poucos, Benjamin comprou uma garrafa para mim.

— Lembro que conversamos sobre profissão, mas você não falou exatamente por que escolheu o jornalismo.

E lá vamos nós.

— Minha mãe sempre diz que eu nasci com essa profissão pré-programada. Tenho vídeos de quando eu era nova, uns nove ou dez anos, na frente da câmera, fingindo apresentar um programa para toda a minha família.

— E como você foi parar em um programa de bingo? — quis saber, enquanto degusta mais um pouco do seu vinho caro com gosto de álcool setenta.

— A Luísa — lembro-o e ele assente —, ela atua como produtora na emissora. Ela estava em uma reunião quando os executivos acharam que seria uma boa ideia colocar um bingo na madrugada e, bom, deu muito certo. Eu fui uma das primeiras pessoas a fazer o teste para vaga de apresentadora e passei. — Suspiro nostálgica. — Não faz muito tempo que mudei de setor e estou cuidando nas mídias sociais do Entretê, como te contei. Sempre foi o meu sonho trabalhar com cinema, espero um dia *apresentar* algo no segmento, mas, sinto que agora, estando diretamente relacionada ao programa, tenho ainda mais chances. — Sorrio. — E vou pro *Oscar*! — Sorrio animadamente. — Não vou da forma como queria, mas já é um grande passo! Documentarei todo o tapete vermelho nas redes e isso é legal demais.

— Você é muito talentosa. — Ele me olha com atenção. — Eu adorei a nossa entrevista. Você deixa as pessoas à vontade, é simples e tranquilo falar com você.

Seu olhar é penetrante, tenho medo que ele escute meus pensamentos.

— Obrigada! Foi a minha primeira *junket* e, nossa, eu amo *tanto* isso! É legal poder ir a um lugar só para entrevistar celebridades… é *definitivamente* o trabalho dos sonhos! A Bruna, repórter do Entretê, está sempre em outros países, nas pré-estreias de séries e filmes, até musicais!

— Você gosta de musicais?

— Mas é claro! Mamma Mia é o meu favorito. O meu pai ama, então, eu escutava bastante por causa dele.

Benjamin ri com minha confissão, o que faz meu útero coçar novamente.

Para com isso, Naomi! Sabemos que ele é um deus grego e seu sorriso com covinha te deixa nas nuvens. Mas se concentra, mulher!

— Sei que já perguntei, mas me fale um pouco mais como aprendeu a falar suaíli? — Quer saber, batante curioso.

— Não tenho muito o que acrecentar. Foi o meu pai — respondo depois de engolir um pouco mais de vinho. — Como comentei ele nasceu e cresceu no Quênia, quando meu avô morreu, ele veio pro Brasil. Eu cresci com ele me ensinando a língua para que um dia eu possa ir à África falando suaíli como uma nativa, assim como ele e a família dele. E você?

— Minha família toda é de Moçambique, eu nasci e cresci lá, então, sempre foi a minha primeira língua. Mas, quando eu era jovem, fui pros Estados Unidos em busca do sonho Hollywoodiano…

— E conseguiu — acrescento, querendo que ele continue falando mais sobre ele.

— De fato! Mas eu também queria aprender outras línguas, aprendi o português e logo depois o espanhol, queria ter opções pro caso de nada dar certo. Você sabe, não temos o privilégio de ser básico.

— É, não temos mesmo. Passei anos na faculdade tentando acrescentar cursos, workshops e tudo que eu podia no meu currículo, já que eu não tinha como simplesmente trocar de carro todo mês ou tirar férias em Viena, porque deu vontade e voltar pro meu emprego como se nada tivesse acontecido, como alguns colegas faziam.

Ele assente.

Tudo o que conversamos por mais algumas horas me surpreendeu.

Benjamin me mostrou fotos de sua família e todos são lindos demais. Sua mãe e sua irmã são praticamente idênticas e ele parece muito com elas.

Ele também me contou sobre a morte de seu pai, sobre sua mãe e seus anos em Moçambique. Ouvir a verdade sobre sua vida foi um alívio. Ao mesmo tempo, fico indignada com o que sites de fofoca espalham, sem nenhum fato concreto. Fome? Ir à escola de barco? Nada disso! Benjamin teve uma infância como qualquer um de nós. Inventar histórias nojentas só porque ele é um cara preto que veio da África me enoja.

Como é bom ouvi-lo falar. Saber que ele é alguém que compartilha e não o cara insuportável que eu achei que fosse. Presumi muita coisa sobre Benjamin durante muito tempo e tenho uma enorme vontade de que todo o mundo possa conhecê-lo do jeito que estou conhecendo agora.

Não *exatamente* do jeito que estou conhecendo.

— Quer dar uma volta? — ele pergunta e eu concordo. Levanto-me e deixo a toalha de pano em cima do prato, como ele faz, e o sigo para fora.

Ficamos um bom tempo encostados na mureta da varanda, observando o céu estrelado e admirando cada parte iluminada que conseguimos ver. Benjamin me garantiu que esse lugar de dia é absurdamente bonito, quase encantado.

Ele está chegando perto de mim, mas finjo que não percebo. Quanto mais próximo, mais arrepiada eu me sinto.

De repente suas mãos encontram as minhas e seu rosto fica a centímetros do meu. Seu perfume volta a me inundar e acho que poderia inspirá-lo para sempre. Seus olhos vagueiam dos meus até a minha boca e um arrepio atinge os meus ossos tão forte que acho que vou quebrar.

Não tem como disfarçar, seu nariz roça no meu e seus olhos fitam o fundo dos meus, pedindo permissão. Eu apenas o encaro como se o beijo que está prestes a acontecer fosse tudo que eu precisava para viver. Ele sorri, com aquelas malditas covinhas. Eu me contorço, quase desmaiando. Sua boca é como um ímã, eu não consigo conter o…

— Senhor Benjamin — César chama e ele se afasta de mim, deixando-me completamente solitária. — O casaco de vocês.

Benjamin agradece gentilmente, me ajuda a colocar o enorme casaco preto felpudo e pega a minha mão. Andamos no meio da plantação e há uvas roxas e verdes por todo lado. A lua ilumina nosso caminho e o céu limpo, contando apenas com estrelas brilhantes para decorá-lo, remete-me a uma típica cena de um filme de romance clichê. Seja lá qual seja o romance clichê que eu estou interpretando, não quero que acabe.

Nunca achei que esse tipo de coisa seria possível de acontecer comigo. Não cresci assistindo narrativas que me colocassem como a garota que protagoniza o romance. Nunca senti que *eu* poderia ter algo intenso, construir uma relação saudável com o amor que escolhi. Ser amada, viver amando alguém…

— Aqui. — Ele mostra.

No topo de uma montanha, as uvas ao nosso redor desaparecem, e inesperadamente chegamos a uma área aberta, onde a lua e as estrelas são nossas companhias. No chão de grama, há um cobertor com uma cesta e mais vinho. Assim como todo tipo de queijo.

Benjamin me ajuda a sentar e eu tiro os meus tênis, assim ele também faz. Ficamos apenas de meias, sentados em um piquenique mágico. Ele me serve uma taça de vinho e eu gargalho quando vejo o rótulo.

— Não acredito. — Coloco a mão na boca para conter o riso.

— Você nem imagina a cara de César quando fiz o pedido. Ele me olhou como se eu o tivesse ofendido quando pedi que colocasse o Pérgola aqui. Acho que até saiu para comprar em algum lugar.

— Com certeza. — Gargalho, quase imitando um porco. — Obrigada — digo provando o meu doce vinho barato, e gostoso.

Benjamin tenta beber um pouco, mas logo deixa de lado e enche sua taça com a outra garrafa.

— *Péssimo*.

— Qual foi a coisa mais engraçada que já aconteceu com você nesses anos de carreira?

Ele para um pouco pra pensar, enquanto olha pro céu e ri consigo, provavelmente lembrando de algo.

— Uma vez eu fiz participação em uma série bem famosa, acho que chamava “Conte Comigo”...

— Eu lembro dessa!

Ele ri.

— Pois é! Quando estávamos gravando, um dos personagens principais meio que foi jogado das escadas e eu fiquei superassustado, achando que era real porque aquilo não estava no roteiro. — Ele gargalha. — Eu não sabia que aconteceria.

— O ator caiu das escadas? — Eu me espanto com a informação, por que isso seria engraçado?

— Ah, não, não. — Ele ri. — Foi um boneco. O susto que levei foi genuíno.

Nós rimos, e eu como um pedaço de queijo.

— Você é mesmo investidor dessa vinícola?

— Não. — Ele dá de ombros. — Foi só porque precisei investir nessa noite, daí o Cézar começou a brincar.

Benjamin derrama mais um pouco de vinho em sua taça e observa o céu. Faço o mesmo. Sinto-me privilegiada de estar em um lugar tão lindo, sendo iluminada pela luz do luar com alguém que tenho um carinho especial.

Eu me sinto em um sonho que não gostaria de acordar.

Estar com Benjamin, aqui, me deixa leve, descontraída e feliz. Ele me causa essa sensação e pela sua postura despreocupada e serena, imagino que posso transmitir a mesma sensação a ele também – pelo menos eu espero – e isso basta para me deixar feliz.

— Já sabe onde você vai me levar da próxima vez que sairmos? — ele pergunta, voltando o olhar para mim.

Bato o dedo indicador na bochecha levemente e torço a boca.

— Humm, ainda não! Mas, se estivéssemos em período de Carnaval, eu te levaria para a pipoca do Bell Marques comigo.

— Sério? — Ele ri enquanto se ajeita.

— Claro! O trio dele é o mais leve do carnaval de Salvador.

— Jura? — Ele me olha com expectativa. Mas revira os olhos quando eu gargalho. — Você tá brincando, né?!

Não consegui conter o meu riso.

— E o que é esse "trio"?

— O trio é tipo... um caminhão equipado com som de altíssima potência e um cantor em cima. O cantor toca para o público — mais de milhares de pessoas — que circula pela avenida e a galera segue, a pé, dançando, cantando. É demais!

— Nossa, parece ser muito legal.

— Juro! Você iria amar. Tem alguns macetes massa pra passar o Carnaval aqui em Salvador.

— Como...?

— Quando a polícia estiver vindo, e todo mundo fizer barreira pra ela passar, você pode ficar na frente, por exemplo.

Não me contenho e caio na gargalhada.

Benjamin faz o mesmo e parece não entender muito, mas acaba rindo também.

— Sério? Que leg…

— Não, *nunca* faça isso! Eu estava brincando, mas, o Carnaval aqui é o melhor. Acho que você iria adorar!

Ele bebe o resto do vinho e coloca a taça de volta na cesta.

Quando respira fundo e vai parando aos poucos de rir, Benjamin dirige o olhar a mim, e o pesa por alguns instantes.

— O quê? — pergunto, tímida.

— Você é a coisa mais linda que eu já vi.

Apenas fala, como se não fosse nada, como se o meu corpo não acordasse completamente com a sua voz rouca proferindo tais palavras.

— Você já disse isso.

— E não canso de repetir. — Ele me olha intensamente. — Eu sei que isso parece repentino, eu só queria fazer algo… especial. Eu queria sair com você, estar com você.

— Benjamin.

— Naomi, eu não paro de pensar em você desde a entrevista.

Perco o ritmo da respiração.

— Eu só consigo pensar em você, eu *só* penso em você o tempo *inteiro*. Fico rolando o seu feed por horas e sempre espero você postar algo pra te ver novamente.

— Benjamin…

— Desculpe se não demonstrei o meu interesse como alguém normal, eu… estou dizendo agora. Se você soubesse todas as coisas que penso em fazer…

Meu corpo treme só de imaginar.

— E por que não faz? — digo, apenas.

Talvez ele não estivesse falando sobre isso, mas eu estou.

O seu corpo fica rígido, seus olhos escurecem e ele me olha como um lobo. Bom, eu o estou olhando igual. Agradeço ao vinho por me dar toda a coragem que preciso para esse momento. Estou longe de estar bêbada, ele também. Mas a leveza no corpo me deixa à vontade para não ter vergonha de dizer a ele, neste momento, que o quero.

Benjamin se aproxima, tirando todos os empecilhos do caminho e eu lhe entrego a minha taça de vinho. Ele a coloca de lado e vai chegando lentamente próximo a mim. Todo o frio que estávamos sentindo é substituído por um calor agonizante. Que bom que ouvi Luísa e tomei um banho personalizado, até usei meu esfoliante corporal, então me vanglorio de estar com a pele lisa como um pêssego quando Benjamin toca os meus braços após tirar os dois casacos que estou usando. Ele também retirou o dele, vale ressaltar.

— Você tem certeza? — ele me pergunta, aguardando minha confirmação por alguns segundos.

A essa altura, essa é a única coisa que tenho certeza nesse momento.

Ajeito meu corpo no meio do tecido macio sob a grama e Benjamin se posiciona em cima de mim. Seu rosto analisa o meu como se ele quisesse guardar pra ele, em algum lugar do cérebro.

Quando finalmente nossas bocas se encontram, meu corpo explode.

É quente, macio, terno. Nossas línguas começam uma dança em perfeita harmonia e seus lábios carnudos me tomam com maestria. Quase choro quando nos separamos, mas agradeço por, agora, sua boca estar explorando o meu pescoço. Eu o ajudo a tirar a minha calça, sobrando apenas a camisa tomara que caia. Ele se senta e analisa o meu corpo. Louvada seja Luísa por ter me ajudado a escolher o conjunto branco de renda que destaca a minha pele como o vermelho se destaca no Polo Norte.

— Como você é...

Ele não termina a frase. Avança novamente e nos beijamos com vontade, como se nossa vida dependesse disso. Sinto algo próximo a minha barriga se endurecer.

Quando ele tira a calça, tento não me espantar com o volume em sua cueca branca.

Ele volta a me beijar em um segundo e no seguinte, arranca minha calcinha, desligando suavemente suas mãos pela minha coxa, me fazendo arrepiar até a alma. Sua boca invade cada centímetro do meu corpo exposto e para apenas para rasgar o pacote de camisinha e vestir.

Não há diálogo quando nossos olhos dizem tudo que precisamos.

Em um momento estamos completamente perdidos um no outro. Tento não gritar a cada vez que Benjamin entra em mim e, que inferno, como é difícil! É... como posso explicar? Grande? Gostoso? Bom? É *incrível*.

Ele beija meu rosto, minha boca e me olha no fundo dos olhos.

Tento abafar os gritos, mas alguns deles são impossíveis de serem escondidos. E parece que a cada vez que escapam, dá a ele mais combustível. Benjamin vai rápido quando peço, devagar quando necessário, deixando-me completamente ensandecida.

— Como você é gostosa...

Ele aperta minha cintura e me beija mais profundamente. Sinto um arrepio intenso assim que ele sai de mim e começa a beijar o meu corpo. Quando chega na barriga, ergo a cabeça e suspiro ao vê-lo descer cada vez mais.

— Como você é... você é perfeita.

Nunca, na minha vida, imaginei que transaria com o Benjamin Kalu, mas, isso, isso é melhor que apenas transar. Isso tem um outro nome.

Ele beija os cantos internos da minha coxa e eu arqueio as costas.

Necessito dele novamente. Necessito.

— Benjamin — imploro por ele.

Ele volta a entrar em mim, lentamente, me matando de desejo.

Quando, de repente, decide ir mais rápido e eu já não consigo mais conter. Espero que não tenha ninguém por perto para ouvir.

— Preta, eu vou...

— Eu também.

Nós dois chegamos lá.

Eu não acredito que realmente, pela primeira vez, cheguei lá sem o auxílio da minha mão ou de qualquer outra coisa em uma transa. Ele retira a camisinha, a amarra e coloca em algum lugar que não vejo. Estou deitada, encolhida e observando o céu, tentando absorver o que acabou de acontecer.

Benjamin se deita ao meu lado e me puxa com delicadeza, fazendo-me aconchegar em seu peito, depositando um beijo em minha cabeça.

— Quero guardar esse momento para sempre — ele diz, ainda um pouco ofegante.

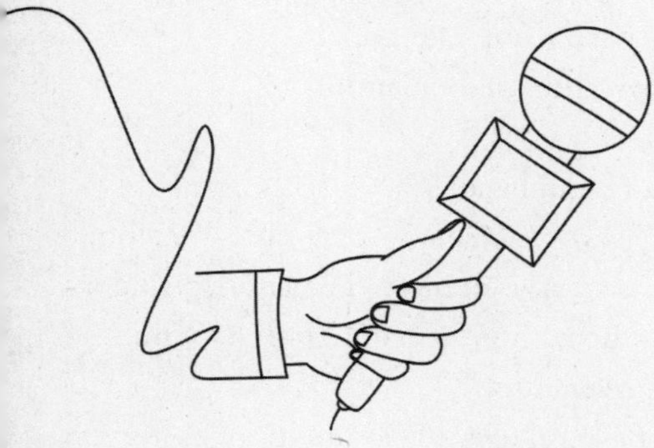

Capítulo 20

Se alguém falasse, há algumas semanas, que eu viveria tudo o que vivi em algumas horas com Benjamin Kalu, certamente lhe mandaria procurar um médico. Mas agora estou aqui, em um helicóptero, com minha cabeça apoiada em seu ombro, quase pegando no sono, e há alguns minutos de Salvador.

Quando estávamos satisfeitos o suficiente para voltar, Benjamin me ajudou a me vestir e me deu o beijo que vou lembrar para sempre. Ele me abraçou e ficamos assim um tempinho até o helicóptero chegar.

Era quase uma da manhã quando subimos até o meu apartamento e, como adolescentes, ele se despediu com um beijo zeloso. Entrei em casa nas nuvens, não consegui parar de sorrir. Fechei a porta sorrindo, vendo-o me olhar com um sorriso igualmente bobo enquanto sumia por completo. Comemorei como se o meu time do coração tivesse ido para final e, quando me virei, dei o maior grito da minha vida.

Ouço passos duros no corredor e batidas fortes na porta, Benjamin.

O que está acontecendo?

Que merda é essa?

Por que o meu irmão e Luísa estão pelados em cima do meu tapete?

Benjamin grita do lado de fora.

Abro a porta.

— O que está acontecendo? — ele pergunta desesperadamente.

Desvio os olhos da minha melhor amiga e do meu irmão enquanto se cobrem com almofadas, lençóis e tudo que conseguem. Assim que Benjamin percebe o que está se passando, vira-se de costas.

— O que vocês estão fazendo? — berro com a cara virada para a porta.

— Naomi — diz Luísa, tentando arrumar uma justificativa. — Eu não sabia que você...

— Vocês estão vestidos?

— Estamos — ela responde com a voz falha.

— Meu Deus, é o *Doctor Who.* — Marco parece que vai chorar.

Ele relembra um dos personagens mais marcantes de Benjamin.

Uma hora dessas?

— Marco — chamo sua atenção para sua braguilha aberta.

Benjamin ri, apenas. Ele me olha e olha para o meu irmão e para minha melhor amiga. Eles se vestem e tiram a cama improvisada do chão e eu encaro Benjamin sorrindo.

— Acho que você deveria ir lá pra casa — Benjamin diz, virando-se para mim.

— O quê? — questiono, com o coração acelerando.

— Eles claramente precisam de privacidade — ele diz e vejo Luísa sorrindo.

Marco ainda está hipnotizado.

— É, Nai! *Precisamos.* — Ela cutuca Marco com o cotovelo. — Vai! Depois conversamos.

— Vocês também, né! — Aponto pros dois. — Como... quê? Por quê? Desde quando? *Vocês voltaram?*

O que está acontecendo? Quero gritar.

— *Depois,* Naomi. — Ela nos guia até a saída. — Seu irmão e eu estamos conversando.

— Eu não chamaria isso de conversa — respondo confusa.

— Boa noite, pombinhos. — Ela fecha a porta.

Eu viro para Benjamin, ainda sem acreditar. Processando que fui expulsa de casa e que o meu irmão gritou de dentro do apartamento: *O Doctor Who estava na minha frente.*

Benjamin e eu nos entreolhamos e gargalhamos sem parar.

Que merda está acontecendo?

Voltamos para o carro e o motorista de Benjamin nos leva até o apartamento no qual ele está ficando.

— Eu não entendo… — Apoio o cotovelo na janela do carro e a mão na boca. — Eles… Eles estavam…

— Sim, estavam — Benjamin afirma o que já sei, mas não consigo acreditar.

Fui todo o trajeto em completo silêncio.

Como em um dia Marco e Luísa se detestam e no outro são flagrados naquele jeito?

Ela vai me contar tudo isso ou vou arrancar seus cabelos.

Não demora muito para chegarmos ao apartamento de Benjamin. É impossível não ficar boquiaberta ao entrar e ver o quão sofisticado é estar em um local em que todas as paredes são de vidro. Eu nunca tinha entrado em um desses, é enorme e *muito* chique.

Benjamin alugou um espaço no metro quadrado mais caro de Salvador. Não tenho nenhum costume de vir para o lado do Corredor da Vitória, mas não posso deixar de admitir que tudo aqui cheira a rico.

O apartamento é, de fato, muito lindo. O teto tem leds que fazem um S gigante e ilumina o chão de pura cerâmica e as paredes cor de gelo. O sofá enorme branco é do estilo em L e a televisão que parece ter umas oitenta polegadas está presa à parede e embaixo dela paira uma lareira digital. E ao lado esquerdo, passando pela porta branca de madeira que vai até o teto, vejo a cozinha americana que separa a sala por uma peça de mármore cinza com pia e fogão digital em cima dela. A mesa de madeira clara tem lugar para 12 pessoas e nunca vi cadeiras tão alvas e tão confortáveis como essas parecem ser.

O tapete se assemelha ao linho branco das cortinas e dá um lindo contraste na casa. A única coisa que dá cor ao ambiente são os milhares de quadros espalhados por ela. É definitivamente um apartamento dos sonhos. Deve caber umas quinhentas pessoas aqui dentro e ainda sobraria espaço.

— Uau — digo, apenas, impressionda.

Ele pega na minha mão, clica em um botão atrás da cortina – que se abre automaticamente – e me leva para a varanda e só penso: mais cem pessoas aqui fora.

A vista é surreal.

Apesar de ser noite, não vemos o mar com tanta clareza, mas não deixa de ser uma vista linda. Nem consigo imaginar como deve ser acordar vendo a *Baía de Todos os Santos*, todos os dias.

— Legal, né?

— Legal? — indago, arregalando os olhos. — Isso aqui é surreal! Não tenho nem roupa pra estar em um lugar assim.

Ele ri com vontade e me puxa para um abraço. A brisa do mar bate em nossos rostos e ele me aquece com o seu corpo. O cardigã de Luísa não foi capaz de me aquecer tanto quanto ele nesse momento.

Sinto um beijo no topo da minha cabeça e me viro para olhar para ele, que sorri e leva seus lábios ao meu, novamente. E de novo, e de novo, e mais intenso.

— Vou fazer algo para comermos.

E assim, nas horas a seguir, me sento na bancada e observo Benjamin cozinhar. Ele não aceitou ajuda, restando-me, só sentar e admirar um homem enorme com um avental lilás – cheio de florzinha – que claramente não é do tamanho dele, cozinhando da forma mais sexy que alguém poderia cozinhar.

— O que você gosta de fazer quando não está, sabe, sendo o maior ator de Hollywood, senhor Kalu? — Finjo estar entrevistando-o.

— Ah, eu gosto de comprar mansões, jatinhos e carros de luxo — ele responde enquanto mexe o macarrão no fogo.

Por um momento só penso no quanto essa panela deve valer a minha casa.

— É sério. — Jogo um post-it amassado que estava em cima da bancada de mármore branco nele.

— Bom, senhorita Castro, eu tenho uma ONG lá no meu país e nos últimos dois anos tenho ido frequentemente para lá, para ajudar pessoalmente.

— Sério? — Saio do personagem. — Que incrível, Ben!

Sinto algo estranho em o estar chamando assim. Acho que ele também percebeu, pois arregalou os olhos e está vindo em minha direção.

— Gosto de como "Ben" soa vindo de você.

— É?

Ele assente, ficando entre minhas pernas.

— Com certeza.

Quando ia me beijar novamente, o forno chique preso na parede apita e ele corre para pegar o frango que colocou alguns minutos atrás para assar.

— Me conta mais sobre a ONG? — Eu me ajeito no banco oval e encosto os braços na bancada, apoiando minha cabeça.

— Ah, bom… — Ele põe o alho e cebolas que acabou de picotar em uma panela com azeite de oliva e um cheiro maravilhoso sobe. — Quando eu saí de Moçambique, falei à minha mãe que ganharia muito dinheiro e ajudaria as pessoas da nossa terra que não tiveram o privilégio de ter tudo que sempre tivemos. Mais de três milhões de pessoas vivem lá em situação de insegurança alimentar aguda, eu sabia que se ganhasse dinheiro o suficiente poderia ajudar a alimentar essas pessoas e, bom, é o que venho fazendo desde então.

— Nossa, isso é incrível!

Isso nunca foi divulgado pela mídia. Por que não?

— É, bom, a gente tenta. As pessoas sempre veem a África como o continente da fome, temos isso, não posso negar, mas marginalizam muito para além da conta. Nosso continente é rico em cultura, arte, música…

— Em tudo, na verdade — acrescento, indignada.

— Exatamente — ele concorda. — Mas também não posso romantizar e dizer que não há pessoas passando por situações desumanas, porque *há* e em muitos países da África. Mas, tô tentando fazer a minha parte. Meu maior problema é ter que explicar pra um monte de branco estadunidense, que não estuda geografia, que a África não é um país.

— Como se chama a sua ONG? Nunca soube que você tinha algo assim, é demais, Ben!

— *Children of Africa*[28] — ele diz, com um sotaque gostoso de ouvir. — Eu não quero a imprensa rondando isso. Eles sempre arranjam um jeito de estragar tudo e não é sobre saberem ou não o que estou fazendo, é sobre eu fazer algo sem precisar expor, sabe?

28 Crianças da África.

— Sim, você está certo — concordo, admirada com sua atitude.

A cada vez que conversamos, me sinto mais próxima, mais íntima e o admiro mais.

— Vou terminar esse molho e estará pronto! Um perfeito macarrão com molho pesto e frango assado!

— Opa, o cheiro está ótimo. — Inspiro novamente. — A melhor refeição da madrugada que eu já comi.

— Não enchi nada com aquela comida servida em grãos — ele revela, rindo.

— Que bom que você disse, porque eu também não. — gargalho, colocando as mãos na boca.

Terminamos e eram quase quatro da manhã.

Benjamin me ofereceu um conjunto de moletom para vestir e tomei um rápido banho antes de me aconchegar em seus braços e adormecer.

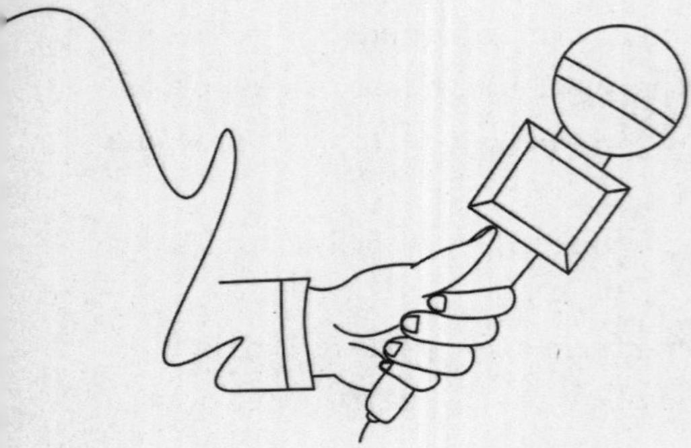

Capítulo 21

Acordo com as cortinas se abrindo e um lindo mar azul, com um céu vivo decorado apenas com algumas nuvens, sorrindo para mim.

Mas, nenhuma visão se compara a Benjamin ao meu lado, sem camisa, com o rosto completamente suave e sereno. Uma voz robótica soa pelo quarto avisando que são nove da manhã.

— Ai, *disgrama*! Que susto da peste. — Coloco a mão no coração e respiro fundo.

Não estou acostumada com esse tipo de alarme, geralmente, é só Luísa gritando pela sala.

Luísa!

"Precisamos conversar", envio a mensagem para ela e largo o celular na mesa de cabeceira ao meu lado.

Volto minha atenção para Benjamin, que dorme serenamente.

Observo cada linha de seu corpo musculoso, o mesmo corpo quente e aconchegante que me trouxe para a cama mais confortável que já dormi na vida e me abraçou em uma conchinha durante toda a noite.

— Gosta da vista? — ele fala ainda de olhos fechados, mas sorrindo.

— E quem não gostaria?

Ele avança me fazendo soltar um gritinho assustado e me beija. Como alguém pode parecer um deus grego logo quando acorda?

— Eu adorei seus produtos de *skincare*. — Passo a mão pelo meu rosto e ele ri. — Vou levar pra casa.

— Infelizmente — ele dá um beijo na minha testa —, esses já têm dono.

A manhã se passou tranquila, Ben colocou *Black Pumas* para tocar no sistema de som da casa enquanto eu o ajudava a preparar o café da manhã. Fiz pão com queijo torrado enquanto ele preparava o suco de laranja na enorme máquina industrial que nos faz parecer donos de uma lanchonete. Comemos na varanda e meus olhos se hipnotizam com o mar vasto à minha frente.

O mar calmo, algumas lanchas passando, a brisa nos atingindo, a visão do Ben lendo um jornal pelo iPad… se for sonho, não me acorde, já dizia Luan Santana.

— Acho que a Luísa e seu irmão voltaram. — Ele me mostra a foto que Luísa acabou de postar no Instagram e eu corro para verificar.

Enquanto conversávamos sobre tudo e nada no jantar ontem à noite, um dos assuntos foi sobre Luísa e meu irmão, como eles namoraram por anos e se separaram, e o flagra bizarro de ontem no meu apartamento.

Benjamin os seguiu no Instagram pelo seu perfil falso e recebi áudios de Marco surtando, o que nos fez gargalhar por muito tempo, foi preciso nos contermos para não receber nenhuma reclamação de barulho dos vizinhos.

— Eles vão precisar me explicar direitinho tudo isso. — Abro o Instagram e curto a publicação.

"Você vai me explicar tudo isso! Responde minhas mensagens", comento na publicação, sem me importar com quem verá.

Ben nos sugeriu sair para almoçar quando já era quase uma da tarde. Passamos o resto da manhã fingindo que estávamos no tapete vermelho do Oscar e ele aproveitou para me ensinar vários macetes que poderiam ser importantes para caso um dia eu viesse trabalhar como repórter.

Depois, fingi que era a cerimonialista e que ele ganhava o Oscar. Benjamin inventou um discurso na hora, que ficou muito bom.

— Quer sair pra almoçar?

— Estou morrendo de fome — digo, da forma mais dramática possível.

— Você parece ter um buraco no estômago. — Tremo de vergonha e ele ri. — Tá tudo bem.

— Se não for nesses restaurantes chiques cheios de pompa em que você sempre é visto, eu topo!

— Eu pensei em irmos ao Bahia Marina, pesquisei esse lugar no…

— Ai, não, não! — reclamo, abanando as mãos. — Por que não vamos ao restaurante da Edna?

Sugiro e ele concorda. *Ótimo!*

Pegamos o elevador e Benjamin aperta o botão da garagem. Hoje ele dispensou Tony e quer dirigir pela cidade comigo.

Uma família entra. Um cara alto, magro, de óculos e uma mulher loira que segura uma bebê. A criança sorri para nós, que retribuímos na mesma hora o sorriso. A mulher parece se incomodar, pois puxa-a com força para o lado em que ela não nos veria.

— *Ah!* É brincadeira? — solto, com raiva.

Benjamin aperta a minha mão e me encara, fazendo sinal para deixar para lá. Quando eles saem, exclamo um *"bom dia, viu?"* bem alto, que não é retribuído.

— E você querendo me levar pro Bahia Marina.

— Eu não ligo, você também não deveria — ele diz, suspirando. — Não vale a pena.

— Ben, eu sou taurina.

Ele me encara novamente, como se eu tivesse dito algo mágico.

O restaurante está reservado apenas para nós. Quando chegamos, cumprimentamos meus amigos e não demora para Marco e Luísa se juntarem ao grupo.

O prato servido é Moqueca de camarão com muito dendê, a pedido de Benjamin.

— Tá, agora que a comida chegou e vamos encher o bucho — Edna quebra o silêncio enquanto enche seu prato com arroz —, que palhaçada é essa de vocês dois, hein?

— Pois é — protesto, fazendo cara de indignada. — *Que palhaçada é essa?*

— Eu não queria ter filhos e brigamos por isso. Terminamos e recentemente tivemos uma nova conversa — Luísa revela, como se fosse a coisa mais normal do mundo.

Eu os encaro.

— Eu decidi que estar com ela era mais importante. Então, estamos noivos.

É o quê?

Todos ficamos parados, encarando os dois.

Meus olhos passeiam entre Luísa e Marco, ainda decidindo se ouvi corretamente. Eles estão noivos? *Como assim?*

— Tivemos uma conversa tensa na semana passada. — Marco ri, lembrando.

— Por que vocês esconderam isso *de mim?* — pergunto, magoada. — Era esse o *grande segredo* do término de vocês?

Luísa levanta e caminha na minha direção, se agacha e pega minhas mãos.

— Nai, a gente sabe como você sofreu da primeira vez que terminamos. Decidimos que só te contaríamos se de fato decidíssemos voltar novamente, pra valer — ela explica, com sinceridade.

— Mas eu sou a sua melhor amiga, eu…

— E também é a pessoa que eu mais amo! Você é a minha irmã mais nova — ela continua, sem desviar o olhar e largar minhas mãos. — Eu sinto que preciso cuidar de você e esse assunto precisava ser resolvido entre o seu irmão e eu, primeiro.

Balanço a cabeça lentamente em concordância.

Ela tem razão.

Eu me levanto e a abraço com força.

— Vocês vão *casar!* Tô tão feliz.

Feliz por ela voltar a fazer parte da minha vida não apenas como minha melhor amiga e colega de apartamento.

— O apartament... — me interrompo antes de terminar a frase. — Falamos disso depois — declaro, um pouco nervosa.

Marco também vem até mim e nos abraçamos.

— Você. — Aponto para Marco quando ele volta para sua cadeira. — Mainha e painho precisam saber!

— Nós iremos pra lá no próximo final de semana, pra contar — ele diz, sorrindo.

Fuzilo-o com o olhar.

— E quando vocês iam me chamar pra ir também? — sondo, ainda com uma pitada de magoa.

— Agora, ué — Luísa diz e todos na mesa riem. — Benjamin, você também está convidado.

— E nós não? — Ana indaga apontando para ela e Edna que expressa um grande "né?".

Quando estávamos voltando para o apartamento de Benjamin, deixamos Luísa e Marco na casa do meu irmão e eu – por hora – finjo que Luísa não vai voltar a morar com ele e eu perderei a minha colega de apartamento.

— Tenho uma surpresa para você.

Benjamin revela com expectativa quando voltamos ao carro.

Seja lá onde e como essa surpresa será, ficamos o caminho inteiro de mãos dadas. É quase religioso a forma como me sinto em ter apenas sua mão segurando a minha.

Observo a cidade em silêncio e respiro fundo, conforme vamos chegando.

— Benjamin...

— Relaxa, vai dar tudo certo.

Quando o carro para no píer, respiro fundo.

— Você quer que eu entre *nessa coisa?* E se afundar?

A risada alta que Benjamin dá, ainda dentro do carro, é genuína. Ele se alinha no banco, olhando para mim, no fundo dos meus olhos.

— Eu não sabia que você tinha medo do mar.

— E eu não tenho. — Minto timidamente.

Não tenho mesmo! Mas nunca entrei em um veleiro antes. No máximo no *ferryboat* da Ivete Sangalo para ir à Ilha de Itaparica. Mas estávamos falando de um barco grande e seguro. Esse só parece... frágil.

Benjamin sai do carro, dá a volta e abre a porta para mim. Em seguida, estendendo a mão.

— Eu prometo que você ficará segura.

Não é nada sexy, nem sequer romântico, estar em um barco tão chique, velejando com alguém de que gosto, vestida com um biquíni branco rendado, confortável e do meu tamanho que foi deixado no banheiro exclusivamente para mim, *com um colete salva-vidas laranja neon.*

Apesar de toda a segurança que Benjamin me passa, ainda não acho seguro.

Eu não sei nadar e morrer afogada é a última coisa que desejo neste momento.

Sinto o sol escaldante fritar a minha pele, mas a sensação é perfeita. Eu adoro sol – na maioria das vezes –, adoro praia e adoro estar ao ar livre. Acho que é por isso que me conecto tanto com minha cidade.

— No que está pensando? — Benjamin me entrega um copo de limonada e se senta ao meu lado, no casco do barco.

— Nada específico, tô admirando essa vista incrível — respondo e tomo um gole da bebida.

Estamos no meio do mar, distante de tudo e todos, com uma visão do paraíso em um dia lindo. O colete me dá a segurança que preciso, mas ainda me mexo o mínimo possível, mesmo sabendo que não vamos afundar.

— O que vai fazer com a estatueta quando você ganhar? — pergunto, curiosa.

Ele flexiona o maxilar e respira fundo. Ele está incomodado?

— Não tenho certeza se vou ganhar.

Benjamin se ajeita no acento e observa a paisagem.

— Como não? Pra mim é quase certo.

Ele gargalha.

— É sério. — Bato de leve em seu ombro. — O que você vai fazer com a estatueta? Só não faça o mesmo que a Gwen Paltrow fez, por favor!

Ele me olha com a testa franzida.

— O quê? Que ela usa o Oscar que roubou da Fernanda Montenegro como peso de porta? — Ele parece surpreso. — Pois é! Esses seus colegas de trabalho….

— Não sei como vocês ficam sabendo dessas coisas. — Ele ri, balançando a cabeça.

— Ela mostrou em uma entrevista. — Ele fica chocado. — Juro!

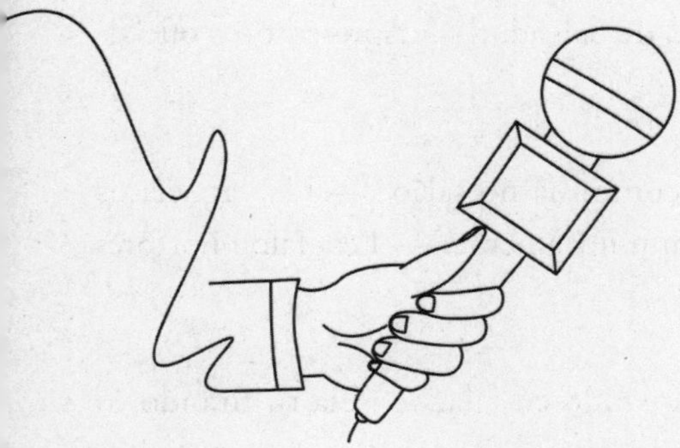

Capítulo 22

Ontem à noite precisei voltar ao apartamento de Ben para buscar a minha bolsa e ir para casa. No entanto, ele simplesmente não deixou! Me segurou – *literalmente* – e jogamos "pedra, papel e tesoura" para decidir se eu ia ou ficava.

Como sempre, perdi.

Benjamin implorou para que eu dormisse em seu apartamento novamente e prometeu que me levaria para casa na segunda cedo. Eu concordei. O problema? Marquei com a minha trancista de fazer o cabelo para o evento. O normal é demoramos quase nove horas para finalizar as tranças. Benjamin teve a brilhante ideia: *Por que você não faz aqui?*

Não acredito que concordei com isso.

Abro a mala de mão de Luísa – que mandou um monte de roupas para cá por um Uber Flash – e pego um short de linho branco e uma camisa básica preta para vestir. Ela fez o favor de enviar minhas lingeries mais rendadas. Escolho um par cor de vinho e levo tudo para o banheiro.

Não demoro muito no banho. Quando estou saindo, escuto a campainha.

Não sei onde eu estava com a cabeça quando concordei em fazer isso aqui. Aline, minha trancista, entra no apartamento e dá de cara com Benjamin. Sua primeira reação é quase desmaiar.

— Minha nossa senhora, ele é real mesmo, Nai — ela brinca.

— Tudo bem, Aline? Bem-vinda. — Benjamin pega sua bolsa.

— Ele fala português! — Aline arregala os olhos e abre a boca, cobrindo em seguida com as mãos. — Preciso de foto! Socorro, você tira uma foto comigo? — pede a Benjamin, sem cerimônia.

Ele foi supergentil com ela, tirou fotos em uma parede branca para não identificar o local que está e, após alguns minutos, Aline se acalmou.

— Eu esqueci de lavar ontem, me perdoe. — Abraço-a, me desculpando.

— Eu já venho preparada, você sempre faz isso. — Ela ri, arrumando seus utensílios em cima da mesa de jantar.

— Ben, essa é a Aline, a melhor trancista de Salvador! — Apresento-os oficialmente. — Ali, esse é o Benjamin Kalu.

Eles apertam as mãos.

— Eu não acreditei quando a Cláudia contou lá no salão. — Ela vagueia os olhos de mim para Benjamin e depois para mim novamente. — Léia falou horrores de você, nem vou te contar.

— É, não me conte mesmo!

— Ninguém lá no bairro vai acreditar quando eu falar. — Ela ri, tirando os pacotes de fibra da bolsa.

— Aline, você não pode dizer isso pra ninguém. — Fico em sua frente, apoiando-me na cabeceira da cadeira. — É sério, deixe que comentem, deixe que falem, são boatos até então. Você não pode contar onde esteve, nem com quem! Promete? — imploro, fazendo um sinal de reza com as mãos. — Eu quero que isso fique em segredo, por enquanto.

Ela concorda e eu a convido para tomar café conosco antes de começarmos a fazer o cabelo.

Aline conta histórias sobre os tipos de clientes que já teve e Benjamin praticamente chora de rir. Ela é uma das pessoas mais engraçadas que conheço, temos apenas alguns anos de diferença. Eu a conheci assim que vim morar em Salvador.

Eu não estava segura o bastante para apresentar o programa com o meu cabelo natural e fiquei procurando por horas nas redes sociais uma trancista. Até que uma foto de um penteado com fibras rosas me chamou atenção e eu marquei com ela. Desde então, a minha única e exclusiva cabeleireira tem sido Aline.

Quando estávamos quase terminando de comer, Hanna e o melhor amigo de Ben, Jonathan, entram no apartamento.

De cara, ele me olha e grita, vindo na minha direção, para me abraçar.

— Eu estava muito ansioso para te conhecer. — Seu português é carregado de sotaque e se mistura ao espanhol. — Como você é linda!

— Muito obrigada — respondo com um sorriso simpático, ainda segurando suas mãos.

Benjamin e Hanna avisam que estarão no escritório e chamam a atenção de Jonathan para não demorar para entrar.

— Eu também quero um penteado! — exclama John, divertido.

— De que tipo? — pergunto, entrando na dele.

— Talvez uma trança nagô? O que acham?

Aline o avalia antes do veredito.

— Ficaria tudo! Posso colocar alguns acessórios, até — sugere ela, terminando de arrumar suas coisas em cima da mesa.

Ela avalia o cabelo comprido de John no topo da cabeça e as laterais raspadas.

— Ele não está tão grande, mas posso tentar fazer alguma coisa, sim — conclui, ainda avaliando seus fios.

— Você é a maior, Aline! Já quero te levar pra Hollywood.

— Por favor. — Ela ri, colocando a mão no coração.

— Tenho uma reunião com esses chatos agora, mas, quando eu sair, fazemos!

Aline concorda com a condição e nos despedimos de John.

— Amiga, que loucura. — Aline me indica a cadeira e começa a separar meu cabelo. — Você está namorando uma celebridade, e uma *celebridade* gringa!

— Não estamos namorando — corrijo, rápido.

— Me poupa, Naomi. — Ela prende metade do meu cabelo com uma presilha. — A forma como esse homem te olha… mermã, você ganhou na loteria, e ele também.

— Como você é besta. — Rio, cruzando as pernas.

São quase duas da tarde e Benjamin ainda está no escritório conversando com Hanna e John. Aline já trançou metade do meu cabelo e as longas tranças, que vão até a minha bunda, estão separadas por quadradinhos perfeitamente espaçados.

A outra metade – ainda não feita – está amarrada. Levanto um pouco para me alongar e aproveito para ir até o escritório. Bato de leve na porta, até escutar um "pode entrar".

— Estamos pensando em almoçar, vocês querem comer agora?

— Já estamos indo — Benjamin responde rispidamente, o que ignoro por hora.

Assinto e olho de relance para Hanna, tensa, olhando algo no computador. Jonathan está da mesma forma. O que aconteceu?

— Pode pedir, eles já estão vindo — afirmo para minha trancista quando volto para a sala.

Aline me ajuda a arrumar os talheres na mesa da varanda e eu encontro um conjunto azul bebê que estava intocável no fundo do armário. Eu os lavo antes de colocá-los na mesa e fico satisfeita quando vejo tudo pronto. A comida não demorou a chegar e foi um funcionário do condomínio que veio até a porta entregar.

Ben, John e Hanna se juntam a nós após um tempo. Sinto que Benjamin está tenso e um pouco receoso. Mal sorri e pela forma como come, parece que está sem muita paciência.

Pergunto discretamente o que aconteceu e ele sussurra que me conta depois.

Passamos uma hora entre comer e conversar. Eu fiquei observando o mar por um tempo enquanto todos interagiam na mesa sobre algum assunto envolvendo futebol. Ben mal falou, variou suas respostas entre "sim", "é possível", "não acho que ele seja tudo isso", e só.

Quando voltamos ao cabelo, ficamos apenas eu e Aline na sala.

— Um segundo, amiga — peço quando vejo o meu telefone tocar.

É Mainha.

— *Oi, mãe! E aí?*

— *Oi, filha! Onde… onde você está?*

— *Na casa da Aline. — Mostro minha amiga que dá tchau à Mainha um pouco sem jeito. — O que acha?*

Mostro a ela o meu cabelo quase finalizado.

— *Está linda! Parabéns, Aline! — Ela parabeniza com um tom de voz mais alto. — Não vejo a hora de ir a Salvador e marcar um horário com você.*

— *Pode vir, Tia! — Aline responde com um enorme sorriso no rosto.*

— *Vou mesmo. — A chamada fica instável. — Nai, tô indo, só liguei pra saber como você estava. Te amo.*

— *Te amo, mãe, amanhã te ligo.*

— Não é porque fui eu que fiz, mana — Aline me olha com as mãos na cintura —, mas a senhora está belíssima!

Abro um sorriso de orelha a orelha e corro para o banheiro.

Eu me analiso, de longos cabelos castanhos, que emolduram o meu rosto e ressaltam ainda mais os meus olhos. Estou linda, essa cor definitivamente combinou comigo e, nossa… como estou gata!

Tiro uma foto e coloco no grupo da família.

Minha mãe é a primeira a elogiar e meu pai diz o que eu já sabia: que sou a filha mais bonita. Marco, como sempre, pergunta que banheiro diferente é esse que estou e logo troco de assunto perguntando o que ele tem pra contar.

Foi um golpe baixo, eu sei, mas foi ele que começou.

Ainda não falei para meus pais sobre onde passei o final de semana ou com quem. Apenas Marco, Luísa e agora Aline sabem do meu paradeiro e quero que continue dessa forma até eu, de fato, ter algo concreto com Benjamin. Porque, convenhamos, *isso* pode acabar não dando em nada.

Marco sempre soube como falar comigo, e por mais que eu ache que seus conselhos estão contaminados pela sua mente de fã, ele sabe ser meu irmão mais velho. No meu privado, conversamos um pouco enquanto eu estava sentada fazendo as tranças. Meu irmão me pediu para tomar cuidado ao me relacionar emocionalmente com outra pessoa e deixou claro que não importa quem Benjamin seja, ele me defenderá e me apoiará. Também me aconselhou a ir devagar e deixar as coisas acontecerem.

Quando começou a falar sobre preservativos, eu lhe dei um boa noite forçado e encerrei a conversa, não respondendo aos seus emojis de risada.

— Nossa! Você está linda! — Escuto a voz de Benjamin se aproximando.

Ele me abraça por trás e beija o topo da minha cabeça. Ambos ficamos nos olhando através do espelho.

— Como você pode ser a mulher mais linda que eu já vi na vida?

— E sou mesmo. — Exibo meus dentes em um sorriso torto e ele me vira em sua direção.

— Adoro que saiba disso — diz, aproximando seus lábios no meu, pressionando-me contra a bancada da pia.

Ele me beija novamente como se fosse a última vez e é impossível não sentir todo o meu corpo estremecendo com o seu toque.

— Vai me contar por que está todo sério assim? — pergunto curiosa quando nos afastamos.

— Deixa o pessoal sair que conversamos.

— Fofoca pela metade, *mata* fofoqueira.

Ele ri e segura minha mão, levando-me até a sala.

Percebo o olhar de Hanna ir das nossas mãos até Benjamin, mas ignoro, novamente, *por hora.*

Eu quero saber o que está acontecendo, mas vou esperar todos saírem.

— Bom, é isso. — Aline suspira e sorri. — Vou indo, amiga! Você está belíssima e pronta para arrasar no evento.

— Eu nem sei como te agradecer. — Abraço-a. — Amanhã eu faço algumas fotos quando estiver arrumada e te envio.

Ela assente e agradece.

— Me passa o seu pix novamente? Não tenho mais aqui e…

— Deixa que eu pago. — Benjamin se coloca ao nosso lado e abre a carteira.

— Tá maluco? — Eu me viro para ele.

— Por quê? — As sobrancelhas dele se juntam.

— Eu vou fazer a transferência, não precisa pagar. — Entrego o meu celular para Aline. — Digita pra mim o número, Ali.

— Eu insisto. — Ele estende uma nota de duzentos reais para Aline.

Bato em sua mão e o olho com a cara fechada.

— Benjamin, você não vai pagar pelo meu cabelo. Mas obrigada.

Ele se dá por vencido e bufa enquanto guarda a carteira novamente no lugar.

— Prontinho. — Mostro a Aline o comprovante.

— Obrigada, Nai. — Ela sorri. — Você sabe onde eu pego um ônibus por aqui?

— Que isso, Aline! Meu motorista pode te levar — Benjamin oferece.

— Não, é… não precisa. — Ela recusa educadamente.

— Eu insisto. — Ele lhe dá um sorriso.

Benjamin faz uma rápida ligação e comunica a Aline que Tony está na entrada do prédio para levá-la de volta para casa.

— Tchau, amiga. — Ela me abraça novamente. — Obrigada, Benjamin! Foi um prazer te conhecer.

— Até logo, Aline. — Benjamin se despede e fecha a porta.

Ele se vira para Hanna.

— Você já está indo também? — ele pergunta, sério.

— Ah… estou sim. — Ela engole em seco.

Hanna se despede de nós e sai. Logo em seguida, Jonathan também avisa que está indo e me abraça antes de fechar a porta, deixando claro que não vê a hora de ver o meu vestido. Passei a tarde fazendo suspense e prometi lhe enviar uma foto quando eu estiver pronta.

Assim que a porta se fecha, eu me viro para Benjamin.

— O que foi? — ele indaga ao observar o meu olhar.

— Por que você mudou completamente de humor?

Ele não responde, vai até a cozinha e pega uma garrafa de vinho.

Eu me sento no sofá e observo seu corpo tenso.

Perco o foco por alguns segundos quando ele tira a camisa e suas costas largas ficam em evidência. Seus músculos se movem conforme ele se mexe e eu fico hipnotizada. Ele parece pensativo, com a cabeça nas nuvens. Quando volta para a sala, me entrega uma taça e despeja o vinho no meu copo.

— Você comprou Pérgola? — Rio colocando a mão na boca. — Benjamin Kalu está *realmente* tomando vinho Pérgola?

— Nunca te perdoarei por me fazer *começar* a gostar de um vinho de vinte e cinco reais.

— *Vinte e cinco*? Que roubo. — Finjo surpresa. — Eu compro de vinte e dois!

Ele ri e eu pergunto novamente.

— Ben, por que você mudou de humor assim do nada? Aconteceu algo?

— Eu confiei em Hanna para lidar com o contrato do filme e não me envolvi. Agora, descobri que o pedido da produtora não é um simples pedido. — Ele toma um gole do vinho. — O que era somente algumas aparições com Vanessa publicamente para fazer os rumores de namoro aparecerem e venderem mais o filme, é uma cláusula ridícula que eu nunca assinaria se tivesse lido antes.

— O que...

— Até depois da premiação, preciso deixar essa farsa ser especulada pelas pessoas. Não posso ser visto com outra mulher que não seja Vanessa.

Ele me olha, tenso, esperando pela minha resposta.

— Me desculpa.

— De verdade? — Limpo a garganta. — Vocês, a meu ver, não precisam fingir um namoro para vender esse filme. Você sozinho, ela sozinha, *ambos* vendem por ser quem são...

— E eu não sei disso?

— É escroto ter isso na cláusula do contrato e Hanna nem sequer ter contado? Com certeza — digo, firme. — Mas não acho que fingir algo para alimentar rumores seja tão ruim. Vocês não precisam fingir estar namorando de verdade, basta deixar subentendido. É assim que esses tabloides se alimentam, lembra? Por uma filmagem ou foto de uma troca de olhares, vocês juntos em algum restaurante... não é um sacrifício muito grande. — Aperto sua mão. — Vai dar tudo certo.

— É, você tem razão. — Ele suspira. — Mas não quero ter que esconder você.

Ele quer ser visto comigo?

— Você não está me escondendo. — Tranquilizo-o, suspirando fundo. — Eu também não quero que as pessoas descubram sobre nós, não *agora*. Acabei de ter uma oportunidade incrível e não desejo que fiquem falando que consegui porque estou saindo com você. Fora que os comentários maldosos que as pessoas fazem, não é algo que eu consiga lidar no momento. — Sou sincera. — Espero que você curta estar comigo, como eu curto estar com você. — Um sorriso malicioso brota em seu rosto. — E pra mim, é isso.

Engulo todo o líquido da taça de vez.

— E... — Ele começa, se aproximando.

— E? — Enrugo a testa.

— Preciso voar para a Argentina, às duas da manhã. — Benjamin flexiona o maxilar.

Eu arregalo os olhos.

— E o Oscar?

— Vou chegar um pouco atrasado, mas voltarei. — Ele olha para o chão. — Não posso remarcar ou… Não posso deixar de ir.

Eu quero perguntar, quero saber o que ele vai fazer lá. Quero entender porque ele precisa, um dia antes de uma premiação, de repente viajar para a Argentina. O que houve na reunião?

— Você vai…

— Eu volto — ele garante, firme. — Eu prometo que volto.

— Tudo bem…

Não sei o que dizer. O que posso fazer? Bom, na verdade, nada.

Ele deixa a sua taça de lado enquanto sorri vindo em minha direção.

— Então você curte estar comigo? — Ben troca de assunto, voltando ao que eu tinha falado antes dele mencionar a viagem.

— Sim, como descobriu?

Ele ri e beija o meu pescoço.

— Sobre o que você falou mais cedo…

— O quê?

— Sobre não querer que ninguém saiba do nosso relacionamento… nem depois?

Eu o encaro.

— Relacionamento?

— É. — Ele me olha tenso. — Estamos em um tipo de relacionamento…

— Sim?

Inferno, não sei mais o que responder.

— É. — Ele coça a garganta.

— Daqui a um tempo sim, eu acho — digo e ele flexiona o maxilar. — Eu tô trilhando o meu caminho profissional e finalmente as coisas estão acontecendo. Não quero que nosso *relacionamento* venha à tona porque ele *vai* virar um grande espetáculo pra mídia ou o que quer que essas páginas de fofoca nos transformem. Eu quero trabalhar com entretenimento, sabe? Não *ser um.*

Ele assente, ainda me fitando com atenção.

— Eu quero contar para as pessoas sobre nós quando eu estiver bem estabelecida no mercado. Quando eu tiver uma voz como jornalista… Quero que as pessoas me vejam como uma profissional e não apenas como namorada do Benjamin Kalu. — É isso, eu disse.

— Então você é minha namorada? — Ele exibe um sorriso de orelha a orelha.

— Eu… sou alguma coisa. — Tento voltar atrás, mas ele me ataca com cosquinhas.

— Naomi Castro é minha "alguma coisa"! — ele grita, colocando as mãos em formato de concha na boca.

Eu gargalho e ele me ataca novamente com beijos. Quando seus lábios tocam o meu pescoço com mais intensidade, sei que a noite vai ser longa.

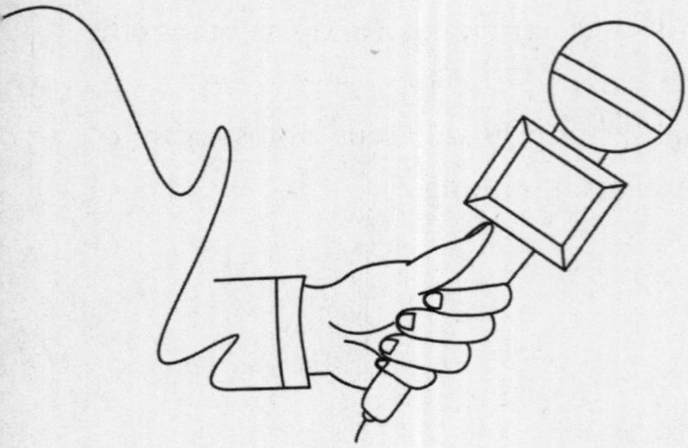

Capítulo 23

— Até amanhã, então. — Eu lhe dou um beijo e desço do carro.

— Até amanhã, preta.

Ele sorri e em poucos segundos seu carro desaparece da minha visão.

O relógio marca uma e cinco da manhã quando entro em casa. Fecho a porta, encaro minha sala e sorrio. Sinto vontade de cantar a minha playlist dos dias ensolarados e dançar na chuva.

Então é assim que é quando nos apaixonamos por alguém?

— Achei que fosse dormir no apartamento dele hoje.

Sobressalto.

Luísa está deitada no sofá, enrolada em seu cobertor e assistindo o reality das Kardashians.

— O que faz acordada a essa hora? — pergunto, depois do susto.

Coloco as minhas coisas no chão e caminho até ela. Sento-me ao seu lado e respiro fundo, puxando seu lençol para mim logo em seguida.

— Sem sono — declara, dando de ombros. — Achei que fosse dormir com o Benjamin hoje.

— Ele precisou voar para a Argentina.

— *Argentina*? Por quê? Mas ele não vai ao Oscar amanhã?

— Então, ele *vai*! Mas deve chegar atrasado. E também não sei porque a Argentina — bufo frustrada.

— Como foi passar esses dias com ele?

Conto à Luísa tudo que nos aconteceu nestes dois dias com o máximo de detalhes que posso. Ela se aninha mais próximo a mim e me escuta com atenção. Sorri quando diz que pareço apaixonada e se preocupa quando digo que estou preocupada com o que quer que esteja acontecendo.

— Vou fazer um chá pra gente. — Ela levanta e segue para a cozinha.

Eu vou atrás.

— Ele ficou incomodado, sabe? — Faço uma reflexão em silêncio, recordando do episódio e continuo. — Na hora do almoço, por exemplo, ele parecia estar fora de órbita. — Eu me encosto na bancada da pia. — Teve uma hora que umas pessoas do prédio ao lado passaram na janela, ou sei lá, e ele ficou tenso... muito estranho.

— Às vezes aconteceu algo na *vida de ator famoso e milionário de Hollywood* dele, e não queria te preocupar. — Ela coloca uma cápsula de chá na máquina. — Coisas de trabalho, provavelmente.

— É, pode ser — concordo e batuco os dedos na pia. — Sabe o que é engraçado? — Luísa se vira para mim. — Quando estamos todos juntos, ele fica meio tímido, né?

Eu me lembro do almoço no restaurante da Edna.

— Nossa, *põe* tímido nisso! Quase não abre a boca. — Ela ri. — A Edna falou que se ele fosse branco, seria o Senhor Darcy.

— Ah! É verdade. — Eu lembro. — Mas quando estamos juntos, ele é superatencioso...

— Ih, olha só. — Luísa me encara enquanto sorri. — Você está amando, que bonitinho! *Finalmente.*

— Eu não estou *amando.* — Adianto-me em corrigi-la. — Eu *gosto* dele...

— Não acha que o ama? — ela pergunta, com curiosidade.

— Não acho que é amor ainda. Eu... gosto dele! Acabamos de nos conhecer, não tem como ser amor. Mas assim, o amor é relativo, eu sei disso. O que seria amar alguém, então?

Luísa pega o celular.

— Olha, de acordo com o Google...

Reviro os olhos, não é *possível.*

— O amor tem forma, calor e olhar — ela continua e eu bufo. — Vocês têm isso, dá pra ver de longe — conclui, tentando me convencer.

— Até pode ser, se pensarmos por esse lado — digo, pensando em todo o significado. — Eu sou adepta do amor e acho lindo, mas não estaria pronta para dizer um "eu te amo", por exemplo. Acabamos de nos conhecer.

— Ah, não... — ela se adianta. — Isso vem com o tempo, de fato. Mas, mesmo se conhecendo agora, eu acredito muito em conexão, e ela não tem a ver com o tempo, e sim com a ligação que você estabelece com uma pessoa, sabe? Quando você sente que conhece alguém que acabou de encontrar, há séculos, por exemplo.

Concordo com a cabeça.

A máquina apita e ela me entrega uma xícara. Agora, coloca a dela no lugar e pega uma nova cápsula, encaixando no espaço determinado.

— Eu sinto… nossa, é difícil descrever o que eu sinto quando estou com ele, e tem todo esse lance de namorada…

— Peraí, *namorada*? — ela me interrompe atônita.

Argh, esqueci de contar essa parte.

— É… ele… em uma conversa a gente meio que brincou e agora eu não tenho certeza do que somos na real, mas, a gente… *argh.* — Reviro os olhos. — Eu não sei, tá legal? Eu brinquei de que somos *algo* e tudo mais — imito-o. — Mas às vezes talvez seja coisa da nossa brincadeira mesmo, nada de sério…

— Você não acha que ele pode se sentir assim? Com se realmente quisesse você como namorada?

— Eu…

— Ou você *não quer aceitar* que ele possa te querer como namorada?

Eu me calo.

— E você e o Marco, hein, Luísa?

Troco de assunto e ela revira os olhos, virando-se para a cafeteira, pegando a sua xícara e caminhando até o sofá. Eu a sigo e me sento ao seu lado, puxando um pedaço do lençol que a cobre, para mim.

— Eu te dou espaço. Tudo que envolve você e o meu irmão, eu não questiono. Sempre espero você vir até mim, mas você nunca fala. — Encaro-a. — Então estou te perguntando. *Por que não me contou?*

Ela parece tensa, respira fundo e olha para o teto, para as paredes, para a TV, mas não me encara.

— Você é a *irmã* dele e muitas vezes é *sim* por isso que evito de tocar no assunto com você sobre o meu relacionamento com Marco. E também era algo que *eu* queria manter apenas entre mim e ele.

Deixo o meu café na mesinha de centro e puxo-a para os meus braços.

A voz de Kim e Kylie soa na sala silenciosa enquanto ficamos apenas abraçadas.

Eu me afasto e digo:

— Eu sei que este assunto só diz respeito a vocês, é que foi um choque vê-los pelados na sala, só isso! E *noivos*! Amiga, vocês vão *casar*, minha nossa.

Meus olhos ficam marejados.

— Eu sei! Ainda não estou acreditando. — Ela ri. — E me desculpa por aquilo.

— Nossa, a cara do Benjamin… — Engasgo.

— A cara do Benjamin! E o Marco *"É o Doctor Who"*. — Ela coloca a xícara na mesa de centro e limpa um pouco do café que derramou no braço quando riu. — Juro! Um homem daquele, Naomi.

— Marco só tem tamanho — digo e ela concorda com a cabeça. — Estou feliz que vocês voltaram.

— Estou feliz por você também.

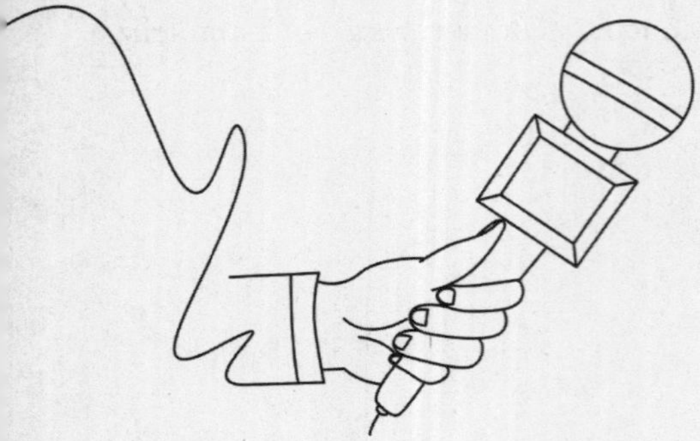

Capítulo 24

O OSCAR

São exatas três horas da tarde quando chegamos ao Palácio Rio Branco. Fico boquiaberta com a estrutura que foi montada e com o tanto de gente que já está no local.

A Avenida Sete de Setembro estava completamente congestionada. Mesmo estando em uma van oficial do evento, ficamos mais de uma hora parados, sem conseguir avançar.

Quando finalmente nos aproximamos do cruzamento entre a Carlos Gomes e a Praça Castro Alves, tudo parou de vez.

Bem em frente ao Glauber Rocha, uma barricada havia sido erguida, e o caos era evidente. As forças armadas estavam por toda parte, inspecionando cada veículo que passava. Usavam detectores de metal sob os carros, enquanto cães farejadores estavam prontos ao lado dos agentes, preparados para identificar seja lá o que estivessem procurando.

Quando chegou nossa vez, um militar nos parou e pediu a identificação do motorista. Após a verificação, ele fez sinal para seguirmos em frente. Um pouco mais adiante, enfrentamos uma revista ainda mais rigorosa. Como nada foi encontrado, finalmente nos liberaram.

Assim que chegamos ao local indicado para os carros pararem, Luísa, Camila, Bruna e eu descemos da van cinza com o logo da EGB na lateral.

Deixo o vestido escolhido para ocasião cair no chão. Passo a mão do alto da barriga para baixo desamassando o tecido e ajusto as bordas que enfeitam o tomara que caia para que fique corretamente fixadas no meu ombro.

O amarelo de fato cai *muito bem* em mim. O sol brilha tinindo no céu e realça ainda mais a cor do meu vestido, que atrai muitos olhares para nós.

Estou ansiosa para ver a reação de Benjamin. Ele insistiu para que eu enviasse fotos assim que eu acabasse de me arrumar, e prontamente recusei. Enviei apenas para Jonathan e o fiz prometer que não mostraria a ele.

Trocamos apenas algumas mensagens e ele disse que estava com saudade.

Apesar de também sentir, entendo a vida corrida do trabalho.

A ansiedade do dia de hoje tomou todas as células do meu corpo e mil e um pensamentos passaram pela minha cabeça.

O maior de todos sendo sobre o momento em que eu o veria no tapete vermelho. Imaginei Bruna o entrevistando e logo em seguida lhe pedindo para mandar um beijo para o Brasil, então trocaríamos olhares que somente nós entenderíamos. E quando tudo isso acabasse, ele poderia tirar o meu vestido e ficaríamos horas matando a saudade.

Sheila fez uma maquiagem de cair o queixo. A sombra de um tom semelhante ao do vestido, o delineado que vem dos olhos e termina na pálpebra, a pele simplesmente impecável, com toda a iluminação e contorno que tenho direito, e a boca vermelha como sangue.

As minhas tranças estão soltas, no topo da minha cabeça – contra a minha vontade, mas admito que ficou lindo – está uma tiara de pedras semelhantes a ouro. Eu estou fabulosa!

Bruna também, ela entrevistará artistas que passarão pelo tapete e eu estarei logo atrás, cobrindo tudo para as redes.

Ela está deslumbrante!

Seu vestido azul-marinho de camurça que cobre os seus saltos brancos é completamente colado e combina perfeitamente com a sua pele branca. Seus cabelos pretos e lisos estão amarrados em um rabo de cavalo e o conjunto de colar e brincos de pérolas que deixou todo o seu *look* ainda mais chique, supercombina com a sua personalidade.

Luísa e Camila estão com uma calça pantalona preta e uma camisa da mesma cor com o logotipo da EGB na frente e a palavra "*crew*[29]" em letras de forma branca atrás. Ambas também estão com o cabelo preso e com fones de ouvido conectados em mini rádios.

A única diferença é o cinto dourado cheio de pedras que Luísa usa e a logo da EGB contornadas com miçangas rosas que ela personalizou ontem à noite. Sua maquiagem também foi feita por Sheila e seus olhos têm diferentes tons de rosa que combinam com as pedrarias da camisa. Seu cabelo platinado cresceu um pouco e está lindo. Ela aproveitou os fios soltos e fez alguns baby hairs. Minha *afropaty*!

---

29 Equipe.

Antes de sairmos, passei no estúdio do Entretê para dar uma olhada no cenário e me apaixonei. Todo o design foi substituído e agora ele está com cara de quem está pronto para falar do Oscar. Há um tapete vermelho no chão e três poltronas brancas no centro substituindo o balcão. As pranchas de *surf* também sumiram, dando espaço para estatuetas de dois metros e a paisagem do telão ao fundo exibe o logo do Oscar.

O prédio inteiro está a vapor hoje, gente indo de um lado para o outro, reuniões que não acabam mais, ensaios, posicionamentos de câmera... Antes de sair, recebemos uma pasta com alguns direcionamentos básicos e com nossas credenciais. Nem acredito que estou segurando uma nas cores roxa e dourada com a logo do evento, meu nome e a função "Imprensa" nomeado logo abaixo. Irei guardá-la comigo para sempre!

Fico feliz por ser uma credencial em que posso colocar em qualquer lugar da roupa como um *botton*, também veio com um cordão mas, pela minha roupa, prefiro prendê-lo no cinto invisível da cintura.

— Prontas? — Luísa questiona enquanto coloca seu radinho fino no bolso de trás. — Pronta? — ela indaga diretamente para mim.

Assinto e seguimos para a entrada com um letreiro bem visível indicando "Imprensa".

A frente do palácio está lotada de gente. Há apenas um corredor no meio separado por unifilas vermelhos que é onde os carros das celebridades os deixarão. Eles fecharam toda a praça para fazer a área do tapete vermelho acontecer e criaram uma puta estrutura. Há milhares de fotógrafos por todo lado, o barulho dos flashs se mistura às vozes e cria uma atmosfera caótica.

O Palácio Rio Branco fica ainda mais bonito ao final da tarde, quando o sol está quase se pondo e a iluminação do dia vai se acabando.

Ele foi construído por volta de 1919, por Tomé de Sousa, para ser o centro da administração portuguesa, e tem um aspecto de castelo. Sua pintura parece ter sido renovada para um tom claro de bege e de cada lado há um *banner* gigante em vermelho com o logo do evento que estamos prestes a participar.

Esse foi o melhor lugar que poderiam ter escolhido para o evento. É chique e pomposo, tudo o que o Oscar representa.

À medida que vamos entrando, consigo ver a estrutura com uma arquibancada ainda do lado de fora criada de ponta a ponta para que os fãs sortudos que chegaram a tempo de conseguir seu lugar, possam gritar, surtar e chamar por sua celebridade favorita.

Todo o chão de pedra da praça foi coberto por um carpete vermelho vivo e há estatuetas do Oscar enormes por todo lado.

Conforme avançamos, vejo uma movimentação dos jornalistas que lutam por espaços minúsculos para conseguirem um bom ângulo para entrevistar quem for passar por aqui. É surreal estar vendo tudo isso de perto. Há uma música tocando ao fundo que não consigo identificar com tanto barulho, mas parece ser um estilo eletrônico, talvez?

Agora que chegamos em uma área mais aberta, reparo que as pessoas estão bem divididas. Ao lado direito a imprensa, e ao esquerdo, os fãs, que gritam incansavelmente por alguém que acabou de chegar. Céus! Isso é uma loucura, mas é *tão* legal.

— Como vamos conseguir nos espremer em um local tão pequeno? — pergunto quando vejo que o espaço de cada equipe é de um piso de porcelanato noventa por noventa.

— Não iremos — Luísa assegura, sorrindo. — Ficaremos ali. — Ela aponta para o palco retangular de mármore preto que está ao lado da parede onde as celebridades irão parar para fazer as fotos oficiais.

— *Não acredito!* — Abro a boca, impressionada.

— A EGB arrasou! Achei que teria que ficar mais um ano brigando por um espaço mínimo — diz Bruna, muito feliz. — Acredita que no ano passado o repórter ao meu lado disse que me bateria se precisasse?

Arregalo os olhos.

— Ele não contava que eu também falava italiano e entendi cada palavra. Dei uma resposta à altura e ele murchou.

— Que horror! — respondo impactada.

— Pois é! Se eu te contar tudo…

Chegamos à nossa estrutura e Luísa cumprimenta uma menina com cabelos crespos bem cheios – me lembrando a Rainha Charlotte – atrás de um unifila, em frente ao nosso palco.

— Talia — ela cumprimenta. — Essa é Camila, a nossa câmera maravilhosa que cuidará de toda a transmissão aqui do tapete.

Elas se abraçam e Luísa continua a nos apresentar.

— Essa é a Bruna Aguiar, nossa repórter.

Mais abraços e sorrisos.

— E essa é a Naomi, que cobrirá tudo para as redes sociais!

— Como vai? — cumprimento-a e também nos abraçamos rapidamente.

— Olá, meninas! Sejam muito bem-vindas — diz com um sotaque meio portunhol. — Hoje o dia está uma loucura, mas estou feliz que a EGB garantiu um lugar de privilégio dessa vez.

Ela fala e sorri na direção de Luísa, que diz *pois é.*

— Todos os equipamentos que vocês precisarão para a transmissão estão aqui. — Talia aponta para a mesa preta que fica em frente ao palco de três andares da EGB. — Vocês trouxeram os microfones com as canoplas como orientamos?

Luísa assente e Camila abre a mochila em cima da mesinha que conta com uma cadeira e um computador.

— Ótimo! Camila, você já pode começar a microfonar sua repórter — ela orienta, buscando colocar as coisas em movimento. — Sobre a câmera que o evento disponibilizou pra vocês, só pra contextualizar — Talia fica ao lado da câmera enorme em frente ao palco —, essa é uma *HDC-5500* da Sony e para conectar aos servidores de vocês lá no estúdio, é só inserir o código que foi enviado por e-mail para a equipe.

Luísa e Camila assentem.

Assisto as duas conversarem como se estivesse entendendo algo.

— Ela pode transmitir sinais 4K diretamente sem a necessidade de uma unidade de processador de faixa base — Talia explica diretamente para Camila. — Tem sensor avançado CMOS 4K e essa belezinha também captura imagens de *High Dynamic Range*, com suporte a fluxo de trabalho SR Live para produção simultânea de HDR/SDR. Acredito que vocês saibam mexer certinho, mas estou na frequência dez do rádio caso precisem de mim! Ou, basta ir à sala de imprensa que fica atrás do segundo toldo, do outro lado da praça.

Eu não entendi *bulhufas*, mas fiquei observando enquanto Luísa ia de um lado para o outro falando no fone. Camila ficou uns minutos microfonando a Bruna e eu aproveitei para gravar um pouco do que acontecia.

Postei vídeos e *boomerangs* com a nossa Hashtag *#OscarnoEntretê* e gravei uns conteúdos rápidos com as chamadas da Bruna pedindo para pessoal nos assistir ao vivo no canal.

Luísa sugeriu que eu também aparecesse nos stories e gravou um *boomerang* meu. Logo após postá-lo, também dei um oi para a galera e os chamei para nos acompanhar nas redes sociais, alertando o público para sempre postar com a nossa hashtag.

Nem acredito que estou aparecendo nas redes do Entretê.

Tiro algumas fotos do local e envio no grupo da família. Quando estou prestes a enviar mais uma, uma correria começa. Luísa nos avisa que temos um minuto para entrar ao vivo e Bruna se ajeita no palco.

Bruna faz a abertura logo após Vivian, lá do estúdio, passar a bola para ela.

— Oi, Vivian! Boa noite, Luís, boa noite, Valentina, boa noite para todos aí de casa! — Bruna fala com todo o entusiasmo. — Estou aqui empolgadíssima para entrevistar as celebridades que passarão pelo tapete vermelho do Oscar, premiação essa que acontece pela *primeira vez* em nossa cidade, o maior evento internacional que Salvador já viu.

No estúdio, Vivian está acompanhada da jornalista e criadora de conteúdo, Vanessa Pulgarin, e do ator baiano, Luís Miranda, para comentar tanto o tapete vermelho, quanto o Oscar com ela.

— Nai, acabei de te enviar um link, coloca nos stories e avisa pra galera que também estamos ao vivo no YouTube, por favor — Luísa solicita, de forma bastante profissional.

Fico atrás de Camila, que está superfocada enquanto segura a câmera no tripé e tento abrir o WhatsApp, mas estamos com quase nada de sinal. Levanto o celular para o alto na tentativa da rede funcionar melhor.

— Conecta na rede portátil que trouxemos, vai ser bem melhor — Luísa aconselha, atenta a tudo que está rolando a sua volta.

Assim o faço e, bom, realmente abre mais rápido.

Gravo Bruna em um ângulo que também aparece milhares de pessoas transitando atrás, quase tapando as estatuetas espalhadas pelo local.

Parece que alguém importante chegou, as câmeras voltam seus cliques insanos e vejo de longe Marlin Young, de *Nascida em Florença*, entrar no tapete vermelho.

Luísa fala algo sobre trazê-la em seu rádio e não demora muito para que entremos ao vivo novamente. Na verdade, acontece tudo muito rápido.

Pelo visto, Talia é contratada da EGB e uma de suas funções é fazer todo o trâmite da celebridade até os canais em que ela deve dar entrevista. As emissoras contratam essas pessoas para facilitar a chegada dos atores até o seu espaço de entrevista e para ajudá-los a transitar nesse mar de gente.

Marlin para em mais dois veículos antes de subir no palco da EGB e exibir uma beleza sem igual. Eu adoro seus filmes e estou triste de não poder sequer tirar uma foto com ela. Mas, só de vê-la na minha frente, está de bom tamanho.

Ela parece uma princesa, seu vestido de gala preto é enorme e bufante. Tem mangas até os pulsos e um decote em V que vai até a barriga. O vestido é todo rendado e sua maquiagem em tons terrosos combina perfeitamente com ele. Marlin quase fez a personagem principal de *Parasita*, mas recusou o papel porque estava gravando *Nascida em Florença* e aqui está, concorrendo ao Oscar de melhor atriz coadjuvante. Incrível!

Faço um *boomerang* dela e escrevo *Marlin Young acabou de chegar!* Marco-a e posto nos *stories*.

Checo o *feed* do Instagram e os estagiários estão bem rápidos. Tremo quando vejo uma foto da Angelie Thomas. *Ela está aqui*! *Meu Deus!*

Preciso ser profissional, mas como?

Tento me conter ao máximo quando a próxima celebridade chega para ser entrevistada. Luísa está a todo momento falando no radinho e checando tanto o computador quanto a câmera. Ela está concentrada e às vezes dá alguns toques para Camila.

Quando Bruna termina de entrevistar as celebridades, sempre temos pelo menos dois minutos para checar a performance da entrevista. Luísa passa o *feedback* do Miguel e da equipe para nós. A próxima entrevista precisa conter perguntas relacionadas ao prêmio e, como os talentos – como chamamos as celebridades – estão em relação à sua nomeação, sobre o evento ser no Brasil, em Salvador...

Quando voltamos para o ao vivo, Luísa conta até três e vejo pelo computador a tela mudar de Vivian e seus convidados, para Bruna novamente, que tem Bradley Lee Choi ao lado.

Como ele é lindo!

Já assisti diversos doramas protagonizados por ele e estou a ponto de derreter vendo-o falar. Eu não sabia que seu inglês tinha sotaque britânico, é ainda mais sexy do que imaginei. Nos doramas são poucas as palavras em inglês e são muito curtas também, impossível de notar qualquer tipo de sotaque, mas, *socorro*. Que homem!

Falando em homem, meu coração volta a palpitar quando lembro que Benjamin pode chegar a qualquer momento. Este é o lugar onde nossos mundos se encontram, onde ele como ator e eu como jornalista temos o *match* perfeito. Onde sabemos exatamente o que fazer e como agir. Um lugar em que posso estar no seu nível e... *puta merda!* Eles chegaram.

Vejo a foto postada agora na conta do Entretê.

Benjamin chegou ao lado de Vanessa, ambos estão na entrada do palácio. Ele está lindo. Um smoking preto, perfeitamente alinhado ao seu corpo e ele...

Naomi — alguém grita o meu nome.

Bruna está sentada de cabeça baixa no palco e há duas outras pessoas ao seu lado. Eu corro para perto dela e vejo que está pálida.

— O que aconteceu? — inquiro preocupada.

— Ela está desidratada — responde o homem de barba lisa que agora percebi estar usando um uniforme de bombeiro. — Você comeu alguma coisa?

Bruna nega com a cabeça e Luísa solta um longo e alto suspiro.

— Você consegue ficar de pé? — pergunta o bombeiro.

Ela também nega.

Eu me viro para Luísa, ainda abaixada perto de Bruna, em pânico.

— O que vamos fazer agora? — pergunto, nervosa.

Quem vai fazer a transmissão? E agora?

— Precisaremos levá-la! — ele comunica, agilizando a sua remoção.

Luísa arregala os olhos e leva a mão direita à boca.

— Bru, você vai ficar bem! Eles vão cuidar de você — ela garante, atordoada. — Assim que acabar aqui, vou pra lá.

Ele retira Bruna do palco e, em poucos segundos, somem na multidão.

— Estaremos de volta em dois minutos — exclama Camila.

Luísa está discutindo pesadamente no rádio quando ouço meu nome.

— *Vai ter que ser… Não me importa!... Ela é capaz, Alexandre…. Eu me resolvo com Miguel depois….* — Ela aperta outro botão do rádio. — *Talia, pode trazer.*

Tudo acontece muito rápido.

Luísa se vira para mim e manda Camila me microfonar o mais rápido que conseguir. Ela fala que não há tempo para passar os detalhes, mas que as perguntas a serem feitas são as mesmas do *briefing* que eu recebi. Luísa prometeu que transmitiria no meu ponto tudo o que eu precisaria perguntar a tempo, caso eu ficasse muito nervosa.

É isso, eu substituiria Bruna, *aqui e agora.*

— Luísa, eu não posso fazer isso! — Entro em pânico. — Eu não estou preparada!

— Você pode e vai! Agora, *pega* esse microfone, Naomi! Se tem alguém capaz de nos ajudar nesse caos, esse alguém é você.

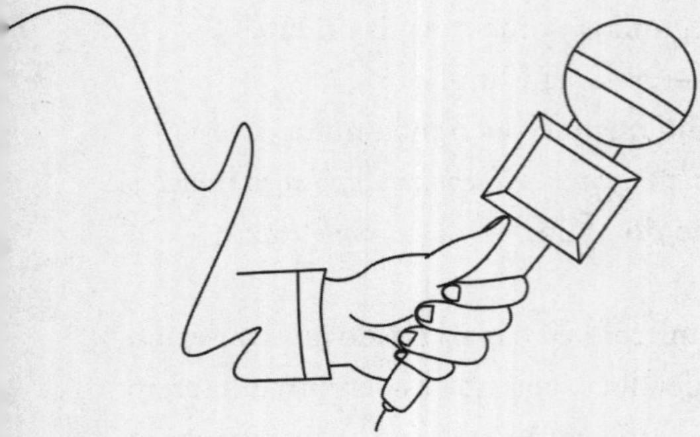

Capítulo 25

Quando Jorge Fernandez, de *A Nona Estrada*, estava se aproximando para subir no palco, eu estava terminando de ser microfonada e Luísa fazia a contagem regressiva.

Minha barriga dói, sinto minhas pernas bambas. Um calor absurdo e repentino toma conta de mim e pingos de suor caem da minha testa.

Vejo Luísa fazer a contagem nos dedos e, quando aponta para mim, fecho os olhos, apago a minha mente e me concentro enquanto inspiro e expiro todo o ar.

— Agora, voltando para o tapete vermelho. — Ouço a voz de Vivian no meu ponto.

Sobressalto discretamente, esqueci que o ponto estava aqui.

— É… — engulo em seco. — Olá, *entretêrs*! Estou aqui com…Jon.. Jorge Fernandez. — Respiro fundo novamente e me viro para o ator. — Eu estou… bom, é… eu irei comandar os bate-papos a partir de agora — improviso e dou um sorriso trêmulo. — Sou a Naomi Castro, muito prazer!

Luísa retira a força o fone do ouvido e começa a gravar com o meu celular para postar no meu lugar. Jorge me olha tentando entender a minha língua até eu começar a falar em inglês.

— Olá, Jorge! Quantos anos você tem? — pergunto e engasgo. — Quer dizer, como você está?

Uma multidão grita atrás de nós.

Jorge ri e me dá um sorriso sincero.

— Pergunta sobre como ele se sente em estar no Brasil pela primeira vez — pede Luísa, através do ponto.

Faço a pergunta que pediu e ele se vira para mim.

— Eu sempre tive vontade de vir ao Brasil… (não entendi o que ele disse)… e nunca pensei que viria pela primeira vez logo para *o Oscar*.

— Fico feliz que esteja gostando, é algo novo para nós. Estamos muito felizes com a escolha da academia — digo, tentando me manter confiante.

— Eu também, esta cidade é magnífica! — Ele gesticula com os braços e sorri.

Nossa conversa foi rápida e deu tempo para apenas duas perguntas antes de Talia nos apressar e levá-lo para outro veículo.

— Nai! — Luísa se aproxima de mim. — Respira. — Ela coloca as duas mãos no meu ombro e pede que eu a acompanhe na respiração. — Você está indo bem! Só precisa se acalmar mais, tudo bem?

Eu assinto.

— A próxima entrevista será gravada, as meninas estão em intervalo no estúdio e na volta vão analisar por alguns minutos os looks de algumas celebridades. Então, não se preocupe se errar, a edição cuida disso. — Ela recoloca o ponto no ouvido. — Parabéns, você foi muito bem — diz e me abraça.

Meu coração parece que vai explodir, mas, após o seu elogio, consigo acalmá-lo um pouco. Fecho os olhos e me permito finalmente respirar como ela pediu.

— Não sei o que seria de mim se você não estivesse aqui — declaro e ela beija a minha bochecha.

— Eu que deveria estar dizendo isso — ela rebate e rimos em uníssono.

Volto para o palco e me preparo para a próxima entrevista.

O público à nossa esquerda grita de forma que eu não havia visto antes. Os fotógrafos parecem que estão na guerra e me viro, quase em câmera lenta, para ver Benjamin vindo em nossa direção, de mãos dadas com Vanessa.

Olho para a mão deles e em seguida para o seu rosto, ele, solta a mão dela e engole em seco, olhando-me surpreso, ou assustado.

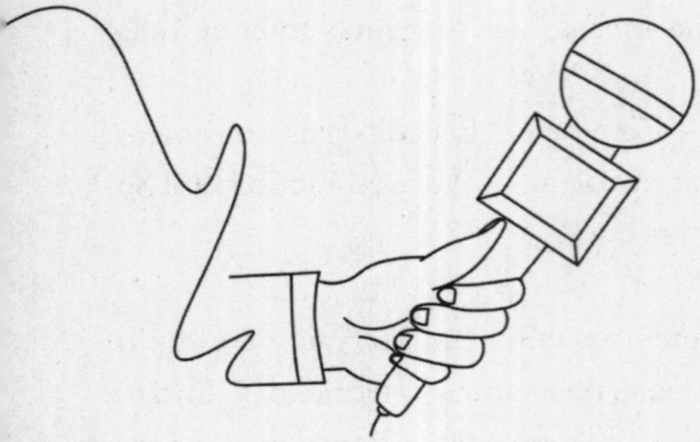

Capítulo 26

Os sentimentos que acesso no momento são estranhos. O clima do lugar de repente se torna pesado, desconfortável. Benjamin está com cara de quem vai vomitar e Vanessa, como sempre, está radiante como um raio solar que cai na terra e floresce dela uma flor mágica.

Ela acena para todos à sua volta, que gritam desesperadamente por vê-los enquanto Benjamin observa o nada. Eu o encaro, o sorriso se desfazendo à medida em que ele se recusa a olhar nos meus olhos.

O que está acontecendo? Está com medo? Entendo que não pode ser visto comigo e eu também não quero isso, mas por que ele está tão incomodado?

Também compreendo que estamos ambos trabalhando e não dá, de forma alguma, para ter conversas íntimas e nem beijos e abraços, porém não olhar nos meus olhos ou nem sequer me cumprimentar direito, é escroto *pra caralho.*

Vanessa está com um vestido que me lembra a Cinderela e seu cabelo está preso em um coque loiro igual ao da personagem do desenho. O tecido brilha tanto que parece que um quilo de *glitter* azul caiu em cima dele e se transformou em um maravilhoso vestido bufante feito por uma fada madrinha.

Ela está com um batom vermelho e seus olhos estão alinhados com um lindo delineado da mesma cor do vestido. Seu sorriso poderia ser visto a quilômetros daqui, e quase tenho vergonha de estar entre eles. Ela o olha como se ele fosse seu príncipe encantado e ele, bom, ele parece estar exercendo muito bem esse papel. Pois retribui, sorri e depois se vira, com o rosto sério para a câmera.

Um misto de frustração e desânimo me atinge de uma vez ao perceber que ele está me ignorando. Não quero saber que tipo de argumento ele terá para me esclarecer o que está rolando. Eu não serei tratada assim nem por ele, nem por ninguém.

— Estamos entrando em três, dois… — Luísa aponta para mim.

— Estamos de volta ao tapete vermelho do Oscar 2024 — comunico sorridente. — Estou aqui com os protagonistas de *Quando a Cura Chegar,* Vanessa Swan e

Benjamin Kalu. Obrigada por virem falar com a gente, pessoal. — Dou-lhes um sorriso. Mas apenas Vanessa retribui. — Como estão se sentindo com a nomeação nas categorias mais importantes da noite?

Pergunto para ambos, mas fitando apenas Benjamin. Vanessa se apressa em responder.

— Um sonho realizado, hoje é um dos dias mais importantes da minha vida — ela declara com entusiasmo.

Entendo, também é o meu.

Dirijo a próxima pergunta diretamente a Benjamin.

— Benjamin, o que você está achando de estar no Brasil para uma noite tão importante?

— Ah… — ele tenta falar, mas é interrompido.

— Eu estou adorando e estou, simplesmente, *apaixonada* pela cidade — diz Vanessa. — Benjamin me levou para ver o pôr do sol mais bonito que já vi!

Eu o fito imediatamente.

— Também fizemos um passeio pela cidade e foi incrível!

Benjamin parece ter visto um fantasma.

Vanessa chega perto o suficiente para estar muito próxima à *boca* dele e sorri. Meu estômago embrulha e engulo em seco, olhando para Luísa, que nos encara perplexa.

— Estou muito feliz por estarmos juntos em uma noite como essa, competindo juntos em categorias semelhantes pelo mesmo filme. Como o destino é, não é? — ela fala, sem dar espaço a ele.

— O destino é *fantástico*! — retruco com um sorriso petrificado e um pouco mais estridente do que eu gostaria.

Eu me sinto naqueles momentos em que o lugar mais barulhento que o personagem do filme está é silenciado e um som semelhante a uma microfonia é apenas o que ele escuta. Quando tudo ao redor parece se mover lentamente e o personagem está se movendo na velocidade normal.

Sinto-me assim quando Vanessa, ao terminar de falar, *beija* Benjamin.

Eu não tenho outra reação a não ser engasgar.

— Desculpa, eu… desculpa. — Tusso um pouco deixando o microfone bem longe da minha boca. — Desculpa, gente.

— Corta — Camila avisa.

— Você está bem? — Luísa vem se aproximando.

Benjamin tenta falar algo que não entendo. Ele diz o meu nome, mas não compreendo todo o resto da frase. Ele se esforça para chegar perto de mim e até vejo sua mão quase encostar no meu braço, mas involuntariamente fujo do seu toque e ele se recompõe.

— Ah, querida, está tudo bem? — Vanessa pergunta.

— Sim, perdão — garanto e me viro diretamente para Luísa. — Corta a parte que eu quase morro engasgada e refazemos esse final, tá bem? — Tento soar descontraída e sorrio.

Vanessa ri, dizendo estar aliviada que estou bem.

Benjamin tenta dizer algo novamente, contudo o corto na hora. Viro para a câmera e quando Luísa dá o sinal para que eu continue a entrevista, finalizo faltando mais uma pergunta.

— É com você, Vivian — digo olhando para a câmera.

Quando Camila grita *corta* novamente, solto todo o ar guardado nos meus pulmões.

— Naô... — ele fala, baixo demais para que qualquer outra pessoa, a não ser eu, possa escutar.

— Obrigada pela entrevista, sou muito fã de vocês — digo, ironicamente. — Vocês formam um casal lindo.

Fogo arde em meus olhos, a frase sai estridente, porém não tenho como raciocinar ainda. *Prefiro* não raciocinar ainda. Talia os tira do palco e Luísa lança um *Obrigada, já temos a entrevista* para Camila, que abaixa a câmera e conecta rapidamente o cabo do aparelho ao computador para enviá-la para a equipe de edição.

— Nai... você quer tomar uma água? Quer um tempo antes de continuarmos? — pergunta, preocupada.

— Lu, lidamos com isso mais tarde — respondo, séria. — Estamos trabalhando, qual será a próxima entrevista?

Tenho a péssima ideia de olhar na direção de Benjamin e o vejo, com as mãos na cintura de Vanessa, falando com outro repórter. Nossos olhares se encontram e é impossível decifrar seu rosto. Eu me viro de volta para Luísa, checando o banco de perguntas que ainda temos para os próximos participantes.

Eu lido com isso depois.

Quando termino outra entrevista, estou radiante. Conversei com as diretoras de *Quando a Cura Chegar*. Bella Thompson e Amani Pello, elas são as mulheres mais divertidas do mundo! Segurei o máximo de profissionalismo que consegui quando mencionam a química que Vanessa e Benjamin têm em tela. Não menti quando concordei, eles têm, *mesmo*.

Depois delas, entrevistei o elenco fofíssimo de *O Melhor Amigo de Charlie* e ainda fico chocada com a informação de que eles têm entre doze e quinze anos, e uma carreira em Hollywood de dar inveja. São muito simpáticos, mas a minha favorita foi a Charlotte, que interpreta a Mabel no filme, melhor amiga de Charlie. Ela foi extremamente fofa e educada, mas todos os quatro são muito receptivos e eu precisei me agachar para entrevistá-los, o que deixou a nossa entrevista ainda mais fofa.

Luísa falou que os diretores amaram isso, porque a internet está compartilhando muitos *feedbacks* positivos sobre a minha entrevista e meu coração se entorpece de animação.

Porém, o assunto mais falado do momento é sobre Benjamin e Vanessa.

— Você tá arrasando, Nai! Olha o seu índice de aprovação. — Ela me mostra o iPad com sessenta e um porcento escrito na tela.

— Minha nossa! — Damos pulinhos juntas.

Paro uns segundos para respirar ar puro e dar uma olhada ao redor. O lugar está caótico e parece estar mais lotado. Tem pessoas correndo para todos os lados, muitos *flashs* e espaços apertados, mas eu tô *amando* isso.

Refaço alguns *takes* iniciais e me preparo para entrar ao vivo novamente para conversar com Vivian e seus convidados. De antemão, Luísa me confirma que ela vai me perguntar sobre os artistas que entrevistei e conversaremos por exatos três minutos e meio.

— Naomi — Vivian fala meu nome errado, mas relevo. — Que festa linda está acontecendo aí.

— É mesmo, Vivian — concordo alegre. — Todos os artistas indicados ao Oscar dessa noite estão se reunindo em nossa cidade e isso é mais do que histórico.

— Ô se é. — Ela ri.

O ponto falha um pouco e eu coloco a mão nele enquanto sorrio com o microfone perto da boca. Luísa percebe e aumenta um pouco o áudio.

— Qual foi a entrevista mais impactante da noite?

— Com certeza o nosso último bate-papo foi *bastante* impactante. Ver *Benjamin Kalu* e *Vanessa Swan* de perto? Nossa! Eles ficam lindos juntos — mordo a bochecha. — São os favoritos para levar o prêmio.

Ela direciona a mesma pergunta para a Valentina, que concorda entusiasmada, e conta que está torcendo por eles. Ela também fala um pouco sobre a performance de ambos no filme e todos no estúdio concordam.

Quando finalizamos mais esse *take*, tenho quinze minutos de folga. Desço do palco e deixo o microfone na mesa.

— Nai...

— Agora não, Lu — exaspero. — Deixa pra quando chegarmos em casa.

Ela assente e me abraça.

Não sinto nada nesse momento, e também não quero sentir. Estou realizando um sonho e é hora de focar nele, apenas nele.

Quando estivermos em casa, talvez eu até pare para tentar entender o que está acontecendo. Será que ele estava no Brasil ontem e não me avisou, com ela? Quem sabe tenha passado todo esse tempo ao lado dela e nunca sequer tenha saído do país. Ou talvez tenham rido juntos quando ele ligou para a otária aqui, enquanto eu dizia que estava com saudades. Podem estar rindo até agora. Bom, talvez ela nem saiba. Mas não vou deixar que isso me consuma, de jeito nenhum.

— Vou ao banheiro — comunico à equipe.

— Você tem quinze minutos — avisa Luísa.

Eu assinto e saio à procura de um banheiro. Seguro o vestido para que não arraste no chão e passo o olho por todas as entradas possíveis. Quando finalmente observo uma placa entre a entrada dos fundos e a da imprensa, corro até lá. Há um segurança na frente da escada, grande como um armário, com a pele negra como a minha, e careca. Ele está de óculos escuros e uma cara de poucos amigos. Tento passar, mas ele me barra.

— Este andar é apenas para os talentos.

Olho no relógio, treze minutos.

— Por favor! Eu não tenho muito tempo, sou da EGB. — Mostro o meu crachá. — Sou da imprensa — imploro. Estou prestes a fazer xixi nas calças. — Vou apenas no banheiro, e parece que esse — aponto para a placa que consigo ver aqui de baixo — é o mais próximo.

— Somente talentos. O banheiro da imprensa é do outro lado do evento.

— Ok… Roger! — Olho em seu crachá. — O que você quer? Faço qualquer coisa! Por favor, eu *preciso* voltar pro ao vivo logo e *preciso* fazer xixi.

— Pode deixá-la passar — ouço a voz *dele* e me viro.

Benjamin está parado a alguns passos de mim. Ele vem em minha direção, mas Roger já abriu caminho. Subo as escadas na velocidade que consigo com esses saltos e ouço sua voz me chamar, todavia entro no banheiro feminino rápido demais para que ele possa me alcançar.

Entendi porque ele estava lá fora. Não estava me procurando ou tentando falar comigo... está esperando Vanessa, que conversa alegremente com Palmer James em frente à pia. Eu dou boa tarde e entro na primeira cabine que vejo. O papo entre elas cessa por um momento, em seguida, retorna mais alto.

— Pois é! Ele me levou para uma vinícola incrível aqui no Brasil.

Minha garganta fecha.

— Garota! Ele é *tão* romântico — Palmer fala, com um sotaque pesado, acho que ela é da Austrália.

— Não é? Depois, conheci o Pelourinho e o Lacerda Elevador. Por fim, vimos um lindo pôr do sol em uma praia… esqueci o nome… mas tinha um farol enorme.

O quê…

Pego um pouco de papel higiênico e limpo as lágrimas que escapam dos meus olhos sem a minha permissão. Preciso sair daqui, mas ela continua falando e eu estou me torturando enquanto escuto, mas também sou fofoqueira e quero escutar cada detalhe.

— Eu nunca imaginaria que ele compraria uma casa logo no Brasil — Palmer exclama.

— É, né? Acho que ele me ouviu falar tanto o quanto eu queria passar mais tempo aqui que…

Saio do box e dou de cara com elas.

— Ah! Você é a repórter da EGB, né? — Vanessa pergunta.

— Sim, eu sou — respondo ríspida.

— Uau, ok, Palmer, essa é a…

— Naomi.

— Exato! Ela trabalha naquele programa aqui do Brasil que comentei. — Ela vira de Palmer para mim. — Não vejo a hora de te encontrar por lá!

Lavo minhas mãos e pego a toalha de pano disponível em cima do granito branco para secá-las. Não respondo.

— Eu e Benjamin iremos lá para sermos…

— Desculpe — corto-a. — Sou apenas temporária.

Digo rápido demais e saio do banheiro.

Estou no primeiro andar, na varanda do palácio e o mar, iluminado pela *golden hour*, sorri para mim. As janelas de vidro do Elevador Lacerda, logo ao lado, também estão iluminadas e talvez essa seja a vista mais bonita que eu já vi na vida.

Benjamin aparece na minha visão periférica. Ele me chama, mas eu o ignoro, indo em direção às escadas.

— Naomi! — Benjamin chama com firmeza.

Apenas viro para trás e o encaro. Ele abre a boca para falar, entretanto logo vê Palmer e Vanessa saindo e se cala. Foi o que pensei.

Três minutos, merda.

Corro de volta para o palco e Luísa me dá alguns segundos para fazer mais algumas gravações e postar nas redes assim que chego.

As visualizações estão acima da média e muita gente interage com os posts. Também fiquei sabendo que nossa *hashtag* no Twitter, X, sei lá, está bombando e as pessoas estão amando a minha performance como repórter.

— E Bruna? — pergunto preocupada.

— Acabei de voltar da sala de imprensa, ela já está bem, pediu pra você continuar. Ela está adorando ser paparicada e disse que lá tem sofá confortável, comida e ar-condicionado.

Gargalhamos juntas.

Dou mais uma olhada ao meu redor e tiro uma *selfie*, enviando novamente no grupo da família. Tem mais de cem mensagens, lerei depois.

Julia Roberts acabou de passar por mim e quase tenho um infarto. Estou vivendo o meu próprio *Notting Hill*, gostaria de conhecê-la, mas parece que ela tem exclusividade com outros veículos. Contudo, vê-la de perto é a realização de um sonho.

Entrevisto mais alguns artistas e são quase sete da noite quando todos entram no palácio para esperar pelo começo da cerimônia.

Eu me sento na beira do palco e tiro o salto que ganhei da Clair. Amacio meus pés que estão ardendo e pulsando de dor.

Agora só sobrou os jornalistas e equipe do lado de fora. Todos os veículos estão se recolhendo em direção à sala de imprensa para assistir à premiação. Luísa e Camila estão guardando as coisas e eu lhe entrego o microfone que usei.

— Vá indo, Mila — Luísa diz. — Eu já lhe encontro lá.

Luísa senta ao meu lado.

— Nai, o que é que está acontecendo?

— Eu também quero saber.

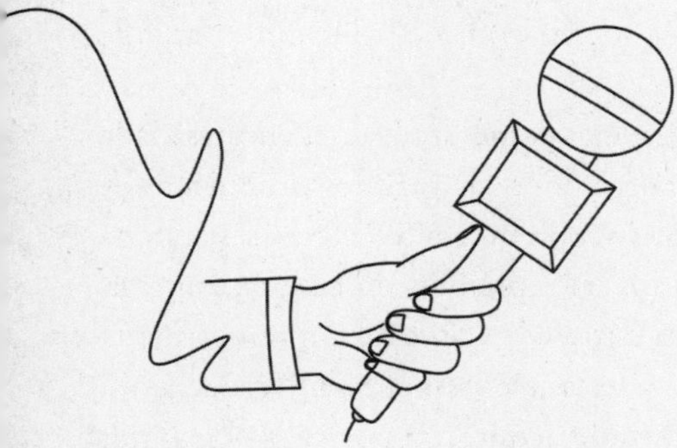

Capítulo 27

Benjamin - *Sábado*

— Benjamin, você não está entendendo — explica Hanna. — Ele vai te expor da forma mais suja possível! Ele tem fotos! Ele vai distorcer essa história da *pior forma possível.* A Marvel foi bem clara sobre o envolvimento com polêmicas. Não vão contratar um *cancelado*.

— E como é que eles sempre descobrem coisas que seriam impossíveis de saberem? — pergunto, mas ninguém responde.

Há dois dias o estúdio recebeu de uma empresa jornalística independente do Brasil fotos minhas com Naomi. Imagens nossas em quase todos os lugares que fomos – menos na vinícola, graças a Deus –, no dia em que velejamos, eu saindo com ela na noite em que voltamos de Feira de Santana, na boate, a gente chegando e saindo do restaurante da amiga dela e até… algumas dos momentos mais íntimos no meu apartamento.

Eu não sei como conseguiram tirar essas fotos. Jonathan e uma equipe especializada já estão investigando. A única informação que temos é que foi tirada do prédio ao lado.

Não consigo respirar a cada imagem íntima que Alan mostra através da chamada de vídeo. E tudo isso para quê?

— Se forem os desgraçados do Studio Gilbert…

— Também pensei nisso — Alan afirma. — Meu pessoal já está investigando isso. Benjamin…

— O que eles querem? Além de transformar a minha vida em um inferno, claro.

Já tem alguns anos que o *Studio Gilbert* tenta nos derrubar. A *Metheory Pictures* é uma das maiores produtoras de Hollywood hoje em dia e Stefan Gilbert não consegue aceitar que está em segundo lugar. Eles fazem filmes que geram milhões em receita, mas nós fazemos mais e isso os incomoda.

Apesar de não termos provas, Alan tem quase certeza de que foram responsáveis pelo boicote de *Ame-a, Carter*, em 2014. Um dos filmes que Alan mais investiu grana e uma das primeiras produções que participei apenas como coadjuvante, fazendo aparições em cenas aqui e outra ali.

Stefan e Alan cresceram juntos na indústria, eles começaram uma empresa lado a lado em 1977, tinham o objetivo de um dia ser uma das maiores produtoras de filmes de Hollywood. Nunca foi revelado o motivo, porém, em 89, eles se separaram.

Ambos se adaptaram à Hollywood e têm diversos prêmios do cinema em casa. Contudo, sempre houve uma rixa entre os dois estúdios. Alan e Stefan nunca foram vistos no mesmo lugar juntos. Nunca na mesma festa, na mesma premiação...

Há quem diga que o rompimento da amizade aconteceu por causa de Linda Turner, que namorou Stefan nos anos setenta e anos depois começou a namorar Alan. No entanto, Alan nunca vai admitir, mas, às vezes, acho que essas fofocas têm fundamento. Que outro motivo eles teriam para virarem inimigos mortais e recomeçar do zero depois de ter uma empresa que já estava dando certo?

Bom, o meu problema com o estúdio é o *Amauri Trayder.* Nossa "competição" começou nos anos dois mil. Amauri fazia parte da *Metheory* e sempre teve os melhores papéis. Quando cheguei, Alan viu um grande potencial em mim e acabei recebendo algumas oportunidades que Amauri aparentemente queria. Não me leve a mal, Amauri é um cara branco, privilegiado, padrão e básico, que tem metade do meu talento e sempre acha que está acima de tudo e todos.

Eu não tenho tempo para lidar com gente assim e nunca respondi às suas provocações. Nem irei. Ele teve uma briga séria com o Alan e o fez escolher. Bom, o resultado já sabemos.

Nossos filmes estrearam este ano na mesma semana e estão liderando as salas de cinema – o novo *Barbienheimer* –, a imprensa faz questão de incitar essa disputa ridícula e os filmes têm faturado milhões e ainda estão sendo exibidos. A nova fofoca que está rolando por aí é que ele também fez teste para o personagem da MCU e bom…

— Isso é absurdo, eles invadiram a minha privacidade! Isso pode ficar assim — esbravejo. — Essas fotos não podem vazar apenas por serem íntimas, mas porque Naomi está conseguindo trilhar seu próprio caminho profissionalmente e isso pode… Nem quero imaginar o quanto pode atingi-la. Conhecemos a mídia!

— Benjamin. — Hanna chama a atenção. — O que importa nesse momento é você. Eles jogaram sujo!

— Foda-se! Ela é mulher, caso você tenha esquecido. Isso não vai atingi-la muito mais que a mim.

— Não é só isso — Alan pontua.

Tento segurar a raiva durante tudo que Alan conta. O tal jornalista se chama Leonardo Antônio, ele tem uma rede de perfis de fofoca que agem mais especificamente no Brasil, entretanto tem sócios por todos os países, até mesmo nos Estados Unidos.

Não temos provas de que eles estão nos ameaçando, mas vamos conseguir e eles irão parar na cadeia.

Eu e Amauri temos um passado. Tentei entendê-lo, ser seu amigo, porém em todas as ocasiões que ele podia falar mal de mim na mídia, ele o fazia. Houve vezes em que os veículos foram obrigados a apagar a entrevista com ele ou foram processados por calúnia.

Amauri sempre me odiou. Sempre disse que esse não era o meu lugar. Que *pessoas como eu não* mereciam estar nesse espaço e se estivéssemos em séculos diferentes... bom, não vou repetir. O que posso afirmar é que, nesse dia, ele saiu do estúdio com a promessa de acabar com a minha carreira e uma cara deformada.

— Processe-os! Eu os quero na cadeia, Alan! Eles estão me ameaçando e ameaçando a minha namorada!

Chamá-la de minha namorada provoca sensações em mim que nunca senti antes.

Hanna me olha, chocada.

Alan tira os óculos redondos e suspira.

— Não posso...

— O quê?

— Benjamin... — Hanna começa. — Eles têm muitos podres do estúdio, não sei como descobriram, mas eles têm muita gente na mão. Se você pelo menos deixar...

— É sério isso, porra? — Bato as mãos na mesa. — E qual é a minha outra opção, então?

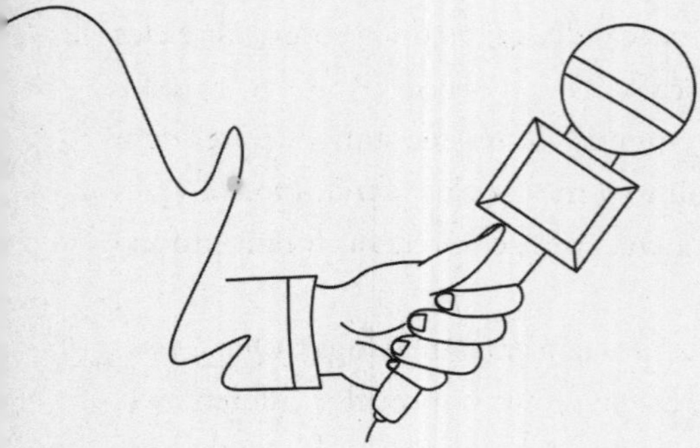

Capítulo 28

Chego à sala de imprensa e fico admirada com o lugar. Ela é ampla e tem pelo menos duzentas pessoas espalhadas. No fundo há um telão que toma quase toda a parede e exibe o logo do Oscar, deve ser por lá que iremos assistir a transmissão da premiação daqui a trinta minutos.

As pessoas estão divididas entre grupos de conversas por todo o canto. Fico impressionada com a vista privilegiada da cidade através da janela de vidro que vai do chão ao teto e as cortinas pesadas encostadas nas extremidades.

Adoro o fato de que toda a decoração da sala remete ao Oscar.

As enormes estátuas também fazem parte da decoração, assim como uma parede toda dedicada às premiações nos anos anteriores, demonstradas através de quadros de tamanho A3 e lindas molduras douradas. Muitos jornalistas se revezam para produzir conteúdo ou apenas tirar fotos.

Bruna já está por aqui, um pouco ao fundo, acenando para nós. Caminhamos até ela cumprimentando as pessoas educadamente.

Sento na banqueta preta e giratória e agradeço aos céus por ter um encosto grande o bastante para me deixar confortável. Suspiro, jogando para fora todo o cansaço que estava segurando. Os garçons estão passando bem ao fundo da sala com bebidas e alguns aperitivos, que ainda não consegui identificar, e torço para que cheguem do nosso lado, pois estou morrendo de fome.

— Garota! Você arrasou — diz Bruna levantando as mãos para mim.

— Obrigada — agradeço, sorrindo.

— Fiquei assistindo a transmissão daqui e você é um talento.

Ela faz uma dancinha de seu lugar e sorri de volta.

— Eu te disse, Bru! Falei que qualquer imprevisto teríamos a Nai por aqui. — Luísa pisca.

Olho para Luísa, surpresa.

Então eles estavam contando comigo desde o início como substituta da Bruna? Sinto-me orgulhosa e satisfeita com o que fiz hoje. Eu realizei um dos maiores sonhos da minha vida. Na verdade, estou realizando. Estou numa sala privada cheia de jornalistas do mundo inteiro enquanto espero o Oscar começar depois de ter entrevistado muitos atores e *até* os nomeados. Usei todo o meu inglês – e um pouco do espanhol também – e tentei me concentrar ao máximo no que os artistas falavam. Confesso que perdi algumas palavras, outras eu pesquei pelo contexto da frase, mas, no geral, falei bem e consegui guiar as entrevistas de uma forma legal, acho.

No caminho até aqui, Luísa me contou que Miguel está muito satisfeito com a minha performance e que fui elogiada inclusive pela própria Vivian. Todos os produtores gostaram da forma como conversei com os artistas, como se fosse amiga deles. Meu coração está tão radiante que por um momento esqueci do assunto *Benjamin*.

Enquanto Bruna e Luísa conversam animadamente sobre algo envolvendo os filmes indicados esta noite, passo um olho pela sala e tento guardar cada pedaço do que estou vendo aqui, na memória.

Congelo quando vejo Mandy Brandon do outro lado da sala. Ela é a minha outra referência preta dentro desse universo jornalístico. Uma das maiores influências da internet que faz críticas de cinema em seu canal do YouTube e eu amo a forma descontraída e leve que ela critica, sem dó, os lançamentos do cinema. Adoro assistir aos vídeos em que ela comenta os filmes *frame* por *frame* de forma sarcástica e irônica. Sempre me tira boas risadas.

Peço licença às meninas e vou até ela, timidamente, porém espero ela terminar de falar com uma outra repórter e lhe dou um sorriso. *Graças a Deus ela retribui.*

— Oi, Mandy! Me perdoe a intromissão, eu vim até aqui pra dizer que sou uma grande fã e você é uma inspiração para mim.

— Oh, meu amor! Fico muito grata por saber. Obrigada mesmo!

— Podemos tirar uma foto? — peço, timidamente.

— Claro. — Ela sorri de orelha a orelha.

Levanto o meu celular e faço uma *selfie*.

— Não foi você que fez uma entrevista em suaíli com o Benjamin Kalu?

Minha nossa, *ela viu.*

— Fui... fui eu, sim!

— Garota, você arrasou — ela me elogia. — Onde você aprendeu a falar tão bem a língua? Estou tendo aulas, mas, às vezes, algumas palavras são muito difíceis.

— O meu pai me ensinou quando criança, então tenho como uma segunda língua.

— Uau! Isso é incrível, eu preciso mesmo falar mais com alguém para treinar, sabe? Você toparia?

Meu corpo fica mole e eu espero que ela não tenha notado o meu olho esbugalhado. Não sei parar de sorrir.

— Wazi![30] — concordo, rindo.

— A… — ela tenta se lembrar. — asan.. *Asante*!

— Isso! — parabenizo, animada.

Então, ela pede o meu contato e eu soletro os números para que ela possa me dar um oi qualquer dia desses. Mandy Brandon tem, *simplesmente*, o meu contato salvo em seu telefone. Dá para acreditar nesse dia?

Despeço-me dela rapidamente e volto para a mesa.

— Toma, pedi pra você. — Luísa me entrega um copo com um líquido preto impossível de identificar o conteúdo.

— O que é isso? — pergunto enquanto cheiro o copo e o afasto na hora. — Não vou beber isso.

— Beba, irmã! É de graça.

Alguns minutos depois, o barulho da sala cessa e percebo que a premiação começou. Todos vamos para o fundo e nos sentamos dispersos em poltronas, cadeiras e sofás espalhados na área.

Bruna, Luísa e eu sentamos no sofá um pouco afastadas da multidão e encaramos Lázaro Ramos entrando no palco, saudando o público de casa e os convidados, falando um lindo inglês com um toque de sotaque baiano.

Seu monólogo é impecavelmente bem-feito e engraçado.

Lázaro brinca com a decisão da academia de fazer o Oscar em Salvador e expõe vários comentários de pessoas que odiaram isso. A forma como essa narrativa foi construída faz a minha barriga doer de tanto rir.

Quando ele se senta ao piano e um grupo de seis mulheres negras entra para cantar, a imagem de Gilberto Gil aparece nos telões e a música "Aquele Abraço", em uma versão mais lenta, começa a tocar.

A performance é linda e logo a câmera mostra Gilberto na primeira fileira, ao lado de sua família, acenando.

— Que noite, Salvador! Nunca imaginei que veria Cristina Mota conversando com Andrew Benson! Acho que agora você desencalha, Cris — a galera explode em risadas. — Te amo.

Quando a câmera principal volta para ele, Lázaro sorri.

— Vamos direto ao ponto. Essa noite estamos celebrando uma premiação histórica, uma premiação que olhou para a nossa cidade e disse: *É, vamos fazer acontecer*

30 Claro.

do lado de lá, esses artistas precisam de um bronze. — Todos na sala riem, assim como a plateia. — E cá estamos… uau!

Ele caminha pelo palco e a câmera muda, exibindo o teatro lotado.

— Isso é um absurdo! — exclama alguém nos fundos quando vemos *A Nona Estrada* levar o prêmio de melhor roteiro.

Luísa me questionou duas vezes sobre o porquê estou quieta. *Quando a Cura chegar* levou os prêmios de melhor figurino e trilha sonora e até fiquei feliz, comemorei como o resto da sala, mas, de repente, todo o ambiente ficou sufocante demais e eu só queria ir para minha casa.

Talvez seja a minha bateria social que se esvaziou ou o cansaço, ou porque não quero vê-lo na tela. Lázaro brincou com ele e a câmera o fitou por alguns segundos. Lindo, perfeito e sexy o bastante para eu ouvir comentários de como ele é lindo. Não consigo evitar ficar com ciúmes quando Vanessa entra no quadro ao lado dele, é impossível controlar.

Logo, Lázaro chama sua esposa para anunciar o vencedor da próxima categoria e Taís Araújo aparece majestosamente. Ele vai ao encontro dela e lhe dá um beijo terno na mão. Ela sorri para ele e logo se dirige para o centro do palco, onde o microfone está.

— Obrigada — Taís diz quando os aplausos cessam e a plateia fica em silêncio. — Esse ano grandes estúdios nos agraciaram com filmes incríveis. Cinco atores que deram tudo de si para entregar a melhor atuação de suas vidas e, bom, estão aqui. — Ela pausa um segundo para receber mais aplausos. — Uma história que nos mostra que pegar o caminho errado pode trazer consequências inimagináveis. A outra, nos diverte ao contar sobre um amor e companheirismo até quando… se rouba um banco em conjunto. — A plateia explode em risadas. — Uma emoção ao morrer e reencarnar em um outro alguém para salvar o planeta e, por último, o significado de sacrificar sua própria vida pelo bem da humanidade. — Ela faz mais uma pausa. — Senhoras e senhores, aqui estão os indicados a melhor ator.

Perco o ritmo da respiração quando as imagens começam a passar na tela. Primeiro, a foto de Jorge Fernandez em uma cena de *A Nona Estrada* e a voz da narradora gringa falando o nome do filme em inglês. Logo, Amauri Treyder aparece na tela, ele está indicado por *Amantes do Crime*. Park Jin Sung por *A Próxima Vida de Leon* aparece em seguida e, por fim, Benjamin.

A imagem dos atores, tiradas de seus filmes, são substituídas segundos depois pela cena dos atores ao vivo na premiação. Quando percebem que estão sendo filmados, sorriem para câmera, enquanto batem palmas junto com o restante da plateia.

Benjamin, por sua vez, parece incomodado. Está com o maxilar travado e sério ao aplaudir.

Ele apareceu em uma foto que valoriza muito bem sua imagem na cena que reconheço ser quando ele acha o esconderijo do pai, que é o verdadeiro assassino. Nunca vou me esquecer de como foi chocante não só pelo *plot twist*, mas pela forma do seu olhar, após perceber que o assassino que ele passa o filme procurando, na verdade, é o seu próprio pai.

A tela, com as imagens dos cinco candidatos, some em *fade-out* e Taís Araújo volta a aparecer. Quando os aplausos cessam, ela começa a falar no microfone.

— E o Oscar vai para...

Ela abre o envelope dourado, sorri, e fala.

— Amauri Treyder, por *Amantes do Crime*.

Amauri aparece na tela e se levanta em meio a aplausos. Ele está na primeira fila e abraça uma mulher branca de vestido bege. Abraça também um senhorzinho de idade com uma gravata-borboleta e se dirige ao palco, subindo dois degraus por vez.

Taís lhe entrega a estatueta de ouro depois que se abraçam e vai para a lateral, como deve ter sido orientada.

Estou devastada.

Aquele prêmio deveria ter sido dele.

Não importa o que eu esteja sentindo por Benjamin neste momento, ainda assim, sei que aquele prêmio deveria ser dele. Ele era o favorito da noite para leva-lo e o vencedor não chega a seus pés.

Amauri veste um terno preto com gravata bege, combinando com a mulher que ele abraçou na plateia. Ele é loiro e tem olhos muito azuis, é bonito, não posso negar, porém nem de longe chega à beleza de Benjamin. Falta-lhe melanina.

— Como pode ser tão lindo assim? Não existe outro mais lindo! — uma jornalista que reconheço ser de um veículo de notícias de Hong Kong exclama.

É mole?

— Isso não está certo — reclama Luísa. — Como que ele ganhou esse prêmio? Só pode ter sido comprado! O filme dele é o que menos merecia ganhar!

Ela está puta da vida, tão nervosa que uma veia de sua testa salta para fora.

Luísa odeia Amauri, e com razão. Ele tem uma reputação péssima e há boatos de que bateu em sua namorada atual. Eles desmentiram tudo, claro, mas o acho nojento. Além de sempre dar declarações absurdas sobre mulheres, ele é um puta de um misógino racista que Hollywood passa pano.

O resto da cerimônia foi acontecendo enquanto Luísa e eu levantamos para comer. Tomei um pouco de vinho e parei assim que me senti tonta.

Luísa está firme no refrigerante. Eu ataco os docinhos e, quando me viro, um garoto alto que aparenta ter seus 20 anos, com a camisa preta escrita *"Staff"* nos intercepta.

— Olá, com licença. — Ele sorri. — Você é Naomi Castro?

NaÔmi.

— Sou, sim — afirmo educadamente.

— Você foi convidada para o *after* do evento que acontecerá às duas da manhã. Será em um restaurante flutuante localizado no Bahia Marina e as vans para o local começam a circular a partir de uma e meia. Você pode levar mais um acompanhante, basta usar as pulseiras dentro do envelope. Divirta-se!

Agradeço e ele logo some de vista.

Luísa se engasga com o pãozinho. Ambas estamos com os olhos arregalados encarando o envelope vermelho que tem duas pulseiras pretas com o nome *Vip After Oscar* em dourado.

— Nossa… — Não sei o que dizer.

— Naomi, nem em meus sonhos mais impossíveis eu imaginaria que a gente seria convidada para o *after,* put…

— Eu não vou — declaro, rápido.

— Você tá maluca? Pirou? Todas as celebridades, comida de graça, *um restaurante flutuante na Marina*, ah você vai!

— Leva a Camila com você!

— Naomi, você tá vendo Camila aqui?

— Não…

— Pois é! Ela voltou pro estúdio, está editando o resto das filmagens de hoje, ou seja, trabalhando. Nós — ela aponta para nós duas — não estamos trabalhando. *Nós* — aponta novamente — fomos convidadas para a festa mais exclusiva do ano e você não quer ir! É por causa de…

— Xiiiiiii! — Coloco a mão em sua boca. — Não ouse falar o nome dele nessa sala cheia de jornalistas.

— Desculpa, você não quer ir por causa do *senhor sem nome*? Me poupe viu, mulher! *Reaja*! Não foi você mesma que tem dito a tarde inteira para deixarmos esse assunto para depois? Você vai se divertir, *sim!*

— E você não está cansada? — indago, franzindo a testa.

— Eu? Cansada? Jamais! Cansada eu estarei quando sairmos dessa festa e…

— Tá! Já entendi! A gente vai. — Dou o veredito e ela pula.

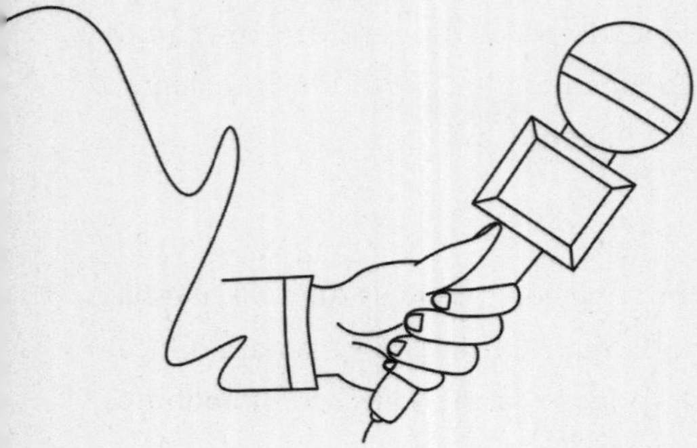

Capítulo 29

São quase duas da manhã quando chegamos ao *after* do Oscar.

Ao after do Oscar!

Em que momento da minha vida imaginei que diria tais palavras?

Abri o grupo da família no caminho e li todas as mensagens segurando o riso ao máximo para que as outras pessoas, que também estão dentro da van, não me achassem doida.

Meus pais vibram a cada nova imagem que envio. Fiz questão de tirar várias fotos minhas, do ambiente, das meninas e até um *print* meu no palco, entrevistando a galera.

Minha mãe é a primeira a mandar emojis chorando e falando o quão orgulhosa está de mim. Marco enviou vários *prints* de amigos nossos, vizinhos e pessoas aleatórias que postaram uma *selfie* comigo na TV. Abri um sorriso genuíno ao ver todo o carinho da minha cidade, estou mais do que grata e feliz pelo apoio de todos. Que sonho!

Descemos da van e logo me deparo com o deque que nos leva até o restaurante.

O bar flutuante tem pisos de madeira e todas as paredes são completamente abertas, sem nenhum espaço para janelas. O teto é enfeitado com milhares de rosas e há mesas e cadeiras para todo o lado. Cadeiras que parecem de cristal ou acrílico, assim como as mesas de madeira escura cheias de pratos, copos e talheres que parece que estamos prestes a jantar com a Rainha Elizabeth.

Há garçons por todos os lados e eu nem sei quando foi que Luísa pegou o acarajé que ela segura.

— Quer? — ela oferece, já dando uma mordida.

Nego.

Há muitos artistas. Jamais imaginei que veria Denzel Washington em Salvador e aqui está ele, em um papo animado com ninguém mais, ninguém menos que a rainha de Wakanda, Angela Bassett. Eu só posso estar sonhando.

— Não acredito que estou na presença da própria *Olivia Pope*.

Luísa aponta para a Kerry Washington e eu engasgo. Minha nossa, como ela é linda!

Tento disfarçar e não encarar muito para não a deixar desconfortável, mas é quase impossível olhar para todos nessa festa sem sentir um frio na barriga. Passei anos assistindo a essas pessoas e torcendo por elas quando concorriam a prêmios. Vendo todas as notícias nas redes sociais e sonhando em um dia poder pelo menos conhecê-las. Agora estou aqui, na mesma festa que elas, como se fosse uma igual, fingindo costume.

Passo por eles ao lado de Luísa e recebo alguns sorrisos quando educadamente lhes dou boa noite. Luísa notou que uma das últimas mesas estão vazias e é para lá que vamos.

Já devo estar na minha quarta taça de champagne quando decido parar. Estamos envolvidos em uma conversa com alguns produtores de filmes independentes e aspirantes a atores. Eles falam incisivamente sobre o quão difícil é fazer cinema em Hollywood. Quando o assunto muda, decido ir ao bar pedir uma água, ou um refrigerante. Parei de beber, mas ainda estou com sede.

O barman conversa animadamente com duas mulheres sentadas no bar e eu fico no lado que não tem ninguém, para não atrapalhar. Sento-me no último banco e ele sorri para mim, avisando que em um segundo irá me atender. Eu assinto e brinco com o pote de palitos de dente quando ouço uma voz rouca e um sotaque inglês ao meu lado. Quando me viro, Amauri Trayder está me lançando um sorriso.

Argh!

— Prazer, sou Amauri. — Alarga mais o sorriso e estica as mãos para mim. — Você é…

Olho para ele séria e aperto sua mão.

— Naomi — cumprimento, profissionalmente. — Parabéns pelo prêmio.

— Ah, muito obrigado, Naomi! Duas Gin Tônicas, por favor — ele pede ao *Barman* e eu me apronto para também fazer o meu pedido.

— Boa noite, eu vou querer um refrigerante — informo, tentando finalizar a conversa.

Amauri se vira para mim.

— E a nossa Gin Tônica?

Te pedi alguma coisa?

— Vou beber apenas refrigerante, obrigada.

— Por quê? Não quer me acompanhar só nessa?

Seu inglês é meio embolado, talvez pela bebida, mas quase não consigo entendê-lo.

— Desculpe, eu…

— Ela disse que não está bebendo. — Ouço uma voz firme ao meu lado.

Amauri alarga ainda mais o sorriso e seus olhos brilham com um divertimento macabro.

— Ora, ora — Amauri diz, quase cantando.

Benjamin está parado ao nosso lado. Encara Amauri com uma certa raiva no olhar, como se fosse esganá-lo a qualquer momento.

— Benjamin! Como é bom te ver, meu amigo. — Amauri levanta e o abraça.

Benjamin continua parado.

— Sinto muito pelo prêmio, quem sabe no ano que vem?

— Naomi — Benjamin se dirige a mim. — Podemos conversar?

— Ah, não, Benjamin! Eu e a *Naiomi* já estávamos conversando, não seja mal-educado. — Ele revira os olhos. — Não é, *baby*?

Benjamin flexiona o maxilar.

Que cara ridículo.

Amauri vira para o bar e pega as bebidas que pediu, entregando-me uma delas.

— Ela já disse que não está bebendo. — Benjamin rosna.

— E eu já pedi para você não ser mal-educado! Estamos tendo uma conversa aqui.

— Eu sei me defender, obrigada. — Olho para Benjamin e depois me viro para Amauri. — Obrigada pela bebida, mas como informei antes, não tenho interesse.

Benjamin me encara, suplicando com os olhos. Porém não estou afim de ouvir absolutamente nada que ele possa ter a dizer neste momento. Quero apenas que me deixe em paz.

Não consigo acreditar que fui tão ingênua! Como pude pensar que o ator mais famoso do mundo realmente queria algo comigo? Fui apenas uma distração, nada além disso. Que estupidez a minha! Será que estou tão carente a ponto de não ter percebido que tudo não passava de uma farsa?

— Obrigada. — Pego a lata e o copo com gelo que o *barman* me entrega.

— Naom…

— Benjamin, Benjamin. — Amauri segura seu ombro e ele se afasta com rapidez. — Não vai nos atrapalhar, né? Onde está a sua namorada?

Não ouço o que Benjamin fala, ele apenas sai e Amauri se põe ao meu lado.

— Até mais. — Levanto-me.

Saio da mesa, indo em direção à Luísa.

Ninguém parece estar olhando ou se importar que estamos conversando baixinho. Não vejo câmeras ou qualquer tipo de *flash* sendo disparado, somente dos fotógrafos oficiais da festa. Não há muitos jornalistas para registrar o que estamos fazendo então, fico aliviada de não ter chance de ser alvo de fofocas no Twitter amanhã de manhã.

Benjamin está do outro lado da festa, conversando com um grupo de pessoas. Vanessa está grudada em seu pescoço e isso faz meu coração doer, doer *mesmo*.

Eu não sabia que corações podiam ter qualquer dor física, como bater o dedinho na quina de um raque.

Benjamin enrijeceu a postura quando percebeu que eu estava olhando para eles e seu rosto tem uma expressão inexplicável. Viro novamente para o grupo de pessoas em minha volta e quando foi que o assunto se tornou *o cinema mudo de Paris?* Decido ir embora.

— Você quer que eu vá com você? — Luísa pergunta, preocupada.

— Claro que não! Faz o teu *networking* aí. — Sorrio. — Eu preciso muito dormir, você vai pra casa hoje?

— Marco vem me buscar — ela conta. — Mas posso dormir lá amanhã.

Eu assinto e a abraço, despedindo-me.

Saio do restaurante indo para a área principal e me encosto na parede para esperar o carro que já está a dois minutos. Abro o Instagram da empresa e vejo que os *stories* triplicaram de visualizações.

No Twitter, ganhei quase seis mil seguidores. Uau, a galera de fato gostou da minha entrevista, eu estava tão…

— Naomi.

Levo um susto quando vejo Benjamin ofegante subindo a rampa da marina.

— A gente pode, por favor, conversar? Eu posso explicar absolutamente tudo.

— Benjamin, eu pedi uma vez e pedirei novamente. — Suspiro e o encaro. — Me deixe em paz! Você não precisa me explicar nada, tá legal? Não tínhamos nada oficial. Tá tudo bem!

Tudo bem uma porra, quero esganá-lo.

Ele parece ofendido.

— Naomi, você não tem noção do que eu…

— Benjamin! — Uma voz estridente chama do topo da rampa.

E como ironia do destino, meu carro chega.

— Sua namorada está te chamando — aviso, apontando para ele.

Entro no carro.

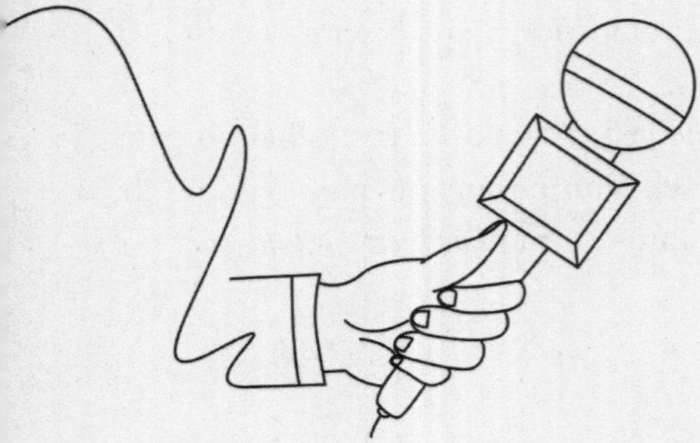

Capítulo 30

Não tive muitos amores na vida. Na verdade, acho que nunca tive nenhum. Namorar nunca foi minha prioridade, eu sempre estive ocupada trabalhando ou estudando para pensar em relacionamentos.

Sempre fiquei com um carinha aqui, um carinha ali, o básico.

Mas então eu conheci Benjamin.

Era impossível sequer imaginar que um dia isso seria possível, quem dirá viver o que vivemos. Mas ele é só mais um Lucas na minha vida e agora, que estou próximo de realizar meu sonho, isso não vai me atrapalhar.

Chorei na madrugada. Acabei sentindo tudo de uma vez, como imaginei que aconteceria e lavei minha alma no banho. Chorei de soluçar e fiquei feliz de Luísa não estar em casa para me consolar, precisava colocar tudo para fora, sozinha.

Sou muito boa em esconder, ignorar, guardar um sentimento para que não me atrapalhe em momentos que não cabem. Mas, quando chego em casa, sinto que a carga é três vezes maior porque guardei a mágoa comigo.

Tudo entre mim e Benjamin foi muito rápido e intenso. Avassalador o bastante para que eu chorasse toda vez que sua imagem aparecia na minha cabeça. Chorei como alguém que terminou um relacionamento de anos, um casamento. Debulhei em lágrimas como uma criança debaixo da ducha morna, e me deitei. E, chorei um pouco mais.

Meu peito está doendo, minha garganta arde. Estou há uma hora olhando para o teto, esperando o meu despertador tocar. Hoje tem reunião de pauta e depois estarei livre para trabalhar o resto da tarde ouvindo uma das minhas *playlists* tristes.

Meu celular apita avisando que há mensagem. Receio de olhar até lembrar que o bloqueei de todas as redes sociais.

"Como você está?" Luísa

"Comeu alguma coisa?" Luísa

"Tô bem, tomando coragem para levantar."

"Quer fazer alguma coisa depois do trabalho?" Luísa

"Prefiro ficar em casa hoje, Lu"

" Tudo bem". Luísa

"Traz o meu mouse sem fio que deixei dentro da bolsa azul lá no meu quarto?" Luísa

"Levo!"

Respondo e jogo o celular de lado.

"Hoje, eu e você, noite das garotas, nosso ap"

Recebo outra mensagem dela e envio um emoji de um muppet falando "demorou".

— Nai, a reunião começa em cinco minutos — Camila avisa e eu agradeço pelo lembrete.

Fiquei tão entretida em planejar as postagens da semana e escrever seus roteiros ouvindo minhas músicas tristes que não me liguei no horário. *Could've Been da H.E.R* se repete diversas vezes em meu fone de ouvido e mudo para o álbum que Silva canta Marisa e não foi uma boa ideia, já que a primeira música que toca é *O Que me Importa*.

Eu deveria ter colocado uma *playlist* de paredão.

Desligo a tela do computador, jogo os fones de lado e subo para o andar da sala de reunião.

— Bom dia, pessoal. — Miguel entra na sala.

Toda reunião de pauta é triste porque Luísa não precisa participar. Então, sento ao lado de Camila, no fundo da sala, e tento absorver o máximo das informações. O sono não está sendo gentil comigo.

— Antes de qualquer coisa — Miguel se vira para mim e todos na sala me olham —, Naomi, parabéns! Você conseguiu substituir a Bruna e ainda fazer um ótimo trabalho cobrindo o evento nas redes do programa, parabéns!

Ele bate palmas e todos na sala lhe seguem. Sorrio e agradeço timidamente. Quando as palmas cessam, a reunião de fato começa.

Apresento sugestões de *posts* para a semana e fico feliz que mudam apenas três das oito ideias que dei. O time de *design* e vídeo já irão começar a produzir hoje o material baseado nos textos que escrevi para cada conteúdo.

Apresento a ele a pasta com o relatório das métricas da semana e sua expressão analisando as folhas não me diz muita coisa, mas tenho a sensação de que não foram ruins.

Quando a reunião termina e estamos liberados, penso que finalmente posso voltar a me torturar com a *playlist* que faz me lembrar dele, porém escuto a voz de Miguel, no fundo da sala, pedindo para eu ficar mais um pouco.

— Naomi, Naomi! — ele diz, sorridente. — Um diamante bruto em nossa empresa.

Não consigo conter o sorriso.

— Eu tenho te observado — ele fala, um pouco reflexivo. — Na verdade, Luísa insistiu tanto que realmente parei para tentar entender o que você tinha de especial, de diferente e bom, descobri quando você ainda estava apresentando aquele programa chato da madrugada, mas não tinha a exata certeza de que permaneceria igual caso mudasse de setor. Então, te chamei para o cuidar das mídias sociais e você deu mais um show como produtora de conteúdo para as redes do programa, mas, o auge mesmo, foi a forma rápida como você salvou nossa live do Oscar como se fosse tão natural para você fazer aquilo, *como comer.*

Meu coração está veloz como um carro que o Dominic Toretto dirigiria. Meu peito se enche de alegria e meus pelos estão arrepiados. Ouvir essas palavras partindo logo dele, faz minhas lágrimas se alojarem atrás dos olhos, prontas para jorrarem.

— Obrigada, senhor, eu…

— Naomi, você tem um dom pra isso — ele me interrompe. — Eu seria louco se deixasse esse dom sair da EGB.

Prendo a respiração.

— Estamos com um novo projeto na casa, uma extensão do Entretê.

Eu engasgo.

— Ele se chama *Entretê Play*, estamos com a ideia de migrar alguns programas também para o YouTube e outras plataformas on-line para que as pessoas tenham mais facilidade em acessar nossos conteúdos e não apenas quem tem canais fechados, sabe?

Assinto prontamente.

Meu peito desce e sobe e, por mais que eu tente controlar, não consigo. Minha mente está a mil e tudo que penso é em *onde ele quer chegar* e que *a qualquer momento eu posso conseguir exatamente o que eu...*

— Pensamos em você como apresentadora dessa versão on-line. Ela é mais curta e objetiva, mas achamos que pode funcionar. Estamos planejando. Teremos algumas reuniões sobre a estrutura, mas eu queria falar com você primeiro, pra saber se aceita, se está nessa com a gente, se... Naomi?

Estou boquiaberta, não consigo sequer formar uma frase na minha cabeça enquanto ouço Miguel me dar a melhor oportunidade da minha vida.

— Eu... sim, sim! É claro que eu aceito, *sim* — digo rapidamente e paro para inspirar e expirar.

Estou sentindo que vou explodir de felicidade.

— Então vamos nessa! — ele diz, simplesmente.

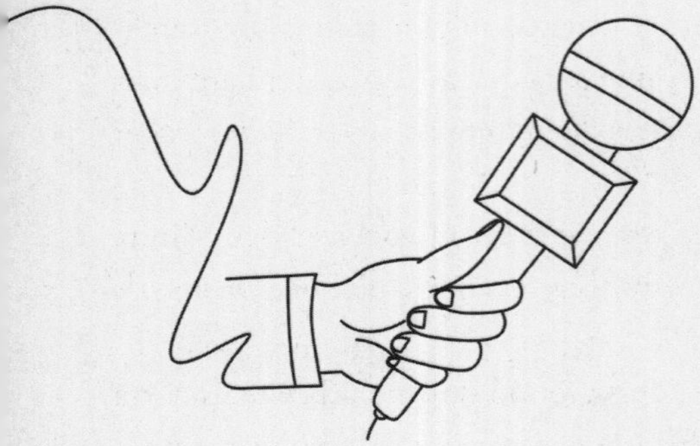

Capítulo 31

— Trouxe vinho e salgadinhos, a pizza está chegando e fiz uma lista de filmes pra assistirmos. — Luísa entra em casa e coloca as compras na cozinha. — Não se preocupe, não coloquei *Really Love* na lista.

— Obrigada — digo, ainda cansada.

Really Love é um dos meus romances favoritos e sempre vejo quando estou triste. Mas não consigo assistir a um filme com um casal preto tão lindo nesse momento. Estou na fossa e na beira da felicidade eterna, *tudo ao mesmo tempo.*

— Eu preciso te contar uma coisa — informo e ela sai da cozinha na mesma hora, vindo até mim e se sentando ao meu lado no sofá.

— O que ele fez agora? Naomi, precisamos conversar sobre tantas coi...

— Miguel vai me dar um programa — conto e ela parece se engasgar.

Seus olhos se arregalam e solta um "*puta que pariu*" bem alto.

— Véi! E você me conta assim? Então não estamos *completamente* na fossa, né? — Ela ri jogando a cabeça para trás. — Passei o dia naquele maldito programa de esportes resolvendo treta entre apresentadores, não imaginei que...

Balanço a cabeça.

Desabafo a ela absolutamente tudo que conversei com Miguel e ela pula na sala, gritando e me abraçando.

— Estou tão orgulhosa de você — diz, com lágrimas escorrendo pelo rosto. — Eu te amo!

Também começo a chorar.

— Eu não sei como te agradecer por tudo que você fez por mim — digo, chorando. — Você é literalmente a pessoa que me fez acreditar que meus sonhos poderiam se realizar, me ajudou a ter todas as oportunidades que eu poderia ter e continua ao meu lado — limpo os olhos — sempre me apoiando, me indicando, me ouvindo... Eu te amo! Muito obrigada por ser minha amiga, minha família e por estar comigo em todos os momentos.

A gente se abraça por um tempo e nos sentamos no tapete da sala – que eu tive que trocar por motivos óbvios – ao som de Rachel Reis.

Respiro fundo, me acomodo e lhe conto tudo que aconteceu, tudo que escutei e principalmente as tentativas de Benjamin de falar comigo.

— Ele tem que ter uma explicação muito boa pra toda essa merda — ela diz, entupindo-se com o salzinho que resta na embalagem do Doritos.

— Nem sei se quero escutar. Tudo isso é *hollywoodiano* demais pra mim, ele é um ator famosíssimo, tem mais que ficar com as modelos e atrizes que aparecem ao lado dele na mídia mesmo.

— Bora parar de *xaxo*? Você é simplesmente foda, linda e gostosa! Me poupe, viu?

Gargalho e me levanto quando ouço a campainha.

— Você pagou no pix ou eu tenho que levar o cartão? — Verifico, levantando-me.

— Já tá pago.

Ajeito o cabelo e vou até a porta. Abro-a e não é o entregador de pizza.

— O que você está fazendo aqui? — questiono ao ver Benjamin parado na minha frente.

Ele está com uma roupa de treino preta e cinza e há dois seguranças de cada lado do corredor atrás dele.

— Podemos conversar? — pergunta, em tom de súplica, seus olhos lacrimejando.

Olho para Luísa atrás de mim que se levanta, vindo em minha direção.

— Oi, Benjamin — ela diz, sem muita alegria na voz. — Sua sorte é que eu não contei nada ao irmão dela. — Luísa estreita os olhos. — Fique ligado, viu pivete?

Não tenho certeza se ele sabe o que significa *pivete*.

Luísa se vira para mim.

— Estou indo, Nai.

— Não, voc...

— Vocês precisam conversar. — Ela me dá um beijo na testa e dirige um olhar de raiva para Benjamin. — Não é porque você é famoso que eu não posso te bater, ouviu? Meu noivo é lutador, maior que você e eu aprendi alguns golpes, *olhe lá sua vida.*

Ela reforça.

Benjamin oferece seu motorista para levá-la para casa e ela diz*: pelo menos isso, né?!*

Vou até o sofá e cato todos os sacos de salgadinhos e bebidas no meio da sala. Ele senta e espera calado, enquanto arrumo a bagunça.

Vou ao banheiro tentar me recompor.

Jogo um pouco de água no rosto e enxugo com a toalha vermelha no gancho ao lado do espelho. Respiro fundo e volto para a sala.

— Como está a sua namorada? — provoco, brava.

— Preta…

Fecho os olhos, desgraçado.

— O que faz aqui, Benjamin?

Ele se vira para mim, com uma expressão indecifrável, o cabelo e a barba bem aparados e uma roupa de treino apertada, deixando seus músculos evidentes e a coxa grossa de fora.

— Eu preciso que você me escute, preciso que você me ouça, eu vou te explicar tudo que está acontecendo.

— Então fale — digo ríspida.

E ele fala.

Benjamin diz que o estúdio recebeu fotos nossas, imagens íntimas até, de nós dois juntos em vários lugares e que a produtora do Amauri Trayder o chantageou para desistir do prêmio, senão eles divulgariam nos veículos mais sujos de informação que garantiriam que eu nunca mais fosse deixada em paz.

— Eu não quero que nada disso atrapalhe sua carreira. Se essas fotos saíssem agora, você viveria um inferno. Eu lido com essas merdas há anos e nem posso imaginar o que fariam com você para me atingir. Você trabalha com entretenimento, eu não quero que você *vire um*. Não sei como essas coisas vazaram, mas eu prometo que vou descobrir!

Não sei o que dizer, na verdade. Estou sem palavras, porém isso ainda não explica…

— Sei que você deve estar pensando sobre que merda foi aquela no Oscar entre mim e Vanessa, mas Naomi — ele se levanta —, eu te juro, nada *acontece* entre eu e ela, não de verdade. Vanessa me beijou porque…

— Ela disse muitas coisas, na verdade, *Benjamin*. Assim que eu entrei no banheiro, Vanessa começou a comentar o quanto você beija bem, sobre o passeio no pôr do sol, sobre… — Não percebi que estava chorando, que droga. — Benjamin, eu não sou o tipo de pessoa que aceita compartilhar. Não vou ser trocada, usada, feita de palhaça. Eu passei muito tempo sem ninguém e não tenho medo de ficar sozinha.

Benjamin revela que Vanessa achou que seria uma ótima ideia beijá-lo publicamente porque na semana anterior ela havia sido questionada por nunca aparecer tocando-o. Ela achou que começariam a suspeitar que eles fingem ter algo e isso poderia prejudicá-los de alguma forma. Eu o questionei, *óbvio*, seria muito fácil usar essa desculpa agora.

Ele também contou que quando Vanessa me viu entrar no banheiro, entrou em pânico, pois ela estava falando sobre a noite que teve com a diretora Emma Duty e como elas estão apaixonadas. Como esse relacionamento ainda é um segredo, Vanessa achou que seria o máximo começar a falar de Benjamin para que eu escutasse e eventualmente publicasse alguma matéria sobre. Ela não sabia quem eu era.

Não sei se acredito. É fácil demais.

Estou de costas para a janela, observando-o no meio da minha sala com a cara de um cachorro perdido. Não acreditei nessa historinha e talvez isso estivesse plantado em meu rosto, já que ele liga para Vanessa e ela fala exatamente o que ele acabou de contar. Vanessa pede desculpas, diz que se soubesse que eu era a Naomi *que Benjamin tanto fala,* nunca teria feito isso. Ela fez questão de frisar que o beijo foi cenográfico e pegou um pouco acima dos lábios, assim como fazem nos filmes.

— E por que você deixou? — questiono, desconfiada. — Não foi só o beijo, Benjamin, vocês circularam por todo o evento de uma forma muito íntima.

— Eu não poderia, depois do beijo, simplesmente me afastar. — Seus lábios se juntam. — Me desculpa, eu não sei como te pedir isso, mas me desculpa.

— Você não imagina — volto a jorrar pelos olhos — o que eu senti quando tudo aquilo aconteceu. Eu estava vivendo o dia mais incrível da minha vida e…

— Me desculpa, me desculpa!

— Você não teve culpa pelo beijo — admito —, mas todo o resto foi doloroso. Tudo acontecendo na minha frente, enquanto eu estava *entrevistando você.*

— Eu sei disso, prometo que não vai mais acontecer. Eu recusei o prêmio pra não…

— Você recusou um Oscar? — questiono, atônita.

— Eu… — Ele respira fundo. — Eu e o Amaury temos um passado, um passado *grande* e dolorido. Ele não aceita que fiquei maior que ele na indústria, não aceita que consigo os papéis que ele quer e não aceitou que eu ganharia o Oscar e me fez desistir do prêmio, e eu desisti, Preta! Eu desisti porque não suporto a ideia de você ser exposta de uma forma tão suja assim. Eu posso ganhar outros, mas nunca deixaria que nada acontecesse com você.

Limpo o rosto.

— Você recusou um *Oscar*? — indago novamente e ele assente.

Minha mente parece travar.

— Eu recusaria quantos fossem necessários pra te proteger.

— Por… Por quê? Por que você faria algo assim? É *o* Oscar!

— Eu não me importo. Posso ganhar outros. — Ele se aproxima de mim e eu tento me afastar, mas minhas costas vão de encontro com a parede. — Você ainda não entendeu que eu faço qualquer coisa por você? Naomi, eu te amo.

Perco a respiração.

Agora, ele também está chorando.

— Está sendo uma tortura acordar sem você ao meu lado, dormimos poucas noites juntos, mas é como se fosse uma vida inteira. Eu te amo! Preciso de você! Não sei como isso vai funcionar, mas eu só quero que você fique comigo.

Meu mundo para.

De repente, minha mente me abandona e não há nada além de uma sala vazia. Qualquer coisa que tento pensar ecoa dentro dela e não consigo arrumar as ideias. Olho para Benjamin sem saber o que pronunciar. Meus olhos suplicam por algo que não sei dizer, abro a boca toda vez que tento falar. Porém nada sai.

— Eu amo você e sei que você me ama também! Então, preciso que acredite em mim.

— Eu acredito — digo, por fim.

Realmente acredito. É uma história louca, mas tudo que tem acontecido comigo também é.

Benjamin me olha com esperança.

Ele vem até mim a passos largos e para quando levanto a mão para impedir que se aproxime demais. Olho para ele, deixando as lágrimas caírem e falo:

— Estou destruída.

— Eu sei — ele admite,triste.

— Nunca achei que me sentiria dessa forma. Meu coração doeu, *literalmente*.

— Eu sei, me desculpa.

— Eu te amo, Benjamin, te amo como nunca amei ninguém. Te amo que chega a doer, te amo como uma maldita personagem de um romance. Te amo que chega a ser insuportável — digo, aos prantos, ainda com a mão levantada, tocando o seu peito e o bloqueando. — Quando cheguei em casa na noite da premiação, senti como se tivesse perdido parte de mim e não gostei. — Encaro seus olhos, também marejados, com raiva. — Eu te amo, mas não podemos continuar, não agora — digo, enfim.

— Preta...

— Benjamin, eu acabei de receber a oportunidade que sempre esperei e estou *sentindo* que é só o começo. Não posso estar na sua vida nesse momento, não posso deixar nada atrapalhar essa chance.

Ele me olha e deixa os ombros caírem. Ele parece derrotado, acho que não esperava ouvir isso. Eu também não esperava falar. Mas percebi que preciso colocar a minha carreira em primeiro lugar nesse momento, preciso me priorizar porque as coisas estão começando a acontecer e não quero ser o assunto das matérias que divulgarei. Não enquanto não tenho nada definido. Tudo está muito perto, não posso errar.

— Viraríamos a notícia por semanas.

— Poderíamos continuar nos escondendo até...

— Você não entendeu. — Olho-o séria e abaixo minha mão. — Eu não quero você pela metade, eu quero estar com você por completo, sem precisar sair às escondidas, poder te beijar a qualquer momento... eu preciso de um tempo, Benjamin! Se você quiser esperar, talvez no futuro possamos estar juntos e...

— Eu te espero o tempo que for. — Ele avança e segura o meu rosto. — Eu te espero, farei isso. Eu entendo tudo, *mesmo*, e não quero te atrapalhar. Espero você, mas, por favor, não suma, simplesmente.

— Benjamin...

Ele junta nossas bocas com urgência e meu corpo reage.

Suas mãos sobem até meu cabelo e se enroscam nele, pressionando meu corpo contra a parede, deixando-me absolutamente doida. Meu corpo parece uma fonte de eletricidade e vou do céu ao inferno quando ele esquece a minha boca e começa a beijar o meu pescoço.

— Ben... — Eu o afasto. — Acho que você deveria ir.

Minhas próprias palavras me atingem de forma inexplicável. Começo a sentir calafrios e meu estômago se revira, sinto uma sensação de desmaio.

Não é o que eu quero. Doí mandá-lo ir. Desejo levar ele para cama. Sentir seu beijo como se fosse a única coisa que preciso para sobreviver. Ficar com ele, acordar com ele, ter filhos com ele. Envelhecer com ele. Mas nada disso pode ser feito agora, nada disso é realizável neste momento.

— Tudo bem. — Ele respira fundo e sinto imediatamente a falta do seu calor.

Benjamin abre a porta e sai. Ele não a fecha. Apenas vai embora, desaparecendo no corredor.

Vou até ela, fecho e deslizo sobre ela, arrastando-me até chegar ao chão. Com o corpo gemendo de dor, uma dor forte e latente que atinge não só o meu estômago, como o meu coração também. Quero gritar, espernear, quebrar coisas, porém não arriscaria nada disso a essa hora porque a rua está um breu e provavelmente chamariam a polícia achando que algo de ruim está acontecendo.

Mas *está* acontecendo.

Pedi um tempo ao amor da minha vida e agora ele se foi.

O pior? É que eu não sei se ele vai voltar.

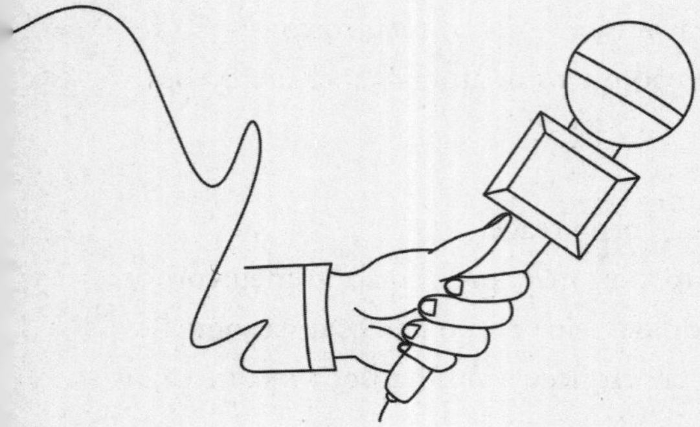

Capítulo 32

***Entretê News* -** Benjamin Kalu estreia como novo herói do universo cinematográfico da Marvel.

Naomi
@naomicastrotv

"Primeiro dia como apresentadora do Entretê Play, nem acredito!"

Tweet

Famous US: "Benjamin Kalu e Vanessa Swan não estão mais juntos ou nunca estiveram? Fãs especulam"

TVZ News: "Vanessa Swan assume namoro com diretora de Hollywood, Emma Duty".

Naomi
@naomicastrotv

"Estou há um mês realizando o meu maior sonho e só posso agradecer a Deus pela oportunidade e à minha cunhada e melhor amiga"

Tweet

naomicastrotv

30	29k	15
Posts	Followers	Following

Naomi Castro
"Apresentadora do "Hora do Bingo" na @EGB
Salvador/Bahia"

Seguir | **Mensagem**

***U! Entertainment* -** Confira as primeiras imagens de Benjamin Kalu como o herói dos quadrinhos, *Elétrico*.

***Entretê News* -** "Benjamin Kalu voltará ao Brasil para participar da GEEK EXPERIENCE e divulgar seu novo filme, Super X".

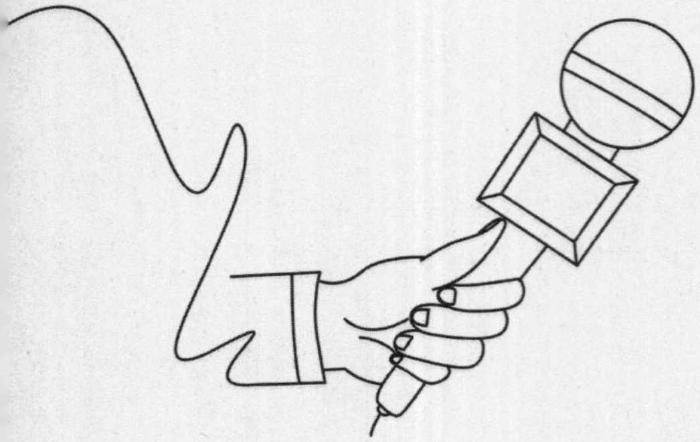

Capítulo 33

Três meses depois

Benjamin

Acho que nunca trabalhei tanto. Faz três meses que minha vida mudou drasticamente.

Quando os ensaios do filme começaram, minha rotina era: decorar roteiro, ensaiar os movimentos de luta, fazer prova de roupas, mais ensaios de movimentos, uma dieta rigorosa para deixar o corpo mais definido e, então, mais ensaios de movimentos.

Nunca fiz um filme que me exigisse tanto preparo físico, mas não posso reclamar. Estou mais forte do que nunca e me sentindo mais bonito. As gravações começam às cinco da manhã e vão até às oito da noite. Tenho voltado exausto para casa e Jonathan está morando comigo, me ajudando a lembrar de coisas básicas como comer e beber água.

Porém, sempre escuto que *você não tem tempo pra comer e está dormindo mal, mas consegue ter tempo para assistir vídeos no YouTube e ficar horas no Instagram?*, ele não sabe – desconfia –, mas não sabe que passo esses momentos que tenho vendo os vídeos dela.

Naomi está apresentando um tipo de programa, canal, não sei, no YouTube e faz vídeos bem legais falando de filmes, séries e famosos. Eu queria que ela falasse algo de mim, sinto falta de ouvir meu nome saindo de sua boca. Até pedi ao Jonathan para enviar algum *release* sobre o que podemos contar deste novo filme para a emissora dela, mas nada.

Não me sinto dessa forma desde a morte do meu pai. Na verdade, nada irá se assemelhar à perda do meu melhor amigo. Entretanto, me afastar dela também significa estar de luto, mesmo que de uma forma diferente.

Como eu queria que ele estivesse vivo. Nesse momento, meu pai diria para deixá-la em paz e esperar a qualquer custo. Aconselharia também a não estragar tudo enquanto eu a esperasse e eu ficaria orgulhoso de dizer que ele criou um homem que, apesar de ser famoso, nunca se envolveu em polêmicas e nunca fez nada de ruim para ninguém, muito pelo contrário. Ele saberia que eu estou todos os dias cumprindo com a promessa que fiz de que, se eu atingisse os meus objetivos com a carreira que escolhi, daria o meu melhor para ser a melhor pessoa naquilo que escolhi fazer.

Eu queria ter a chance de contar que achei a mulher da minha vida. A pessoa com quem quero ter uma longa e duradoura vida. Poder lhe contar sobre como somos compatíveis, como as nossas profissões se conectam. Também lhe pediria um conselho. Perguntaria o que fazer para não enlouquecer, pois ela me pediu um tempo e eu respeitarei, mas agora estou aqui, sentado no vaso sanitário assistindo o último vídeo das redes sociais que ela postou e com uma dor latente no peito por não ter estado ao seu lado quando recebeu a proposta para participar desse novo projeto. De não poder abraçá-la e dizê-la o quão incrível é e o quão orgulhoso eu estava dela, logo após seu primeiro vídeo.

Estou pateticamente olhando suas redes todos os dias, com um pseudônimo diferente porque não quero que ela se sinta desconfortável de saber que estou acompanhando-a religiosamente.

— Benjamin. — Ouço batidas na porta. — Vamos nos atrasar se você passar mais uma hora assistindo vídeos da Naomi, é *deprimente* — Jonathan fala em um tom sério. — Esteja na porta principal em cinco minutos.

Hoje tenho uma reunião com os produtores e diretores do novo filme para discutirmos estratégias de marketing e para aprovar o trailer e as peças publicitárias. É a demanda mais simples depois de gravar todo o filme.

— Benjamin…

— Já estou no banho — minto e corro para ligar o chuveiro.

Tomo o banho mais rápido que consigo e em dez minutos estou pronto para sairmos.

Hoje Jonathan está dirigindo, o que significa que se demoraríamos vinte minutos para chegar no estúdio, chegaremos em dez, porque ele sempre acha que estamos em fuga.

É a primeira vez que participo de um filme com tanto efeito visual. Usamos tela verde e azul para absolutamente tudo e estou muito animado para ver o resultado. Amanhã irei para o estúdio gravar duas cenas que precisamos refazer e algumas falas que serão usadas quando o meu personagem estiver pensando.

Depois, *férias*! Terei três semanas de folga e irei para o Brasil. Pretendo chamar Naomi para conversar, para ouvi-la, saber se está pronta, se quer recomeçar.

Foi um alívio Alan ter permitido de uma vez por todas acabar com a farsa do namoro. Também não lhe contei sobre o prêmio. Ele sabe das fotos porque as viu primeiro.

Ligar para a comissão e recusar um prêmio que eu ainda nem sabia que seria meu, me fez sentir coisas que eu nunca havia sentido. Ainda me preocupo com as pessoas que ficaram sem entender o teor da minha ligação. Espero que não tenham me achado prepotente por recusar algo que nem sabia se seria meu, mas, no fim das contas, era.

Era óbvio que Amaury estava na lista de sucessão do prêmio. Ele também poderia não ganhar, porém precisei fazer o que ele exigiu em troca de não expor Naomi.

— Carlos deu algum retorno? — pergunto a Jonathan, concentrado na estrada.

— Ele me pediu mais um dia, parece que tem alguma coisa que podemos usar — responde, potencializando o ar-condicionado, pois Los Angeles está tão quente que o carro parece um forno.

— Precisamos de algo, Jonathan! Ele pode achar que as fotos não são suficientes ou simplesmente decidir publicá-las — protesto impaciente.

— Vamos conseguir, tá legal?

Desde que as fotos chegaram, contratamos pessoas especializadas para encontrar qualquer podre que pudéssemos achar de concreto contra Amaury. Quero tudo de pior que ele possa ter feito na vida e irei contra-atacar.

Ninguém mexe com as pessoas que eu amo e fica por isso mesmo.

— Onde está Hanna? — questiono, intrigado.

— Não a vi hoje — ele responde, prestando atenção na minha expressão.

Pego o meu telefone e lhe envio uma mensagem.

— Quando será? — pergunto a Jonathan.

— Daqui a duas semanas.

A maior convenção Geek será em duas semanas e eu participarei junto com os meus colegas de elenco de *Quando a Cura Chegar*. O melhor de tudo? Será em Salvador.

Cada vez mais os eventos internacionais que vão para o Brasil estão apostando em fazê-los no Nordeste, e isso é algo incrível. Leva mais oportunidades para os criadores e comunicadores da cidade e ainda deixa a Bahia mais na mira de Hollywood. Minha mente se abriu para isso na noite do aniversário da amiga de Naomi.

Mas, não é exatamente com isso que estou ansioso.

Eu estarei indo para Salvador daqui a duas semanas e se Deus quiser, ela também estará nesta convenção. Será a desculpa perfeita para tentar falar com ela.

— E depois? — pergunto, querendo saber dos arranjos.

— Eu já os convenci de que você não dará entrevistas.

— Eu dou — respondo rapidamente, interrompendo-o. — Pode confirmar, eu darei entrevistas.

Ele me olha desconfiado e levanta a sobrancelha.

— Benjamin, você terá que fazer quase cinco horas de entrevistas com os veículos cadastrados, não sei se vale a pena...— Jonathan adverte.

— O filme ainda está em alta. Ganhou alguns prêmios no Oscar e o Twitter não para de falar dele. Eu faço.

— Você tem certeza? — ele indaga novamente.

— A minha única condição é que o Entretê de TV e o Play estejam na lista.

John gargalha.

— Ótimo! Miguel está perturbando a minha equipe por e-mail para conseguir uma exclusiva com você. — Ele batuca os dedos no volante.

— Perfeito! Resolva isso com o estúdio, nós faremos.

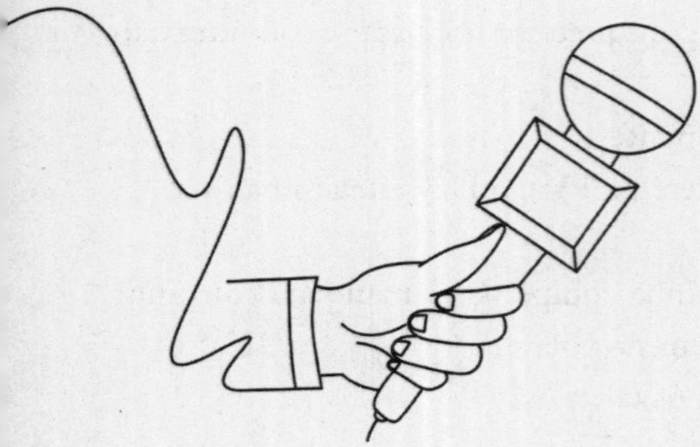

Capítulo 34

O Oscar deu um *boom* no olhar das grandes empresas – do mundo inteiro – e aos poucos estamos vendo o interesse delas de investir em Salvador, e isso é música para os meus ouvidos.

— Você sabe que ele vai estar aqui hoje, não sabe? — Luísa pergunta, ajeitando sua mochila nas costas.

— Uhum. — É apenas o que respondo.

Pensei em enviar uma mensagem para Benjamin hoje. Não para dizer algo sobre a gente *em específico,* mas porque eu gostaria de parabenizá-lo pelo painel na convenção. Apesar dos últimos meses terem sido incríveis, sinto um certo vazio no peito. Um que sei bem quem preencheria.

Há alguns dias fui ao samba de São Lázaro com Luísa, Edna e Tales. Bebi um pouco, dancei e de repente estava dando um fora em um carinha no meio da roda e indo chorar no banheiro de um bar depois de ver um trailer do filme do Benjamin na TV enquanto eu entrava.

Meus pais estão me dando o máximo de apoio e voltaram ontem para Lençóis.

Ficaram entre a minha casa e a casa de Marco durante três semanas. Fomos em vários *buffets* para provar as comidas do casamento e também ajudamos Luísa a escolher seu vestido. No intervalo entre um provador e outro, me peguei mandando uma mensagem para ele, mas logo apaguei. Não sou de fazer nada na emoção e prefiro não começar agora. É óbvio que sinto falta dele todos os dias da minha vida. Sinto falta do seu beijo, do seu toque, da maneira como me aninho em seus braços enormes e me sinto a mulher mais segura do mundo…

Foram dias intensos, dias incríveis, dias que irei me lembrar para sempre.

Não me arrependo de ter pedido um tempo – apesar de quase enlouquecer –, foi um ótimo momento para reescrever as minhas prioridades e pensar mais sobre o meu trabalho. Não virar notícia também foi bom para construir um público que tenha afinidade comigo pela maneira como falo dos assuntos que eles gostam, um público que me acha muito boa no que faço e não um bando de pessoas que gostam de mim porque amam outra pessoa.

Minha melhor decisão foi fazer com que primeiro enxergassem quem eu sou e o que tenho a oferecer, antes de olharem com quem me relaciono.

Foi uma boa escolha, só que isso não quer dizer que foi a melhor decisão para o meu coração.

Eu salvei os posters do seu próximo filme no meu celular. Benjamin veste uma roupa preta engraçada, mas sexy. Toda colada ao corpo e com um raio amarelo no peito. O cabelo crespo está maior, percebi. O corte em degradê dos lados, ainda mais bonito. Seus músculos marcando o traje, a forma como olha sem sorrir para a câmera... ele está mais lindo do que nunca. E parece feliz, é o que realmente importa.

Em alguns dias, fui dormir com raiva. Por vezes li comentários inapropriados sobre Benjamin e sobre um "volume" na roupa. Fiquei puta da vida, chateada... e com ciúmes, confesso. Depois, respirei fundo, relembrando dos conselhos que Alice, minha psicóloga, me deu e apenas ignorei.

— Chegamos — diz Luísa interrompendo os meus devaneios. — Ai, esse negócio sempre demora pra sair — ela reclama da máquina de ticket do estacionamento.

Assim que o papel é cuspido, Luísa estaciona o carro na primeira vaga que achamos e adentramos rapidamente o centro de convenções.

Minha boca forma um "uau" grandioso.

Parece que fomos sugadas para dentro de outra dimensão, de uma atmosfera completamente fora da nossa realidade.

Todo o espaço está decorado com o tema dos filmes e personagens Geek. Tem *Marvel*, *DC*, MCU, *Netflix* e até alguns da *Dreamworks*. Cada espaço é dedicado há um tema e, a partir disso, parece que de fato estou dentro das histórias que tanto assisto.

O *hall* de entrada é gigante. Há duas placas indicando dois pavilhões e o que acontecerá em cada um.

O pavilhão amarelo, do auditório, fica à esquerda, junto com algumas ativações, a praça de alimentação, posto médico e o estúdio de vidro que será onde os jornalistas irão trabalhar. Nesse local, segundo as informações da placa, também tem um espaço para autógrafos, e *meet and great.*

Já no laranja, que fica à direita, será o principal das ativações das séries e dos filmes, também conhecido como o pavilhão que estou mais animada para ver.

— Quer entrar primeiro no laranja das ativações e depois vir pro amarelo do estúdio? — Luísa pergunta, olhando a programação.

— Pode ser — confirmo com animação.

Quando chegamos à bancada de credenciamento, Luísa nos identifica e não demora muito para recebermos nossos crachás. Sorrio quando vejo meu nome, foto e logo do programa evidentes, sem perder tempo penduro no pescoço.

— Nossa, olha só a ativação da nova série que a Emma Duty dirigiu. — Luísa aponta para o *stand* que parece uma fachada de um restaurante italiano.

O espaço é lindo e sou apenas uma das milhares de pessoas que passarão por aqui e serão impactadas com a ativação da série. Eu mesma já estou esperando a próxima temporada. Preciso saber se a Anne ficou com a Geórgia ou deixou a sogra peçonhenta vencer. No último episódio, Geórgia deixou a Itália para não atrapalhar o suposto casamento hétero que Anne teria – forçadamente.

— Eu nunca vi uma convenção tão linda assim. — Luísa enche os olhos e sorri de orelha a orelha.

E, de fato, é absurdamente grande e bonita.

Cada lateral está preenchida com alguma ativação de série, programa de TV ou filme. De um lado – ainda na entrada – temos o sucesso do ano passado, a série de época *Middleton,* que ganhou dois Emmys e um Oscar. Do outro lado, há ativações de animes. O navio do One Piece, a kombi do John Be e até um castelo gigante de gelo do filme *Ice on Ice*, que a Vanessa faz uma participação.

Conforme vamos entrando, fico boquiaberta com o espaço gigante que eles conseguiram. Luísa pira com a ativação de *Attack on Titans*. Eles criaram uma ala enorme que, conforme você entra, a missão é impedir que os gigantes destruam o muro. E tudo isso em um minuto. O evento recriou o cenário em um tamanho gigante e a forma de vermos a galera participando lá dentro, é pelo monitor logo na entrada.

Vamos andando pelo pavilhão e a minha maior vontade é poder parar em cada uma das ativações e participar das atividades. Mas, precisamos trabalhar.

— Ei, o que você acha de gravarmos uma introdução? Acho que seria legal ter *takes* nesse pavilhão — sugiro dando uma volta de trezentos e sessenta para olhar o ambiente. — E já aproveitamos que estamos aqui.

— Boa ideia, pode ser! A Camila deve estar chegando. — Luísa tira um tripé da bolsa.

E, bem na hora, vejo os dreads de Camila no meio da multidão de jornalistas.

É muito legal poder entrar uma hora antes nesses eventos justamente para conseguir gravar algo. Quando abrir para o grande público, será impossível parar no lugar.

— Oi, meninas — Camila nos cumprimenta.

Tentamos nos arrumar o mais rápido possível. Camila habilita sua câmera portátil – que não faço ideia do nome – e parece ser três vezes menor que a que usamos no estúdio.

Ela também não demora para me microfonar. Em menos de cinco minutos estamos prontas para gravar.

— Vamos lá? — Luísa me posiciona em frente à ativação da Wandinha. — Vamos gravar primeiro as cabeças e depois gravamos os lugares.

Eu assinto.

— Olá, pessoal! Eu sou a Naomi Castro e hoje falo diretamente da *Geek Experience em Salvador* para mostrar tudo o que está rolando na maior convenção nerd do ano.

— Perfeito, vamos gravar o final agora? — Camila abaixa a câmera.

Assinto e me posiciono outra vez.

Ajeito o cabelo para que o volume fique igualmente no mesmo tamanho de ambos os lados e continuo.

— Espero que vocês tenham gostado da nossa cobertura! Se inscreva no canal do Entretê Play e siga o Entretê nas redes sociais para não perder nenhuma notícia. Até mais!

— Boa, garota! — Luísa bate palmas animada.

Camila abaixa a câmera e configura algo enquanto eu coloco o microfone de volta na mochila.

— Oi, você é a Naomi?

Uma menina negra, aparentando ter não mais que doze anos, com tranças roxas e uma camisa do Bob Esponja sorri para mim.

— Oi, sou sim! — Sorrio de volta. — Como é o seu nome?

— Me chamo Andressa, sou sua fã — ela diz, timidamente. — Adoro te assistir e o meu sonho é ser como você quando eu crescer. Posso tirar uma foto com você?

Há grandes momentos que fazem com que eu entenda o quanto o meu trabalho é especial. Mas nada se compara a uma menina que se parece com você, que te lembra a garotinha sonhadora que você era, dizer que se inspira em você. Não tem preço.

— É claro! — digo, posicionando-me ao seu lado e ela se anima.

Luísa, que parece querer chorar, pega o celular de Andressa e faz a nossa foto.

Julguei Luísa por querer chorar, porém quis fazer igual quando a garotinha se foi.

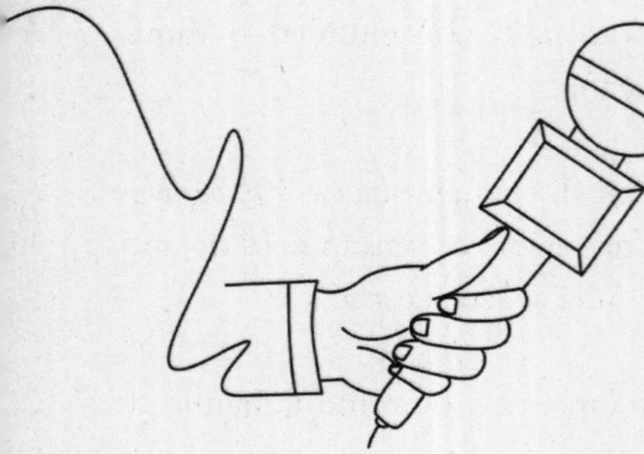

Capítulo 35

— Tem mais alguma ativação para gravarmos? — pergunto, concentrada.

— Acho que não, gravamos todas, vou enviar pro time de edição. — Camila guarda seus equipamentos na mochila.

— A gente precisa sentar em algum lugar — Luísa bufa e entrelaça seu braço no meu.

Passo o olho pelo lugar e encontro uns pufes no fim do corredor.

— O meu pé está tão dolorido… — ela resmunga.

— Meninas — Camila nos chama. — Vou voltar pra emissora, Lucas já deve estar no estúdio de vidro, ele é meu assistente e vai me cobrir por aqui.

— Estamos indo pra lá agora mesmo — Luísa informa alongando uma das pernas. — Me liga se você precisar de alguma coisa?

Camila assente e diz que ela não precisa se preocupar. Também me despeço dela e sigo com Luísa.

— Precisamos esperar vinte minutos até termos a cabine de entrevistas toda pra gente. — Ela se anima à medida que vamos chegando mais próximo do estúdio improvisado. — Ar-condicionado, um pouco mais de silêncio e assentos acolchoados, tudo que eu queria. — Ela se joga no pufe amarelo na área de descanso do pavilhão.

A essa hora, percebo que o evento está mais cheio.

O lado de cá está vazio em comparação ao outro pavilhão, mas, tem uma quantidade significativa de pessoas. Muitos estão na área de descanso, outros estão em frente ao estúdio de vidro. Eles pulam e gritam por alguém que está lá dentro, sendo entrevistado por algum veículo.

— Podemos ir ver… o painel do… Benjamin… mais tarde. — Luísa quebra o momentâneo silêncio.

— Não quero — digo, ríspida.

— Ah! Por quê? — ela protesta me lembrando das protagonistas de dorama quando ficam bravas. — Eu quero tanto assistir!

— E por que não vai, ué? — indago, aborrecida.

— Porque eu quero que você vá comigo?

— Lu...

— Nai... — Seu celular apita e ela sorri. — A cabine ficou livre. — Ela dá pulinhos. — Bora!

O estúdio, de fato, é o melhor lugar. Ele é basicamente um quadrado de vidro com duas poltronas azuis superacolchoadas que faz com que eu me sinta nas nuvens.

A cabine fica no ponto mais alto do pavilhão, dando para ver absolutamente tudo abaixo. Em um canto temos uma mesa com os computadores e equipamentos de som e, em um tripé, uma câmera de vídeo preta que todos os veículos que vêm para cá, utilizam. E no outro, as poltronas. Simples e prático.

— Dessa vez eu cuido do cartão de memória. — Luísa entrega o cartão para o operador de som e imagem da cabine.

Lucas ficará dentro do quadrado frio com a gente, deixando Luísa mais tranquila para apenas dirigir as entrevistas. Todos os veículos têm até uma hora e meia para utilizar o espaço e finalmente chegou a nossa vez.

Descobri agora a pouco que a EGB contratou novamente Talia para cuidar dos talentos. Irei entrevistar alguns famosos que passarão pelo evento e já estou empolgada. Imagina se a Erika Januza vem? Eu ficaria sem reação!

— Nai, você acha que essas perguntas estão ok? — indaga Luísa, observando a tela do computador ao lado de Lucas.

Confiro o iPad e mudo uma coisa ou outra, leio pelo menos três vezes para fixar ao máximo as perguntas na memória e me sinto preparada.

— Estou pronta, podemos começar? — pergunto, e aguardo confirmação da equipe.

A nossa primeira entrevista foi um sucesso. Temos de cinco a oito minutos, dependendo do talento, para conversar. Sempre tento brincar, me soltar mais e fazer perguntas mais divertidas sobre o trabalho deles. Acho que eles gostaram, visto que fui agradecida, *duas vezes*, na última tomada e só consigo pensar: *eu que deveria estar te agradecendo!*

Sam Maxwell, a nossa quarta e penúltima entrevista da tarde, é conduzido por Talia e três seguranças até a cabine. Há centenas de pessoas do lado de fora assistindo. Apesar de ser uma cabine totalmente à prova de som, todos que passam por aqui conseguem ver tudo que está acontecendo ao vivo.

Checo o celular e vejo pelo menos dez menções no Instagram. Acho que as pessoas que estão lá fora tem nos filmado e postado nos stories, o que é bem legal! Acredito que isso vai deixar o público animado para assistir às entrevistas quando elas saírem no canal do Entretê.

Sam nos cumprimenta e se senta na poltrona à minha direita. Lucas ajusta seu microfone enquanto Luísa conversa rapidamente com ele sobre como a entrevista vai funcionar. Ele concorda e sorri quando eu faço a contagem para começarmos a gravação.

— Sam, qualquer dúvida, eu estarei bem aqui — Luísa fala em inglês e ele sorri, concordando.

Sempre percebo que quando o talento fala muito, preciso diminuir as perguntas para não ultrapassar o tempo que temos de conversa. Sam, por exemplo, falou por cinco minutos quando lhe perguntei sobre a melhor parte de estar em um projeto como *Hazewood*, sua nova série. Às vezes tenho até que interrompê-lo com cuidado, para conseguir passar para a próxima.

Mas, apesar dos pesares, foi uma entrevista boa e divertida. Em alguns momentos filmamos as pessoas lá fora dando tchau para ele porque ele pausava para retribuir os cumprimentos ou mandar um beijo de volta para os fãs. Foi chato e nos limitou no tempo? Sim! Mas, muito fofo.

— Temos só mais uma e depois, vamos direto para outro pavilhão. — Luísa se joga na poltrona que há pouco era ocupada por Sam Maxwell. — Preciso assistir ao painel do seu ex e já está começando a lotar. Deixa-me ver quem é o próximo. — Ela checa a prancheta e arregala os olhos.

Luísa checa mais duas vezes e olha pra mim.

— O quê? — indago curiosa e olho na mesma direção que ela está olhando.

Ela se levanta imediatamente.

Não posso acreditar em quem Talia está trazendo para a última entrevista. *Isso não pode estar acontecendo.*

São necessários pelo menos dez seguranças para que ele passe sem ser puxado ou agarrado pelo público que parece ter multiplicado em segundos.

Quando a porta é aberta, um som muito alto de gritos invade a cabine e eu fico assustada. Benjamin sobe as escadas enquanto abre seu blazer e cumprimenta Lucas com um aperto de mãos e depois Luísa, com um abraço.

— Boa noite, pessoal. — Ele sorri e me olha. — Boa noite.

Não respondo. Eu não estava preparada para vê-lo assim, do nada.

Parece que não o vejo há séculos. Ele está... diferente.

— Lucas vai te microfonar — Luísa avisa para Benjamin quando percebe a tensão que se formou no ar.

Ele assente e se senta ao meu lado. Benjamin acena para os fãs que filmam e tiram fotos, gritam e pulam para vê-lo.

— Você tem dez minutos até precisarmos te levar de volta — Talia informa a ele. — Prometi a Hanna que contaria o tempo certinho.

— Obrigado, Talia!

Todos falam em português, o que me alivia. Talvez a nossa entrevista não precise ser em outra língua.

Ainda não sei como me comportar ao seu lado. Estou nervosa, não sei como agir ou para onde olhar. Evito ao máximo fitá-lo.

Até termos o aval para gravar, fico conferindo o iPad com as perguntas que fiz para os outros talentos e percebo que não vi a página adicionada com perguntas para Benjamin.

Encaro Luísa e ela expressa um claro "foi mal" com os olhos.

— O que faz aqui, Benjamin? — pergunto em suaíli.

Eu cometi o erro de olhá-lo e agora não quero mais desviar os olhos.

Seu cabelo cresceu mais, a barba está um pouco menor, mas devidamente aparada. Ele está de *brinco*! Um brinco na orelha esquerda, pequeno e brilhante. Usa uma calça de alfaiataria preta e uma camisa de gola alta branca. Parece estar mais forte...

— Podemos começar, Nai? — Luísa questiona e eu fecho e abro os olhos rapidamente, saindo do devaneio que eu mesma criei. — Benjamin, a Naomi fará a introdução e, em seguida, começaremos de fato a entrevista, tá bom? Podemos fazer em português ou...

— Pode ser sim — ele confirma, simpático.

Respiro fundo e começo.

— Oie, eu sou a Naomi Castro e esse é o Entretê Play. Hoje estou aqui na Geek Experience em Salvador com o Benjamin Kalu, e após a nossa mini intro, você poderá conferir uma exclusiva com o ator!

Faço a primeira introdução e respiro fundo. Pela minha visão periférica, percebo seu olhar recaindo sobre mim e tento ficar calma.

— Espero que vocês tenham gostado da nossa entrevista! Siga o Entretê nas redes para não perder nenhuma notícia sobre cultura pop e até a próxima!

— Perfeito, Nai! Pode começar. — Luísa levanta seus polegares e sorri.

Eu respiro fundo novamente e afasto da minha mente tudo o que não está relacionado ao meu trabalho e à entrevista que preciso fazer neste momento.

Leio a primeira pergunta e me viro para Benjamin.

— Muito obrigada por nos conceder uma entrevista — digo, rindo forçadamente.

— Que isso! Só hoje fiz umas dez entrevistas, então, ainda estou na *vibe* — responde descontraído e sorri para a câmera.

Levanto as sobrancelhas. *Dez entrevistas?*

— Ah, que legal! E o que você está achando da convenção? — Limpo a garganta.

— Bem, fantástico. Já, já estarei em um painel e estou animado para ver o público. O Brasil tem os melhores fãs.

Alguns *flashes* são disparados de fora da cabine e percebo que a multidão triplicou.

Tento me recompor e ficar o mais imparcial possível com minhas expressões. Não quero que comentem sobre essa entrevista como fizeram com a nossa primeira.

— Isso é bem legal! Eles também estão muito animados para vê-lo. — Garanto com um sorriso falso nos lábios.

— Estão? Que bom! Eu estava um pouco angustiado em pensar que me esqueceram, sabe? Torci para poder vê-los esta tarde.

Engulo em seco. Ele não está falando do público.

— Pois é, às vezes eles só estariam por aqui mesmo, trabalhando e...

— Não, eu acho que vieram por mim — ele me interrompe e conclui.

Olho para Luísa, que está com a mão no rosto, querendo disfarçar o riso, já Lucas está entretido com algo no computador.

— Seria muita prepotência achar isso, não acha?

— Acho que não! Acredito que a forma como me olham, esclarece qualquer dúvida que eu poderia ter.

Engulo em seco novamente, respiro com um pouco de dificuldade e mudo o ângulo que estou sentada para tentar ficar um pouco mais confortável.

— Acredite, acho que te olham como olhariam para qualquer pessoa.

— Será? — Sua sobrancelha arqueia e um sorriso ridículo se forma em seus lábios.

— Tenho certeza.

— Então, tudo bem. — Ele se dá por vencido.

— Bom, a próxima pergunta é sobre suas expectativas para essa noite.

Ele me encara por um tempo.

— Sabe, *Naomi*, eu tenho muitas. — Benjamin se ajeita no sofá e me encara. Falando em suaíli. — Espero que essa noite o público escute o que eu tenho para dizer, espero que *essa* noite mude a minha vida novamente. Espero ir para casa com a certeza de que eles continuam me amando. O que você acha?

Olho-o perplexa.

— Acredito que... eu não poderia opinar sobre isso — respondo na mesma língua, engolindo em seco.

— Quero a sua opinião, você acha que eles me amam ainda?

— Você fez algo para que eles parem de te amar? — rebato, irônica.

— Talvez...

— Então acho que você já tem a sua resposta e...

— Mas é essa a questão — ele me interrompe outra vez e cruza as pernas. — Acho que um amor sincero não acaba tão rápido, sabe? Eu acredito que eles me amam, na verdade, eu sei disso, porque eu os amo.

— É, talvez.

Que merda é essa?

— Então você acha que dá? — Benjamin me encara.

— Próxima pergunta. — Limpo a garganta novamente e volto a falar em português. Ele disse que daria a entrevista em português, mas está aqui falando em outra língua.

— Que dica você daria para os seus fãs que sonham em atuar e trabalhar nesse mundo de Hollywood? — Abaixo o iPad e o encaro.

— Eu diria para acreditarem nos seus sonhos e nunca desistirem. — Ele sorri para a câmera e depois, se vira para mim. — E diria para que não tenham medo de fazer aquilo que gostam, aquilo que amam. A vida é curta para nos preocuparmos com as opiniões alheias e por isso...

— Às vezes eles podem querer fazer as coisas de modo que isso não os atinja negativamente — argumento, e mordo a língua disfarçadamente.

— Mas como saberão se nunca tentarem?

Eu não respondo. Apenas passo para a próxima pergunta e depois para outras duas. Benjamin responde, dessa vez, com seriedade e sem segundas intenções, eu agradeço. Lucas está com cara de paisagem e Luísa parece que vai sair pulando a qualquer momento. Quando ela grita "corta", percebo que meu corpo estava completamente tenso e me permito relaxar.

— Desculpa vir te atrapalhar no seu trabalho, mas eu não podia esperar mais. — Olha o *suaíli* novamente. — Eu quero você de volta, Naomi.

Encaro-o.

— Eu sei que você tem medo de virar notícia, mas todo mundo te adora, você é boa no que faz e precisa parar de se preocupar com as opiniões dos outros. Viva a sua vida da maneira que quiser. Você é uma figura pública, escolheu isso. As pessoas vão falar, mas é você que decide como isso te atinge. Algumas críticas exageram, eu sei, mas há uma parte do público que está ali por você. — Ele suspira. — Não passe a vida pisando em ovos, com medo de desagradar, com medo de fazer qualquer coisa que leve *alguém* a comentar. Está na hora de se priorizar, não apenas a parte profissional. — Ele se aproxima mais de mim, mas estou paralisada. — Naomi, você tem alcançado seus sonhos e eu estou orgulhoso, mas... o que acontece agora? Eu estou aqui, livre e completamente seu. Eu te amo e acho que nunca vou conseguir parar de pensar em você. Jamais conseguirei seguir sabendo que o amor da minha vida não quer ficar comigo por *receio* do que os outros, que ela *nem conhece*, podem achar. Deixe que falem! Nós estaremos juntos e é isso que importa. É tudo o que eu quero, então, me diga que você também quer isso.

— Benjamin, precisamos ir. — Talia entra na cabine, interrompendo-nos. — Hanna vai me matar se não te levar de volta para lá agora mesmo!

— E então, preta? — ele pergunta enquanto se levanta.

Benjamin me olha, no fundo dos meus olhos e eu não consigo desviar. Não consigo virar para outro lugar. Guardo as lágrimas dentro de mim, evitando deixar que caiam, não com tanta gente observando do lado de fora.

Eu não consigo responder, não consigo formar uma resposta na minha cabeça e percebo o seu olhar de decepção quando sua tropa de seguranças o tiram de dentro da cabine para levá-lo até seu painel que começa em cinco minutos.

Eu continuo processando com calma todas as suas palavras. De repente, não lembro como usar as pernas para levantar dessa poltrona.

— Naomi!

Luísa me tira do devaneio e senta no local que há poucos segundos estava ocupado por Benjamin.

— Parou com a palhaçada? — ela pergunta, séria.

— O quê…

— Lucas, pode nos dar licença, rapidinho? — Ela o olha, que prontamente concorda e sai da sala falando que temos cinco minutos antes do próximo veículo entrar.

Ela me encara novamente.

— Parou, parou com essa palhaçada! Eu não entendi nada do que vocês falaram, mas, com toda aquela intensidade, nem foi preciso. — Ela posiciona a poltrona de frente para mim. — Você tem um cara lindo, do tamanho de uma geladeira, cobiçado pelo mundo inteiro, completamente apaixonado. Você vai simplesmente *ignorar* isso?

— Luísa, eu…

— Eu não ligo se você ainda está com esse pensamento ridículo de que as pessoas vão te julgar, Naomi! Acorda! Você é bem-sucedida, está realizando os seus sonhos e chegou tão longe. Eu sempre te vi priorizando o trabalho acima de tudo e deixando a vida pessoal de lado. Você não pode continuar fazendo isso! Foda-se o que vão achar, foda-se se você virar o entretenimento por uma ou duas semanas. Você precisa começar a olhar para si mesma e ficar com o cara que você quer, com o amor da sua vida — ela suspira, com raiva. — Eu te vi sofrer por causa de uma escolha que você mesma fez. Eu te entendo, entendo *mesmo*! Mas, amiga, você já não tem mais o que temer! Se você quer ficar com ele, pare de sentir medo e comece a viver.

Ela limpa as lágrimas no meu rosto que nem percebi que estavam escorrendo.
— Você tem razão — eu digo, por fim.

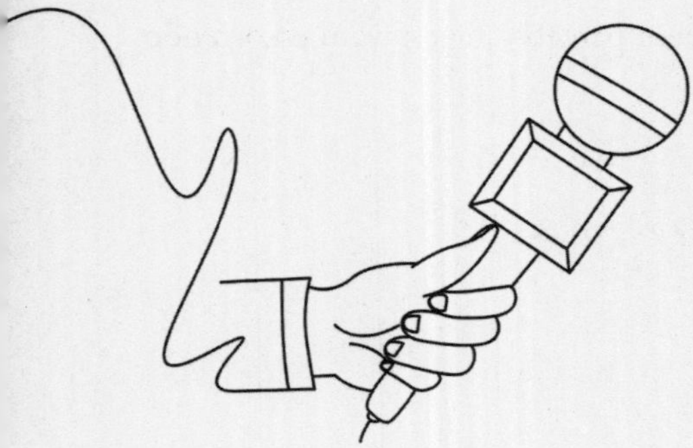

Capítulo 36

Benjamin

— Onde você estava? — Hanna pergunta, nervosa. — Você entra em dois minutos. Vá até os seus colegas de elenco, ali, do outro lado.

Ela aponta para a outra área, onde todos estão atrás da cutia. Vanessa Swan, Fernando Sollon – que interpretou o meu pai, o cientista – e Alison Manson – que interpretou a chefe do departamento de polícia.

Faço o que pede e caminho até o outro lado do palco.

Quando Jonathan descobriu quem seria o último ator que Naomi entrevistaria, tive a sorte de ser o Anthony Guerra. Contei brevemente o porquê gostaria que ele me desse a chance de ir em seu lugar e, como um grande amigo, não pensou duas vezes antes de me conceder.

São quase cinco da tarde e estou desde às duas dando entrevistas. Não aguento mais ouvir as mesmas perguntas. Pelo menos, posso repetir as respostas sem precisar pensar muito. É estressante ficar sentado por horas e repetindo a mesma coisa. Mas, regras são regras. Se dou entrevista para um veículo, terei que dar para todos os cadastrados e bom, no fim, consegui falar com Naomi.

— Desculpa a demora, pessoal — digo quando chego ao lado deles.

— Conseguiu falar com ela? — Vanessa pergunta e eu assinto.

— Ótimo. — Ela sorri. — Lembra do que eu disse?

— Cada palavra.

Vanessa me aconselhou ser sincero com Naomi, sem meias palavras. Falar o que ela precisava ouvir e me declarar, do fundo do meu coração. Se ela não decidir por nós dessa vez, acho que realmente não tenho mais o que fazer, na verdade, farei o que ela pediu, a deixarei em paz.

Há três meses não nos comunicamos direito. Há três meses ela sequer visualiza minhas mensagens e eu tenho mandado muitas, a maioria delas em memes.

Naomi me prometeu que não perderíamos o contato, mas não nos falamos desde a última vez que fui em sua casa.

Canalizei todo o sofrimento que senti latente no peito, no meu trabalho.

Foquei no filme e em todas as coisas que eu precisava fazer, porém o meu horário de sair do estúdio era sempre quando o sol estava se pondo e bom, o pôr do sol me lembra ela. Então, pedi a mudança do horário e adicionei umas horas a mais de ensaios. No fim, foi bom. Assisti novas cenas e meus movimentos melhoraram muito. Os golpes elétricos que solto ficaram mais suaves, a luta, menos encenada e mais real e isso ajuda bastante na hora da edição dos efeitos. Estou animado para ver o resultado desse filme.

— Aqui estão eles, pessoal. — Escuto a apresentadora anunciar e a equipe de produção pede que entremos no palco.

Faço como os meus colegas e aceno para o público. A plateia vibra com a nossa aparição e mesmo depois de sentados, os gritos e as palmas continuam. A mediadora da mesa, Milena Silva, nos cumprimenta e logo vai para a última poltrona laranja.

— Boa noite, pessoal! Eu sou a Milena Silva e estarei mediando essa mesa linda hoje.

Ela dá alguns segundos ao profissional que esta responsável pela tradução, e a plateia acompanha pelos fones. Quando ele conclui, Milena nos dá boas-vindas.

O público está eufórico.

Todos gritam a plenos pulmões até sentarmos. Sinto o calor deles, sua emoção e felicidade, e isso transborda em mim um carinho e acolhimento que eu sabia que sentiria em um evento no Brasil.

Milena começa perguntando sobre o que achamos do filme ter ficado tantas semanas em cartaz nos cinemas do mundo inteiro.

— É incrível porque — Alison começa. — Não imaginávamos tanta repercussão quando começamos a gravar. — Ela dá uma pausa para que o tradutor possa passar suas palavras para o português e transmiti-las para o público.

A plateia tem milhares de pessoas atentas, respondo pelo menos duas perguntas sobre o meu personagem e sobre o desfecho do filme, brincando algumas vezes com Vanessa. Quando chegamos ao fim, todos fizeram um coro de *Ohhhh*.

— Uau! Quase duas horas de painel com esses lindos. — Milena sorri e a plateia vibra. — Mas vocês acham que está acabando? Nós temos uma surpresa — ela diz e mexe no ponto da orelha antes de falar: — Teremos direito a três perguntas da plateia.

O público vibra e nós rimos com sua animação.

As regras são passadas e Milena faz sua primeira escolha.

Uma garota vestindo um cosplay da Coraline recebe o microfone de um dos *staffs* e se levanta, sorrindo e tremendo um pouco a mão. Ela agradece pela oportunidade e dirige a pergunta diretamente a mim.

— Oi, boa tarde, eu sou a Amanda! A minha pergunta é para o Benjamin. O que você e o Cameron têm em comum? — Ela sorri e agradece, devolvendo o microfone.

— Muito prazer, Amanda! — falo em português e gritos tomam todo o lugar até cessar. — Primeiramente, eu e o Cameron somos um pouco tímidos, então eu diria que essa seria uma semelhança entre nós. Depois, acho que nós dois temos uma paixão por investigação, sabe? Ele faz isso na vida real e eu assisto aos seriados. Ambos gostamos dessa emoção que acontece durante uma investigação e a conclusão de um caso.

Todos aplaudem e Milena media a próxima pergunta, que foi para a Vanessa. O garoto ruivo com a camisa tema do nosso filme lhe questiona sobre como ela se sentiu quando foi indicada ao Oscar. Vanessa agradece antes de responder que foi um dos momentos mais importantes de sua carreira e que é muito grata a todo mundo que foi aos cinemas assistir ao filme, a todos que a acompanham e à academia, que a escolheu para disputar um prêmio tão importante para sua carreira.

Antes de passar para a última pergunta, Milena recebe algo em seu ponto, pois abaixa a cabeça, olha para o chão enquanto escuta com atenção e assente positivamente.

Eu não enxergo as últimas fileiras, a luz do teto que nos ilumina no palco é mais forte do que deveria ser e acaba deixando minha visão limitada. Vejo os *staffs* seguindo até lá e parece que alguém está vindo até nós. Mas ainda não conseguimos ver quem é.

— Eu não tenho bem uma pergunta. — Ouço-a falar e sinto minha respiração enfraquecer instantaneamente.

Estreito os olhos para enxergá-la, mas não consigo.

— Você me disse para não ter medo e olha onde estou, na frente de milhares de pessoas, para dizer que você tinha razão.

Todos se viraram para Naomi, que agora está no meio do pavilhão, no meu campo de visão, entre o lado esquerdo e direito das fileiras separadas por unifilas, segurando o microfone e olhando diretamente para mim.

Vanessa bate palma e ri assim que a vê.

— Você tem razão, Benjamin, eu *tenho* medo de como as pessoas me veem, de como elas veriam o meu trabalho se eu me envolvesse com alguém tão famoso. — Ela balança as mãos na minha direção. — Eu não quero ler, nunca mais, os comentários que li da primeira vez que te entrevistei, mas, cá estou, na frente de tantas pessoas e de outras milhares que estão de casa, dizendo que sim, *você tinha razão.*

— Se levanta, homem — Alison manda e é o que faço.

Meu peito sobe e desce muito rápido. Naomi está com medo, isso está estampado em seu rosto. Ela respira fundo a cada frase e me olha novamente, como se eu fosse a única pessoa nesse lugar. Se aproxima do palco, a plateia fica inquieta. Muitos gritam, batem palmas, e até ouço "É a Naomi, *aquela Naomi?*".

— Você tem razão sobre eu te amar também. — Prendo a respiração, em seguida solto uma risada misturada com alívio que nem percebi que estava guardando. — Eu também te amo, te amo do fundo do meu coração e nunca suportei ficar longe de você. — Ela limpa os olhos e respira fundo. — Me desculpa por não responder aos seus memes…

Eu solto uma risada que estava engasgada, assim como todos do palco e da plateia. Naomi também ri.

— Não quero mais deixar o medo comandar minhas escolhas. Então, cá estou, para dizer publicamente o quanto sou apaixonada por você e o quanto eu quero estar ao seu lado.

Todos gritam e essa é a minha deixa para ignorar os seguranças que correm atrás de mim quando pulo do palco e a agarro, no meio do pavilhão.

O público enlouquece, todos levantam e correm com milhares de *flashes* e câmeras para cima de nós sendo barrados pelos unifilas de metal.

Quando me aproximo de Naomi, grudo minhas mãos em seu pescoço e a beijo como nunca antes. Meu corpo se acende de uma forma absurda. Minhas emoções me atacaram de uma só vez. Senti-la em meus braços não tem preço.

As pessoas aplaudem, gritam, berram ao nosso redor, mas tudo que enxergo, é ela.

Sinto o impulso de fazer algo que eu queria desde a primeira vez que a vi. O impulso mais certo que tive em *toda a minha vida*. O pensamento de tê-la para sempre é o meu desejo sincero.

Eu me ajoelho na frente de tantas pessoas e falo:

— Preta, você quer casar comigo?

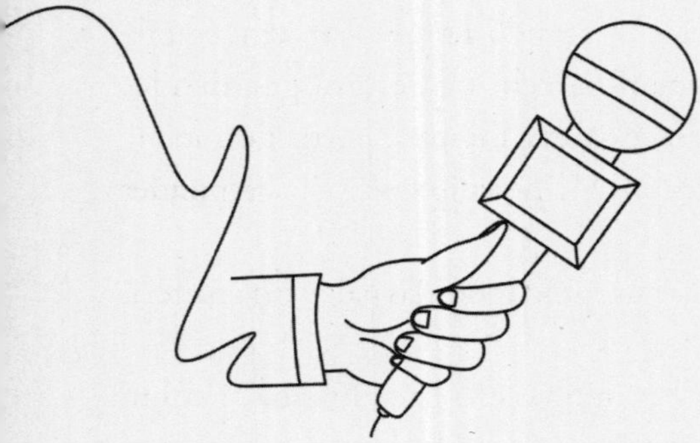

Capítulo 37

O painel se tornou um caos depois do meu pedido à Naomi. Estamos em todos os sites e tabloides possíveis.

Naomi foi levada para uma área privada e em breve eu a encontrarei em sua casa.

Quando saímos do palco, Jonathan me entrega uma pasta que faz o meu estômago embrulhar quando leio. Não passou pela minha cabeça. Na verdade, eu nunca imaginei, nem acreditaria, se não estivesse vendo provas.

— Quer que eu vá com você? — ele pergunta quando entro no camarim com Hanna.

Eu nego.

— Eu resolvo — digo e fecho a porta.

— Benjamin! Tínhamos um contrato, você ficou maluco? O estúdio vai…

— O estúdio, o estúdio… — olho-a. — Hanna, como Vanessa sabia exatamente das coisas que eu fiz com Naomi?

— O quê? — Ela parece confusa.

— Você é minha assessora, tem acesso a minha rotina, mas, *não tudo como pensa…* Vou perguntar novamente, como Vanessa sabia que eu levei Naomi para uma vinícola? Escondi isso *até* de você.

— Eu… o que voc…

— Hanna, como os fotógrafos sabiam exatamente o lugar que eu e Naomi estaríamos? Como eles *sabiam* que o apartamento ao lado dava uma visão perfeita para o meu apartamento?

— Benjamin, o que você está tentando…

— É engraçado, na verdade, como Alan não desconfiou de você nem por um momento sendo que você tem acesso a tudo... Como não imaginei? É claro que atingindo ela, ele me atingiria! Não há mais nada que me fizesse recuar, a não ser por Naomi. — Encaro-a com ódio.

— Benjamin…

— Você está demitida — anuncio e me dirijo até a porta. — E diga a Amaury e a toda família Gilbert, que a neta deles estará em casa para o Natal.

Ouço seus gritos quando saio da sala.

Hanna trabalha comigo há anos, ela é bem antiga em Hollywood e já foi assistente de vários outros artistas. Em uma noite de premiação, logo quando fui reconhecido por um dos meus primeiros filmes, a conheci. Ela se apresentou e me contou sobre seu trabalho, disse que no momento estava procurando um novo talento para ajudar a gerir a carreira e, bom, ela era muito conhecida no mercado e eu precisava de alguém com sua experiência.

Viramos amigos. Ela me ajudou em diversos assuntos e estava sempre colaborando com Alan em suas questões do estúdio também. Eu nunca suspeitaria que ela seria quem estaria dividindo nossos segredos com os *Gilbert*. Nunca imaginaria que ela me trairia dessa forma. Nunca imaginei que fosse *ela*.

Não havia motivos para nem sequer pensar nela. Nas primeiras informações sobre produções internas ou problemas que o estúdio enfrentou com dinheiro, a notícia se espalhou na mídia depois de duas semanas da reunião com os acionistas. Alan ficou em surto tentando entender qual deles vazou algo tão sigiloso. As ações despencariam naquele mesmo dia se Alan não tivesse jogo de cintura o suficiente para reverter a história e conseguir desmentir a mentira verdadeira.

Muita coisa que era para ser confidencial, tinha caído na mídia por anos e nunca descobrimos como ou de onde estava vindo. Bom, agora sabemos.

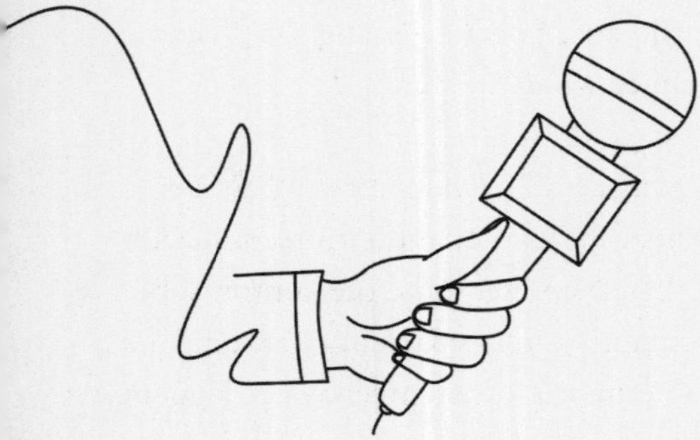

Capítulo 38

ENTRETÊ NEWS

Amaury Trader é indiciado por assédio e abusos físicos às mulheres que namorou.

Novas acusações ao ator e produtor Amaury Treyder vieram à tona nessa última semana. Desde que uma denúncia anônima contra o ator levou as autoridades americanas a abrirem alguns inquéritos e investigações, outras mulheres, em sua maioria ex-parceiras de Amaury, vieram a público para denunciá-lo por abusos físicos e psicológicos.

Segundo o *The Sun,* Helora Smith foi a primeira a registrar queixa contra o abusador, dando coragem a todas as outras a fazerem o mesmo.

Entretê News - Instagram:

Studio Gilbert se pronuncia através de uma nota em suas redes sociais afirmando que não mantém mais vínculos com o ator Amaury Trader.

Entretê News - Instagram:

Benjamin Kalu e a jornalista Naomi Castro se casam após noivarem por mais de 4 anos.

Entretê News - Instagram:

Hollywood em Salvador! Metheory Pictures abre, oficialmente, uma produtora audiovisual na capital baiana.

Daily Brasil

Conheça Naomi Castro, nova apresentadora do Entretê.

Após Vivian Mello ser escalada no elenco de produção americana, a nova apresentadora do programa de entretenimento mais famoso do país será Naomi Castro, que já comandava a versão on-line no Youtube.

More Magazine - Instagram: Naomi Castro exibe fotos com Benjamin Kalu em festa de 15 anos de sua sobrinha, filha mais nova de seu irmão, Marco Castro.

The Sunset - Instagram: Benjamin Kalu faz discurso emocionante no Oscar, que acontece na França. O ator se tornou EGOT[31] em 2029 e comemora o seu terceiro Oscar.

31 Quando um artista ganha os quatro prêmios é chamado de EGOT (Emmy, Grammy, Oscar, Tony) ou GATE (Grammy, Academy, Tony, Emmy). O acrónimo EGOT foi inventado pelo ator Philip Michael Thomas (que nunca foi nomeado para qualquer um destes prêmios).

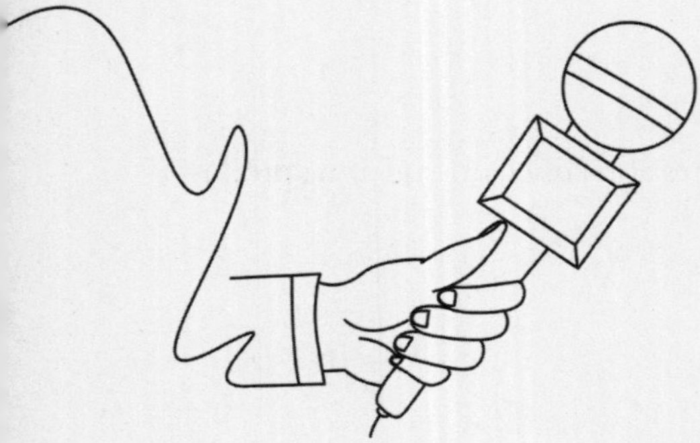

Epílogo

Meu amor, depois de tantos anos juntos, falta-me inspiração para lhe dar um presente que eu já não tenha te dado. Por isso, escrevo essa carta. Dentro dela, bem no final, há uma chave grudada, ela abre a caixa ao lado de onde esta carta foi encontrada. Seu conteúdo celebra os 18 anos de casados que completamos hoje. Nela, você vai encontrar todas as nossas maiores recordações.

Lembranças essas como a do melhor dia de nossas vidas, o dia que ganhamos Ayó. E quem diria que nossa pequena cresceria e viraria uma menina tão linda e talentosa, não é? Bom, isso ela puxou de você (um pouco de mim também, vai!).

18 anos... 18 anos te amando incondicionalmente, 18 anos vivendo os melhores dias da minha vida ao seu lado. 18 anos sonhando acordado. Ah, Naomi... obrigado por me fazer tão feliz. Agradeço por estar sempre ao meu lado e realizar todos os meus sonhos. Por me apoiar e fazer o que fosse preciso para estar ao meu lado, como quando passamos dois anos em Moçambique cuidando de minha mãe antes de perdê-la. Ou quando você concedeu o nosso quarto de hóspedes para a minha irmã poder estudar psicologia no Brasil e voltar à ONG[32] como uma profissional qualificada para ajudar todas aquelas pessoas... saiba que, assim como eu, todas aquelas pessoas também te amam. Você ter se dedicado com tanto carinho a cuidar delas no tempo que passamos em meu país só fez com que todo o meu amor por você triplicasse (se é que isso é possível).

32 Organização não governamental (ONG), entidade que não pertence a um governo, ou seja, é uma instituição privada, mas sem fins lucrativos, relacionadas ao terceiro setor.

E então conhecemos o Malí, com alguns dias de vida, e você o pegou no colo, com cuidado e sorriu. Naquele momento eu sabia, eu entendi. Tivemos algumas perdas, mas Malí nos foi dado como um presente. E agora, me emociono ao vê-lo feliz, seguindo seus sonhos. Fico tão emocionado quanto no dia em que ele te chamou de mãe.

Eu sei que passamos por momentos difíceis. Quando seu pai partiu, eu te vi se perder... mas superamos juntos, transformando o sofrimento em esperança e amor. Porque é o que ele era, puro amor.

E por falar em amor, nunca vi alguém tão indecisa com um nome, minha nossa! Lembra quando a única coisa que você precisava fazer, após receber a oportunidade de ter um programa em horário nobre na TV aberta que levava o seu próprio nome, era escolher um título e você levou *um mês* para decidir? Querida, melhore! hahaha, brincadeiras à parte, sei que esse programa foi o amor da sua vida profissional, e você sabe o quão feliz e orgulhoso eu estava no seu primeiro dia. Você é tão talentosa, tão incrível!

Eu não me canso de te agradecer por me apoiar quando resolvi me dedicar profissionalmente a carreira de produtor e me aposentei da de ator. Foi a melhor decisão da minha vida trazer a Metheory para Salvador e comandá-la daqui. Eu me senti vivo novamente, foi acertado. Obrigada por me convencer a tentar. Você sempre tem razão.

Bom, eu já me estendi demais, mas quero que saiba que estou disposto a passar mais 18 anos ao seu lado. Até que a morte nos separe, lembra?

Eu te amo, e sempre te amarei! Feliz 18 anos de casados, Preta.

Para sempre seu,
Benjamin